DALE MAYER

Un Meurtre dans. les Soucis

Jolis Jardins Maudits 13

Un meurtre dans les soucis : Jolis Jardins Maudits, tome 13
Beverly Dale Mayer
Valley Publishing Ltd.

Copyright © 2021

Traduit de l'anglais par Emma Valieu et Valentin Translation

ISBN-13 : 978-1-773368-18-4
Format Print

Résumé du livre

Un nouveau polar « cozy mystery », par Dale Mayer, auteure de best-sellers au classement du USA Today. Suivez les aventures de Doreen Montgomery, jardinière et détective en herbe, et de ses adorables assistants (un chat, un chien et un perroquet) dans leurs enquêtes criminelles dans la jolie ville de Kelowna au Canada.

De la richesse à la misère… Le chaos n'a jamais été aussi suprême… Elle est désormais elle-même suspecte… Pas de calme à l'horizon…

Être suspecte du meurtre de son ex-avocate n'est pas aussi amusant que Doreen le pensait. Et, bien sûr, on lui a ordonné de rester à l'écart de l'affaire… mais elle ne peut s'empêcher de s'y intéresser. Elle demande donc à Nick, le frère de Mack, son *nouvel* avocat, de l'aider.

La priorité de Mack est d'éliminer Doreen de la liste des suspects. Personne de sensé ne croirait sérieusement qu'elle a fait le coup, bien sûr… Mais, le fait est qu'elle avait à la fois le mobile et l'opportunité, donc la laver de tout soupçon n'est pas une promenade de santé comme Mack le voudrait. Surtout quand elle insiste pour fourrer son nez dans son affaire, là où il ne faut pas.

Et juste au moment où Doreen est certaine que les choses ne peuvent pas empirer, répondre à la porte va lui prouver que ce cauchemar ne fait que commencer. Qui vient d'entrer dans sa vie ? Personne d'autre que son futur ex-mari, Mathew…

Inscrivez-vous ici pour être informés de toutes les nouveautés de Dale !

https://geni.us/DaleNews

Prologue

TROIS JOURS PLUS tard, Izzy et Isaac – après avoir promis de garder le contact – avaient été envoyés à Vancouver auprès d'une famille qui attendait leurs joyeuses retrouvailles. Martin serait derrière les barreaux pour un très long moment… Il avait fini par avouer qu'il n'avait pas pu détourner les yeux d'Izzy quand il était descendu sur la côte pour renouveler son stock, et qu'il était parvenu à arracher la fille à ses parents et à la garder avec lui pendant tout ce temps. Personne n'en avait rien su. Puis, à la naissance d'Isaac, Martin avait bâti des mensonges pour expliquer son arrivée, et tout le monde l'avait simplement cru.

Si Izzy n'avait pas attrapé Thaddeus ni attaché de message à sa patte, elle serait probablement encore captive là-bas. Ça faisait mal d'y penser…

Dès qu'elle fut habillée et eut descendu les escaliers, Doreen prépara du café. Trois jours s'étaient écoulés depuis toute cette histoire… Trois jours, et son épaule était désormais loin d'être douloureuse. C'était encore pénible de lever le bras au-dessus de la tête, mais au moins, le sang avait cessé de couler, et ce n'était plus l'agonie déchirante qu'elle avait connue. La douleur était bien plus légère maintenant, plus douce, plus lointaine. Assise dehors sur la terrasse, elle entendit un véhicule s'approcher. Immédiatement, Mugs aboya pour souhaiter la bienvenue. Elle baissa les yeux sur lui et rit.

— C'est Mack, n'est-ce pas ?

Au lieu de passer par la maison, Mack fit le tour puis sourit en l'apercevant. Il tenait quelque chose de large dans la main. Elle le regarda et demanda :

— Bon sang, mais qu'est-ce que c'est que ça ?

Il le leva, et elle vit que c'était une table ; il l'avait portée d'un côté. Il la laissa tomber lourdement sur la terrasse près d'elle, et elle questionna :

— Où avez-vous eu ça ?

— Un des gars du boulot s'en débarrassait, répondit-il. J'ai dit que vous en aviez besoin, et il a immédiatement proposé de l'offrir. J'ai les chaises à l'arrière du fourgon également.

Il disparut et effectua deux voyages, portant deux chaises à la fois. Elle était simplement figée. Elle avait enfin une table avec quatre chaises pour s'asseoir sur sa terrasse ! Elle les contempla, totalement ravie.

— C'est trop beau ! s'exclama-t-elle.

Elle était en verre et en acrylique. Elle était jolie. C'était également le plus chouette mobilier d'extérieur dont elle avait disposé depuis qu'elle vivait ici. Elle se déplaça immédiatement pour prendre place à la table avec son café et adressa un grand sourire à Mack.

— Maintenant, si seulement il y avait quelque chose à manger… Et davantage de café. Je n'en ai presque plus.

Il se laissa tomber sur la chaise à côté d'elle et l'observa fixement.

— Je doute que la situation soit si désespérée, mais si c'est le cas, je peux aller acheter un paquet, proposa Mack d'une voix au ton étrange.

— Je suis vraiment contente que vous soyez venu. Un grand merci pour la table et les chaises.

Il opina du chef, mais il était quelque peu distrait. Il fit un geste vers l'épaule de Doreen qui avait été entaillée par une balle.

— Comment vous vous en sortez avec cette épaule aujourd'hui ?

— Mieux, répondit-elle en levant gaiement sa tasse pour prendre une grande gorgée.

Mais Mack se contenta de la fixer.

— OK, elle me gêne encore, mais pas comme avant.

Comme il demeurait silencieux, elle s'inquiéta.

— Quel est le problème ? demanda-t-elle, le regard affûté.

Il ne fit que hausser les épaules et ne croisait pas ses yeux.

— Il y a encore du café dans la cuisine, si vous en voulez une tasse.

— C'est bon, déclina-t-il.

— Oh, oh !…

Quelque chose n'allait vraiment pas !

— Ça, ça signifie qu'un truc particulièrement moche arrive en ce moment.

Il confirma d'un hochement de tête.

— C'est ça, et vous en entendrez parler bien assez tôt, annonça-t-il en tapotant ses doigts sur la table.

— Que se passe-t-il ? s'enquit-elle.

— Est-ce que vous…

Puis il s'arrêta.

— Est-ce que j'ai quoi ?

Il soupira.

— Vous voyez les soucis dans le jardin de fleurs sous le panneau « Bienvenue à Kelowna » ? Le vieux. Ils parlent d'en installer un nouveau au nord de l'aéroport.

— Oui, celui sur lequel j'ai passé énormément de temps à essayer de créer un dessin pour la ville ? C'était un joli bouquet, tel que je me le rappelle… Je ne me souviens pas de toutes les fleurs, mais de jolis soucis s'y trouvaient, je crois… Ils démolissent ce panneau ? Ou peut-être que j'ai mal compris et qu'ils en créent un autre…

Elle fronça les sourcils en y réfléchissant ; cela pouvait expliquer pourquoi ce scénario ne s'était jamais concrétisé… Mack hocha la tête.

— Oui, celui-là. On a trouvé un corps là-bas, ce matin. (Il haussa les épaules.) C'était la première fois que je m'y rendais, et j'étais surpris de constater que la pancarte n'y était plus.

Les sourcils de Doreen se haussèrent, et elle devait bien l'admettre : même si c'était morbide et vilain de sa part, elle était vraiment curieuse de comprendre la situation.

— Moi aussi. Et bien sûr, je suis désolée, peu importe qui c'est… mais ne maintenez pas le suspense. Qui était-ce et que se passe-t-il ?

— Eh bien… C'est ce que j'étais venu vous demander.

Elle le dévisagea de ses grands yeux surpris.

— D'accord, maintenant, je suis confuse !

— Cela pourrait être quelqu'un que vous connaissez.

— Quelqu'un que je connais ? répéta-t-elle, incrédule. Oh, j'espère bien que non !

Il sortit son téléphone et consulta lentement les photos qu'il contenait.

— Ça, c'est une tactique dilatoire, suggéra-t-elle, et je

dois avouer que vous me faites peur...

— Non, ce n'est pas ça, mais les circonstances réclament que je vous pose quelques questions.

Il lui demanda donc où elle se trouvait une heure puis quatre heures auparavant, et si elle avait un alibi. Elle s'adossa et le considéra, choquée.

— Sérieusement, Mack ? Je me suis levée il y a environ une heure. J'étais seule chez moi, toute la nuit. Pourquoi ? Qui est mort ? (Soudain, elle se pencha en avant.) Est-ce que c'est quelqu'un de méchant ?

— Eh bien, peut-être... Je suis sûr qu'un tas de gens affirmeraient que c'était vraiment une mauvaise personne, et inversement.

— Arrêtez maintenant, lâcha-t-elle en levant les deux mains, frustrée. Dites-moi simplement qui c'est.

Alors, il lui montra son téléphone.

Elle le regarda et fut pétrifiée par le choc.

— Voilà le problème. Voilà notre cadavre. Donc où étiez-vous la nuit dernière ? Et où étiez-vous tôt ce matin ?

Elle resta à fixer la photo de Robin, l'ancienne avocate de son divorce. Son ancienne avocate plus morte que vive.

— Que diable... ? s'étonna Doreen en levant lentement ses yeux pour observer ceux de Mack.

— Et je suis navré, mais je dois poser la question, ajouta-t-il. Est-ce vous qui l'avez tuée dans les soucis ?

Chapitre 1

Samedi matin...

LA MÂCHOIRE DE Doreen était grande ouverte quand elle aperçut Arnold et Chester qui gigotaient plus loin derrière Mack.

— Vous m'arrêtez ? s'offusqua-t-elle dans un petit murmure, son regard filant vers Mack.

Ce dernier secoua immédiatement la tête.

— Bien sûr que non, contesta-t-il, même s'il sortait un document aux allures officielles de la poche intérieure de sa veste.

Elle leva les yeux vers Chester et Arnold et vit qu'ils se tenaient toujours au même endroit, effrayés. Ils ne pouvaient de toute évidence pas entendre ce qu'elle avait dit, mais ils étaient conscients qu'il y avait un problème en lien avec elle. Elle branla du chef.

— C'est tout simplement incroyable.

— Je sais, acquiesça-t-il, mais vous devez aussi comprendre qu'on doit vérifier.

Son regard revint lentement sur Mack. Au fond d'elle, ce qu'elle ressentait surtout, c'était de la colère, mais également de la trahison.

— Vous êtes conscient que je n'aurais pu commettre une telle chose...

— Bien sûr que oui, confirma-t-il instantanément.

Les épaules de Doreen s'affaissèrent progressivement ; de soulagement ou de désespoir, elle n'était pas bien sûre.

— Je n'aurais jamais cru me retrouver dans une telle situation, murmura-t-elle.

— Eh bien, il fallait s'y attendre, à force d'interférer dans ce genre de cas.

En entendant cela, ses yeux s'ouvrirent en grand, et elle regarda fixement Mack.

— Mais je n'ai rien fait, et aucune de mes affaires n'était concernée. (Puis ses yeux s'agrandirent davantage.) Mais votre frère, oui !

Mack acquiesça.

— Vous avez raison. Et la procédure judiciaire m'implique, évidemment.

Doreen fronça les sourcils, tandis que sa main caressait automatiquement Mugs qui s'était approché d'elle pour la réconforter.

— Qu'avez-vous besoin de savoir ? demanda-t-elle calmement.

Il débita une série de questions, mais elle ne put l'aider pour aucune d'entre elles.

— Je suis allée au lit vers 21 h 30... raconta-t-elle. Oui, seule. Excepté les animaux, bien sûr... Oui, j'ai enclenché l'alarme, mais non, je n'ai aucun enregistrement pour le prouver et confirmer que je ne suis pas sortie. Cette option n'est pas disponible, comme vous devez le savoir puisque c'est vous qui avez installé le système...

— Il faut qu'on le renouvelle apparemment.

— Eh bien, considérant que j'ai été attaquée dans ma

maison plusieurs fois, ce ne serait peut-être pas une mauvaise idée, marmonna-t-elle.

Il hocha la tête et prit note. Cela la fit sourire et regagner un peu de confiance en son monde ; il écrivait sur un petit bloc-notes, sur le côté, pas sur ses documents officiels, comme si c'était une indication pour lui-même.

Elle soupira.

— Vous savez la réaction qu'auront les gens de la ville quand ils seront au courant…

— Certains riront, certains pleureront. D'autres n'y croiront pas, et beaucoup s'en ficheront royalement.

Elle étudia les deux autres flics qui paraissaient plus décontractés maintenant qu'elle parlait facilement à Mack, et elle dit :

— Tant que vous êtes conscient que je n'ai rien à voir dans tout ça.

Elle glissa un regard en coin dans sa direction pour voir sa réaction ; y décelant la vérité, elle se détendit davantage.

— Je le suis, acquiesça-t-il. Nous devions seulement nous en assurer.

Elle opina du chef.

— Elle est vraiment morte ? demanda-t-elle.

Cela semblait tellement impossible !

— Oui, vraiment, confirma calmement Mack.

Doreen l'observa.

— Et mon ex ? Vous avez vérifié ses allées et venues ?

— Eh bien, on le cherche aussi, grommela-t-il.

— Parce qu'il ferait un bien meilleur suspect, vous savez ? suggéra-t-elle.

— L'idée m'a traversé l'esprit, approuva-t-il. Ne vous tracassez pas.

— Mais évidemment que je vais m'inquiéter ! La petite

amie de mon ex, qui se trouvait également être mon avocate peu scrupuleuse lors de mon divorce, a été assassinée. Nous n'ignorons pas que le partenaire rejeté est toujours le suspect.

— Oui, c'est certainement vrai. Nous nous intéressons à toute personne qui avait des liens étroits avec la victime. Surtout s'il existe des rancunes et des motivations financières.

— C'est une chose plutôt difficile à dire, indiqua calmement Doreen. (Mack se contenta de l'observer, et elle haussa les épaules.) Peu importe.

— Pensez-vous qu'un voisin ait pu vous voir la nuit dernière ?

— Aucune idée. Je n'ai même pas parlé à Nan hier soir. Je ne me sens pas encore tout à fait bien, alors je suis simplement montée me coucher.

Il se pencha en avant.

— Vous ne vous sentez toujours pas bien ?

La main de Doreen se dirigea instinctivement vers son épaule.

— Non, répondit-elle. J'allais mieux pendant quelques jours puis soudain, j'ai été épuisée. J'ai peut-être encore besoin de quelques jours de repos.

— Quelqu'un a examiné votre épaule récemment ?

Elle secoua la tête.

— Non, je devrais probablement prendre rendez-vous avec le médecin, mais je ne m'en suis pas encore occupée. (Elle considéra de nouveau Mack.) Et donc, comment a-t-elle été tuée ?

— Elle a été poignardée.

En entendant ça, elle fixa Mack, les couleurs évacuant son visage.

— Bon… c'est plutôt frontal et personnel.

— Ce qui explique pourquoi votre nom a dû être envisagé.

— Vous pouvez préciser si ça a été fait par une personne droitière ou gauchère ?

Le regard de Mack s'affûta.

— On n'a pas encore eu ces résultats.

— Alors, espérons que c'était un ou une droitière, comme ça, ma blessure m'aurait empêchée de commettre cet acte.

Mack regarda son épaule blessée et déclara :

— Ça nous serait d'une grande aide.

— Et bien évidemment, vous n'allez pas me laisser travailler sur cette affaire…

— Non, lâcha-t-il fermement. Absolument pas.

Elle l'observa furieusement. Il haussa les épaules.

— Voyons… vous savez comment ça fonctionne.

— Oui. Les nouvelles enquêtes sont à vous, les affaires classées sont pour moi.

— Et ça, ce n'est pas une affaire classée, conclut-il. Et vous demeurez sur la liste des suspects jusqu'à ce que nous en trouvions un meilleur. Alors, n'éveillez pas plus les soupçons, ajouta-t-il, ses yeux accentuant ses brusques paroles.

Elle secoua la tête, en désaccord avec lui.

— Mais c'est une touriste par ici, ce n'est pas comme si elle venait du coin.

— Ça ne signifie pas que nous accordons moins d'importance à sa mort…

— Évidemment que non, répliqua-t-elle en faisant un geste de la main. Ne m'en veuillez pas, vous m'avez quelque peu secouée. Et je me sentais triste et déprimée à propos d'Isaac et de sa mère qui sont retournés sur la côte.

— Et pourtant, dit-il en l'étudiant avec attention, c'est une bonne chose. Elle et son fils peuvent mener une belle vie.

Et elle a sa famille biologique pour l'aider à élever Isaac.

— C'est une bonne nouvelle en effet, mais je suppose que j'espérais voir Isaac davantage.

— Vous aimez vraiment ce petit gars, hein ?

Elle afficha un sourire lumineux.

— C'est un sacré personnage, et il est tellement adorable.

— Eh bien, il aura une bien meilleure existence maintenant, indiqua Mack. Et ce n'est pas parce qu'il est parti à Vancouver qu'il sortira pour toujours de la vôtre.

— Et ça aussi, c'est une bonne chose, grommela-t-elle. En même temps, c'est étrange, vous savez ? Je rencontre des gens ou me fais des amis – enfin, il semblerait que ce soit peut-être le cas –, mais ensuite, quelque chose tourne mal, et je finis par détruire leurs vies.

— Eh bien, vous n'avez ruiné la vie de personne cette fois. Il est vraiment important de se souvenir que vous avez même accompli une excellente action.

— C'est vrai, ils étaient dans une horrible situation… mais j'ignore pourquoi, je me suis simplement sentie un peu abattue.

Là-dessus, Thaddeus, qui se trouvait sur ses genoux, se rapprocha et se pelotonna contre son ventre. Elle tendit le bras et caressa doucement ses belles plumes.

— Il va mieux.

— Tant mieux. Thaddeus, tu vas mieux maintenant ?

Le perroquet déploya immédiatement ses ailes et s'exclama : « Thaddeus est là ! Thaddeus est là ! »

Cela fit rire Doreen.

— Je ne sais pas comment les gens peuvent vivre seuls. Ces animaux apportent tellement de moments de joie et de bien-être !

— Et il semble que vous en ayez besoin actuellement,

remarqua Mack, la tête basse et l'air inquiet.

Elle repéra l'étrange note dans le ton de sa voix et elle sourit.

— Je vais bien. Vraiment, ça va. C'est simplement que, vous savez… (Elle adressa un geste de la main aux policiers qui se tenaient derrière elle.) C'est vraiment étrange aujourd'hui.

— Nous partirons bientôt, promit-il.

— Parfait. Je n'ai rien d'autre à vous offrir… Je dois contacter certaines personnes et voir comment gagner de l'argent autrement, marmonna-t-elle, distraite, le regard posé sur la crique. En tout cas, le niveau de l'eau descend, tant mieux.

— Oui, vous n'avez pas envie d'improviser d'autres brassées de dingue.

— Ça m'irait très bien de ne pas avoir à recommencer, confirma-t-elle avec empathie.

Mack afficha un rictus, se leva et déclara :

— On se parle plus tard.

— OK. Vous pourriez apporter du café quand vous reviendrez ? (Il ricana et elle sourit.) Hé ! Au moins, je ne vous ai pas dit de ramener des courses, même s'il semble que le temps soit venu pour un autre cours de cuisine.

Il s'arrêta et la regarda avec intérêt.

— Qu'est-ce que vous voulez préparer ?

— Eh bien, je mange encore des tonnes de pâtes, ce qui est idéal puisque ça me permet de maintenir mon poids, marmonna-t-elle. Mais il doit y avoir d'autres trucs à manger également.

— Comme quoi ?

— Du muesli, ce serait bien.

— Vous êtes au courant que vous pouvez en acheter,

hein ?

Elle le dévisagea, surprise.

— Vraiment ?

Mack acquiesça lentement.

— Oui, vraiment. Il suffit de s'en procurer à l'épicerie, c'est aussi simple que ça.

Elle plissa le front.

— C'était peut-être à cause du prix alors, lança-t-elle. Je croyais que c'était cher.

— Je suppose que ça dépend de ce que vous entendez par « cher », mais si vous n'en achetez pas énormément et que vous vous contentez de ce que vous mangez, ça ne représentera pas beaucoup.

Elle hocha la tête.

— Ça pourrait me convenir, dit-elle en souriant. Peut-être descendrai-je jusqu'au magasin pour en acheter, alors. (Elle marqua une pause, le regard perplexe.) Dans un magasin ordinaire ou dans une boutique spécialisée ?

— N'importe quelle épicerie, comme dans vraiment n'importe quelle épicerie, répondit-il.

Doreen sourit de nouveau.

— Bon à savoir.

Là-dessus, il retourna auprès des gars.

Elle était consciente qu'il s'était retourné pour la regarder encore une fois, mais elle ne prit pas la peine de l'imiter. Au fond d'elle, elle était encore dans cet étrange brouillard. L'idée de son ancienne avocate assassinée abattait tout simplement Doreen. Aussi loin qu'elle était concernée, son ex était probablement impliqué, et cela lui remémora une affaire vite résolue. Pourtant, Mack et les autres s'étaient déplacés jusqu'ici.

Ils étaient vraiment venus chez elle pour l'interroger à

propos de ses allées et venues, et elle ne savait pas quoi penser de tout ça. C'était blessant sur bien des points ! Oui, c'était quelque chose qu'ils avaient dû vérifier et confirmer comme n'étant rien du tout. Et ce n'était effectivement rien, mais elle était devenue une épave émotionnelle à cause de ça. Elle ne les avait même pas regardés partir. Ils avaient simplement disparu, et elle était restée assise, désormais avec Goliath sur ses genoux qui essayait de pousser Thaddeus sur le côté. Au lieu de ça, l'oiseau futé avait grimpé sur le dos de Goliath, et Mugs s'étirait à côté d'elle sur la terrasse.

— Bon, et maintenant, qu'est-ce qu'on fait ?

Mais alors, son téléphone sonna. Elle baissa les yeux pour constater qu'il s'agissait de Nick, le frère de Mack. Elle grogna.

— Argh, je ne veux pas lui parler ! À moins que… défend-il les innocents ? Je pourrais avoir besoin d'un avocat… (Elle prit le téléphone, répondit et lâcha :) Hé ! Êtes-vous un avocat criminaliste ?

— Non, répondit-il. Pourquoi ?

— Cela signifie-t-il que vous n'exercez pas dans le droit pénal ?

— Non, bien sûr que non, rétorqua-t-il, confus. J'en suis capable. Mais vous seriez bien avisée de demander à quelqu'un de plus expérimenté et entraîné dans le domaine. Pourquoi ?

— Je crois que je pourrais avoir besoin d'un avocat… dit-elle brutalement.

Soudain, il y eut un silence à l'autre bout du fil.

— Peut-être que cela a un lien avec la raison de mon appel, reprit-il, en parlant avec précaution. Y a-t-il quelque chose dont vous voulez me parler ?

Elle fixa le portable.

— Eh bien, je ne l'ai pas tuée, se défendit-elle en l'énonçant clairement. Et Mack vient de partir, après m'avoir posé un tas de questions comme si j'étais suspecte. Je n'ai pas vraiment apprécié et je n'apprécie pas non plus que vous en doutiez. Je le comprends, venant de vous, enfin un peu, car on vient seulement de se rencontrer. Mais de la part de Mack ? Non !

— Je suis sûr qu'il effectuait simplement son travail et tentait de s'assurer qu'il le faisait au mieux, car autrement, l'affaire pourrait être confiée à quelqu'un d'autre, qui aurait eu à vous interroger également, expliqua-t-il. Et cela n'aurait absolument rien eu de plaisant.

— Oh ! réagit-elle d'une petite voix. Je ne l'avais pas envisagé sous cet angle.

— Vous auriez dû, car Mack croit bien évidemment en vous et sait que vous ne causeriez de tort à personne. Mais étant donné qu'il s'agit de la petite amie de votre ex-mari, qui était également votre avocate peu scrupuleuse qui vous a laissée presque sans le sou, c'est une tout autre histoire.

— Peut-être, concéda Doreen. Je veux dire, j'ai certainement voulu la tuer par moments. Tous les deux, en vérité. En théorie, bien entendu. Rien que du vent.

— Il y a toujours des gens que nous aimerions théoriquement éliminer, lâcha-t-il sur le ton de la plaisanterie. Mais ensuite se pose la question : êtes-vous passée à l'acte ou non ?

— Eh bien, non, répliqua-t-elle presque distraitement. Et évidemment, mon vote pour le plus suspect de tous revient à mon ex-mari. Je parie que c'est lui qui l'a tuée.

— Et ce serait presque trop facile. On penserait qu'il s'y connaîtrait un peu afin de rendre ça moins évident.

— Bonne remarque, ce qui me laisse penser que

quelqu'un aurait pu lui tendre un piège et lui causer des problèmes, marmonna-t-elle.

— Ce qui nous amène de nouveau à vous.

Cela la fit grimacer.

— Super ! Donc même quand j'émets mes théories, elles me contournent pour me botter les fesses.

Il ricana.

— Vous devez avoir confiance en Mack qui s'efforcera de lever les soupçons qui pèsent sur vous et de vous rendre votre liberté.

— Je suppose, oui. Aviez-vous une raison spécifique de m'appeler ?

— Eh bien, j'ai entendu parler du corps… Le fait que je sois impliqué dans cette histoire en second plan explique que c'est apparu sur mon radar.

— Vous ne l'avez pas assassinée, n'est-ce pas ? demanda-t-elle subitement.

Son halètement surpris fut clairement entendu à l'autre bout du fil, puis il se mit à rire.

— Non, je ne l'ai pas tuée non plus.

— D'accord, je vérifiais simplement, se justifia-t-elle chaleureusement, car, quand on y pense, c'est quelqu'un que vous n'aimiez vraiment pas non plus. (Soudain soucieuse, elle continua :) Et de la même manière, en suivant cette logique, Mack est dans le même bateau.

— Hmmm, je ne vous conseille pas de vous lancer dans la théorie selon laquelle Mack serait également suspect, prévint-il d'une voix étranglée, s'empêchant de s'esclaffer.

— Non, il n'apprécierait pas, n'est-ce pas ? acquiesça-t-elle avant d'avoir un rire moqueur. Mais il aurait enfin l'occasion de comprendre comment je me sens actuellement.

— Mais il effectuait son boulot, et vous ne feriez que lui

causer inutilement du souci, contesta-t-il, l'air toujours aussi chaleureux.

— Exact, et je ne peux lui infliger ça. (Elle soupira.) Bon, très bien. Alors, comment allons-nous trouver ce gars ?

Un autre moment de silence arriva. Il finit par demander :

— Que voulez-vous dire ? Attendez une minute... De quoi parlez-vous ?

— Eh bien, on ne peut pas me laisser avec la corde au cou ! s'exclama-t-elle. C'est une situation vraiment très inconfortable, vous savez ?

— J'en suis sûr, mais vous devez laisser la police tranquille, pour qu'ils puissent résoudre cette enquête.

En entendant ça, Doreen se mit à se gausser.

— Vous me taquinez, c'est ça ? C'est ce que je fais ! Enfin en tout cas, auparavant...

— Combien étaient des affaires classées ?

— Mack vous a raconté, n'est-ce pas ? l'accusa-t-elle.

— OK, attendez une minute. Curieusement, je suis en train de perdre le fil de cette conversation.

— Oui, j'ai déjà entendu ça une ou deux fois... marmonna-t-elle.

— De quoi parlez-vous ?

Doreen secoua la tête.

— Ne vous inquiétez pas pour ça. Je dois simplement effectuer quelques recherches.

— Houlà, houlà ! Quelles recherches ? Ne foncez pas tête baissée maintenant. Vous n'avez aucune idée de ce que fait Mack, et ce que nous ne souhaitons pas, c'est lui causer des problèmes qui anéantiraient sa capacité à découvrir ce qui est réellement arrivé là-bas.

— Non, nia-t-elle en secouant la tête. Ce n'est certainement pas ce que je veux…

— Oh ! bien, parce que…

— … Mais je ne prévois pas non plus de rester assise à attendre.

— C'est précisément ce que vous devriez faire. N'importe quelle autre action donnerait l'impression que vous essayez de brouiller les pistes pour vous disculper.

— Mais je ne suis pas coupable ! répéta-t-elle posément. Alors, pourquoi m'abstenir ?

Sa voix devint alarmée.

— Non, non, non, non. N'agissez pas. Vous devez laisser Mack s'en charger.

— Oui, eh bien Mack est déjà venu ici, et il n'a aucune idée de qui a commis ce meurtre.

— Et vous non plus, répliqua fermement Nick. Je vous en prie, restez hors du chemin de mon frère.

Elle fronça les sourcils face à son téléphone.

— OK… Vous ne le connaissez pas comme je le connais.

Il soupira de frustration.

— Ah non ? Peut-être pas, mais je le connais plutôt bien, et il se consacre vraiment à accomplir ce qu'il pense nécessaire.

— Bien sûr, mais cela ne signifie pas qu'il ne peut pas recevoir un peu d'aide ici et là. (Elle baissa les yeux vers ses animaux et sourit.) Et on a une brigade spéciale pour nous épauler.

— Oh ! je n'aime pas ce que j'entends… avertit Nick.

— Tout ira bien ! Il comprendra totalement, lâcha-t-elle avant de raccrocher.

Elle resta assise pendant quelques minutes sur sa nouvelle chaise de seconde main, à sa nouvelle table de seconde main, appréciant simplement la vue et en songeant à son monde qui avait complètement basculé, si rapidement.

— J'ignore ce qui se passe, dit-elle à ses animaux, mais nous ne l'avons pas tuée, alors nous trouverons le coupable.

Là-dessus, elle se leva et, pile à cet instant, son téléphone sonna de nouveau. Elle grommela, les yeux baissés vers l'écran.

— Seigneur, c'est en train de devenir une de ces sales journées…

Elle décrocha en remarquant que c'était Nan qui appelait.

— Hé, Nan !

— Tu es au courant ? cria la voix de Nan au téléphone.

— Oui, j'en ai entendu parler… Elle est morte. Cette garce est morte !

— Oh ! je ne pense pas que tu devrais t'en réjouir de cette façon…

— J'en suis consciente. Je ne suis autorisée à rien dire désormais, car tout le monde me jugera là-dessus. Désormais, je suis soit coupable, soit comblée, ou je ne sais quoi.

— Oh ! ma chérie… Tu passes une sale matinée, hein ? s'enquit gentiment Nan.

— Eh bien, Mack est venu, m'a posé des questions sur mon emploi du temps pendant les heures supposées de son assassinat. Alors, comment crois-tu que je me sens ?

— Tu devrais être excitée puisque désormais tu sais ce que c'est d'être interrogée. Et tu es parfaitement consciente que Mack est convaincu de ton innocence, donc tu devrais te sentir vraiment soulagée qu'il se charge en réalité d'étudier toutes les pistes pour s'assurer de trouver qui est vraiment coupable.

Doreen fixa le téléphone, sous la surprise, avant de se

laisser tomber sur sa chaise.

— Oh !… Je suppose que je n'avais pas autant réfléchi.

— Oh ! ma chérie, tu étais en colère contre lui, j'imagine…

— Il faut avouer que ce n'était pas très agréable, marmonna Doreen.

— Bien sûr que non, mais il ne l'a pas fait exprès.

— Sauf s'il l'a tuée lui-même.

— Mack n'aurait eu aucune raison de l'éliminer, contesta Nan d'une voix ferme.

— Non, je suppose que non. Mais je m'interroge tout de même.

— Mais comment peux-tu même envisager qu'il commettrait une chose pareille ?

— Je l'ignore… Il est clairement en colère contre mon futur ex-mari et mon ex-avocate d'avoir conspiré pour s'assurer que je n'obtiendrais rien du tout à la suite du divorce.

— Et alors ? Tu as aussi quitté ce malheureux mariage et retrouvé ta liberté depuis. Mack n'a donc aucune raison de garder une rancune contre eux, et tu le connais depuis suffisamment longtemps pour savoir que ce n'est pas son genre de toute manière.

— C'est vrai. Je ne me sens simplement pas très bien ce matin.

— La solution est à ta portée, ma chérie… Tu dois te lever et mener ton enquête.

— Eh bien, j'essaie encore d'obtenir des détails sur cette affaire. Mack m'a avoué qu'elle avait été poignardée.

— Oh !… réagit Nan comme si elle venait de découvrir un secret. C'est intéressant.

— C'est aussi très révélateur, poursuivit calmement Doreen, tandis qu'elle y réfléchissait en même temps. Cela signifie que c'était intime et personnel, car c'est un acte souvent commis par quelqu'un qui éprouve de la rancœur.

— Qui pourrait aller aussi dans le sens de ton ex-mari ? Nous ignorons tout ce qui s'est passé entre eux, mais quelque chose est arrivé, sinon Robin ne t'aurait pas attaquée.

— Oui, eh bien, tout s'aligne parfaitement pour quiconque serait tenté de me voir derrière les barreaux, marmonna Doreen.

— Mais nous savons que ce n'est pas toi. En plus, que faisait Robin en ville, d'ailleurs, à part t'embêter ?

— Je suis certaine que c'est une autre partie de l'énigme que nous devrons résoudre.

— T'avait-elle recontactée ?

— Non, je ne crois pas. Je ne me sentais pas bien hier, et mon épaule était assez douloureuse, alors je ne suis pas allée sur mon ordinateur ni sur mon téléphone.

— Je ne suis même pas sûre que tu aurais pu la poignarder...

— J'en aurais probablement été capable, grommela-t-elle. Mais pas sans une grande souffrance. (Elle fronça les sourcils en y songeant.) Mack devrait être conscient que je ne suis toujours pas en grande forme.

— Arrête de blâmer Mack ! lâcha fermement Nan. Il effectue seulement son travail.

Doreen grogna.

— Je ne peux m'empêcher de le vivre mal, comme une trahison.

— Non, mon cœur. La trahison, c'est le fait que quelqu'un l'ait tuée ici, dans ta ville, laissant croire que tu aurais pu être la meurtrière. D'ailleurs, combien de personnes étaient au courant que ton ancienne avocate se trouvait là ?

— Je n'en ai aucune idée. Combien connaissaient son existence ? Je ne voulais certainement pas d'elle à Kelowna ! s'exclama Doreen. J'y suis venue pour m'éloigner d'eux.

— Eh bien, dans ce cas, on peut sans doute trouver ce que Robin trafiquait d'autre ici. (Après quelques secondes de silence, Nan continua :) Des nouvelles de lui ?

— Qui ?

— Ton ex-mari.

— Argh, non ! Pourquoi me contacterait-il ?

— Je ne sais pas. C'était une simple question, ma chérie. Ça ne ferait pas de mal de s'assurer que tu n'as pas reçu un indice de quelqu'un, d'une manière ou d'une autre.

— Oui, je vais chercher. Je vérifierai mes courriels au moins, je ne m'en suis pas du tout occupée aujourd'hui ni hier.

— Bien, fais donc ça et ensuite, descends prendre le thé avec moi.

— Je suis en train de boire du café en ce moment, dit-elle par contradiction avant de poser les yeux sur Thaddeus et Mugs. Mais les animaux apprécieraient vraiment de te rendre visite.

— Ce sera notre cas à tous. Alors, finis ton café, consulte tes messages et vérifie que ton ex ou quelqu'un d'autre ne t'a pas contactée. Puis viens ici pour partager du thé avec moi. Ça t'apaisera.

— Et pendant ce temps, tu feras le tour pour voir si quelqu'un par chez toi détient la moindre information ?

— J'en serais ravie ! lâcha Nan d'une voix purement joyeuse.

Doreen était reconnaissante envers sa grand-mère qui parvenait presque toujours à lui remonter le moral. En riant, Doreen raccrocha le téléphone. Elle se leva, se remplit une autre tasse de café avec le restant de la cafetière et se rendit à l'étage pour troquer ses vêtements contre une tenue toute prête afin d'aller rendre visite à Nan, puisqu'elle avait enfilé un short et un tee-shirt plus tôt. Elle choisit un pantacourt et un petit haut habillé, puis glissa ses pieds dans des sandales. Sirotant sa boisson chaude en flânant dans son jardin, elle cherchait vraiment à éviter de lire ses courriels…

Dans un soupir, elle marcha directement vers son ordinateur, s'assit et consulta sa messagerie électronique. Puis elle émit un grognement. Parce que, bien évidemment, son ex-mari l'avait contactée tard la nuit dernière. D'abord, elle prit une photo de l'écran, montrant le courriel non lu, et elle cliqua sur ce dernier.

Je viens en ville, et il faut que je te parle. Tu auras quelque chose à y gagner.

Elle grimaça en lisant ça, prit un autre cliché et transmit les deux images à Mack. Quand son portable sonna quelques instants plus tard, elle le saisit et dit :

—Je n'étais pas au courant, je viens de le voir. Nan m'avait suggéré de consulter mes messages.

—C'est tout ce qu'il a écrit ? demanda-t-il d'un ton allègrement convaincant.

—Oui.

—Et indique-t-il un lieu ?

—Euh… (Elle relut le courriel et répondit :) Non, rien ici. Seulement qu'il veut qu'on se retrouve.

—Vérifiez votre téléphone.

—OK, attendez un instant. (Elle consulta ses SMS et annonça :) Non, rien non plus.

—Est-ce qu'il a votre numéro, d'ailleurs ?

—Je ne pense pas. Mais il se souviendrait de Nan, forcément, alors il me chercherait probablement chez elle, même sans être au courant qu'elle a déménagé.

— Bien. Je me demande s'il l'a contactée…

— C'est possible, mais je ne vois pas pourquoi elle lui accorderait du temps.

— Bien sûr que non, mais ça ne dissuaderait pas quelqu'un qui s'est donné pour mission de le faire.

— De quoi voulait-il me parler ?… pensa-t-elle à voix haute.

— Mon frère a compilé des éléments en votre nom comme les plaintes envers votre avocate pendant le divorce, alors on pourrait s'attendre à quelques oppositions…

— Peut-être, grommela Doreen, mais en même temps, j'aurais pensé que tout ça n'aurait été que des discussions entre avocats. Cela me rend perplexe qu'il ait essayé de me joindre directement.

— Peut-être qu'il tentait de trouver un moyen de vous faire culpabiliser ou de mobiliser vos émotions.

— Probablement… Il est difficile de savoir ce qu'il a en tête.

— Lui avez-vous souvent cédé ?

— Oh oui, tout le temps ! C'était tellement plus simple. De plus, c'était comme ça qu'il m'éduquait.

— Donc quand il voulait obtenir quelque chose de vous, il venait à vous directement. Et c'est probablement ce qu'il a entrepris dans ce cas.

— C'est ça, pour essayer de me convaincre de laisser tomber tout ça, je présume, ou peu importe ce dont Nick est l'instigateur, et de faire disparaître tout ça éventuellement ?

— Exactement, acquiesça Mack. Le décès de sa petite-amie et votre ex-avocate pendant le processus est une tout autre affaire.

— Et cela ne m'aide pas du tout à me sentir mieux.

— Bien sûr que non, compatit-il de sa douce voix. Comment allez-vous ?

— Toujours déroutée. Encore contrariée et choquée.

— Évidemment que vous l'êtes, réagit-il d'un ton un peu plus distant. Elle était avec votre mari.

— Je ne… (Elle marqua une pause.) Écoutez, je ne suis pas ennuyée par le fait qu'elle était la petite amie de mon mari, ou mon ancienne avocate d'ailleurs, même si je le devrais, et je suppose que je le serai quand j'aurai l'occasion de vraiment enquêter sur ce qu'il s'est passé, mais ce n'est pas la raison pour laquelle je suis vexée. Je le suis, car vous êtes venu me poser toutes ces questions. Comme si j'étais vraiment un suspect ou autre…

— Je le conçois. Mais souvenez-vous, si je n'enquête pas et ne documente pas correctement cette enquête, elle sera bâclée, ou bien je serai réassigné et vous aurez affaire à quelqu'un d'autre. Alors, je devais vous interroger, avec des témoins légitimes afin de veiller à ce que tout le monde sache que tout a été entrepris de façon légale et honnête.

— Bien, répondit-elle en prenant une grande inspiration, et je peux comprendre ça, dans une certaine mesure. Mais d'un autre côté, ça m'évoque une terrible trahison.

Mack soupira.

— Eh bien, j'espérais que vous ne le prendriez pas comme ça, car ce n'était certainement pas mon objectif. Exactement le contraire, d'ailleurs.

— Et je m'en contenterai ! Je vais descendre jusque chez Nan pour boire le thé dans une minute.

— Faites donc ça. Nan ralliera les troupes autour de vous pour que vous vous sentiez mieux.

— Je l'espère. Bref, je dois y aller.

Et elle lui raccrocha au nez.

Chapitre 2

Samedi, milieu de matinée…

Par la suite, Doreen prit une laisse, considérant que Goliath n'avait pas été attaché depuis longtemps et qu'elle devrait peut-être réessayer. Le chat avait d'autres plans cependant, et Doreen finit par abandonner et jeter la laisse sur le côté avant de dire :

— Quelle perte d'argent ce truc !

Ça avait fonctionné pendant un temps, mais ensuite, elle avait perdu l'habitude de l'utiliser, et cela signifiait qu'elle ne réussirait plus à la mettre à un chat têtu désormais, étant donné que la régularité était la clé dans ce domaine… Mais ce n'était pas vraiment la faute de Goliath. Avec les animaux dans son sillage et se sentant chanceler, Doreen serait bien avisée d'éviter d'approcher de la rivière. Alors, à la place, ils se dirigèrent vers l'autre côté. Quand elle arriva chez Nan, sa grand-mère était assise dehors et l'attendait.

La vieille femme alerte bondit sur ses pieds, traversa la pelouse en courant sur les petites pierres de gué et fit à Doreen un énorme câlin en prenant garde à son épaule blessée.

—Tu n'as pas l'air d'aller bien, remarqua instantanément Nan.

En réaction, Doreen grimaça.

— Merci.

Nan secoua immédiatement la tête.

— Je ne voulais pas le dire comme ça, mais tu sembles simplement très démoralisée.

— Je ne sais pas. J'ai bien l'impression de m'être levée du mauvais pied ce matin. Et ça ne cesse de se dégrader depuis.

— Et c'était probablement une prémonition, indiqua Nan en opinant sagement du chef.

Doreen regarda sa grand-mère et lui demanda :

— Comment ça ?

— Peut-être qu'en un sens, tu étais consciente que cette femme allait mourir. Elle n'était pas seulement ton ancienne avocate, elle t'a représentée pendant ton divorce puis a emménagé avec lui à la minute où tu es sortie de sa vie. Sans mentionner les délits qu'elle a commis en te soutirant le moindre centime.

— Si j'avais su que quelqu'un avait l'intention de l'assassiner, j'aurais tenté de l'arrêter.

Nan la considéra avec surprise. Doreen haussa les épaules.

— Elle était une horrible personne, bien sûr, mais j'essaie seulement d'avancer.

Nan hocha la tête.

— C'est parce que tu es meilleure que je ne le suis. Viens, ma chérie, dit-elle en retournant au patio avec Doreen, avant d'ajouter : Assieds-toi, assieds-toi. J'ai une jolie surprise pour toi.

Quand Nan retourna avec précipitation dans sa petite cuisine, Doreen souriait, installée à la table sur le patio ; elle posa Thaddeus dessus. Mugs s'approcha sur le côté près de la chaise de Nan et se laissa tomber sur le sol.

— Bon. Il nous faut quelque chose d'un peu moins déprimant et un peu moins triste, là, tout de suite, marmonna-t-elle.

À cet instant, sa grand-mère ressortit avec une assiette de petites pâtisseries. Doreen s'illumina.

— Elles ont l'air fameuses ! s'exclama-t-elle, ravie. Où les as-tu eues ?

— Je suis descendue jusqu'à la petite boulangerie, *Chez Sandra* ou *Chez Sandrine*, peu importe. C'est dans le centre, après Dilworth. On y confectionne de la chouette pâtisserie.

— Nan, ça a dû te coûter hyper cher !

— Et je m'en fiche complètement, rétorqua fermement Nan. Honnêtement, je n'ai pas regardé le prix. Je me suis dit que si j'avais envie de quelques petites pâtisseries, celles-ci étaient de bonne taille, et qu'ainsi, je pourrais en prendre une ou bien deux, si je le souhaitais.

Doreen rit.

— Eh bien, tu peux assurément en manger une ou deux quand elles ne sont pas énormes, comme celles-ci.

— Tout à fait ! Alors, profite, tout simplement, s'extasia Nan avec le sourire. (Elle repoussa légèrement l'assiette près de Doreen.) Et j'en ai acheté deux de chacune. Maintenant, prends-en une, une de chaque sorte.

Doreen obtempéra donc, affichant un large rictus sur le visage.

— Je n'ai pas petit-déjeuné, se confessa-t-elle.

Le plat fut immédiatement récupéré.

Nan la regarda avec stupeur puis la gronda.

— Eh bien, tu ne peux pas avoir de sucre si tu n'as pas mangé, la réprimanda-t-elle avant de se remettre debout et de disparaître dans la cuisine avec l'assiette.

Doreen fixa tristement l'unique morceau qu'elle avait réussi à prendre dans le plat. Il était orange et rond. Elle n'avait aucune idée de ce qu'il y avait à l'intérieur, mais il était vivement coloré et lui donnait le sourire. Elle était assise là, avec le thé qui refroidissait, en attendant que Nan vaque à ses occupations, quelles qu'elles soient. Elle craignait de se perdre en songeant à toute cette histoire. Elle ne s'était pas bien nourrie ces derniers jours, et peut-être était-ce une partie de son problème. Cependant, elle voulait vraiment savourer ces pâtisseries, mais sa grand-mère avait raison : elle ne devait probablement pas ingurgiter ce genre de choses le ventre vide, après avoir bu deux tasses de café.

Ce fut à cet instant que revint Nan, précédée d'une odeur de toast chaud et beurré. Doreen s'esclaffa quand elle s'en rendit compte.

— Je n'en ai pas mangé depuis un moment !

— Alors, c'est l'occasion, et j'ai même apporté du fromage pour faire bonne mesure.

Avec des tranches de fromage posées sur la tartine, Doreen avala rapidement son petit-déjeuner, contente de calmer la caféine qui créait des bulles dans son estomac.

— Ça ne me disait simplement rien ce matin, expliqua Doreen. Et ensuite, après la visite de Mack, c'était encore plus difficile.

— Évidemment que ça l'était, compatit Nan avec sympathie, mais ne t'inquiète pas de ça maintenant.

— Peut-être, oui…

Nan versa le thé et reprit :

— J'espère vraiment qu'il est encore chaud.

— Ça devrait être bon. Alors, as-tu eu l'occasion de parler à quelqu'un ?

— Absolument ! J'ai discuté avec plusieurs d'entre eux.

Personne ne savait qui elle était, où elle était ni même qu'elle se trouvait en ville. Mais ils te félicitent tous d'avoir gagné.

En entendant cela, Doreen la fixa, sous le choc.

— Me félicitent ? D'avoir gagné quoi ?

— Oh, mon cœur, c'est simple ! Nous sommes conscients que tu ne l'as pas tuée, et c'est fantastique, mais au moins, elle est partie désormais. As-tu songé à ça ?

Doreen s'immobilisa, observa Nan et secoua la tête.

— Non… Je n'y avais pas encore pensé de cette façon.

— Tu aurais fini par le faire, lui dit Nan de façon encourageante.

— Je me le demande, marmonna Doreen. C'est comme si j'étais ailleurs…

— C'est que la matinée a été difficile. Et honnêtement, tu as connu plusieurs jours compliqués. J'en conclus que le départ d'Isaac a été pénible pour toi.

— En effet. Thaddeus en était assez contrarié.

— Bien sûr qu'il l'était. D'un autre côté, nous sommes certains que le garçon et sa mère seront dans une bien meilleure situation.

— J'en suis consciente, déclara Doreen. C'est encore une de ces affaires où tout finit par s'arranger, mais en même temps, on y gagne de la contrariété et une perte auxquelles il faut s'adapter après coup.

— Certes, répliqua Nan avec le sourire. Mais ça reste positif.

— Je crois que tout m'est tombé dessus en une fois.

— Oui, et c'est normal.

— Pas vraiment ce que je voulais subir en ce moment…

— Non, et nous avons d'autres choses importantes auxquelles penser. Il s'agit de ton ex, car ceci change complètement la donne.

— Ça ne change rien, rétorqua Doreen en la fixant du regard. De quoi parles-tu ?

— Eh bien, avec ton avocate hors de ton chemin, expliqua Nan en se penchant en avant, tu peux modifier le cours de l'histoire.

— Je ne vois pas comment. J'ai tout signé, tu te rappelles ?

— Oui, mais à ce moment-là, l'avocat, le frère de Mack, pourrait tout corriger, non ?

— Eh bien, le tribunal s'en occupe, et j'ignore si son décès me donnera plus de chances, marmonna Doreen. Surtout que je suis apparemment un suspect.

Là-dessus, Nan s'adossa, déçue.

— Je n'avais pas songé à ça…

— Eh bien, moi non plus, pas vraiment. Je n'ai pas pris le temps ni fourni l'effort de réfléchir à tout ça, car, crois-le ou non, j'essaie encore d'assimiler la nouvelle.

— Et cela m'angoisse également, dit Nan en étudiant sa petite-fille avec attention.

— Malgré ses aspects négatifs évidents, j'ai passé un tas d'années avec Mathew, raconta calmement Doreen. Alors, l'idée que sa maîtresse dévouée et légale ait été assassinée, ici, dans notre ville, est un peu déconcertante…

— C'est compréhensible, reconnut instantanément Nan. Ça cause du chagrin.

— Oh ! Nan, je ne crois pas être une personne suffisamment bien pour pleurer la petite maîtresse sournoise de mon ex-mari…

— Mais tu dois trier tes émotions. Le deuil de ton mariage, la trahison que tu as subie de leur part à tous les deux… Seulement alors, tu pourras aller de l'avant.

— Tu crois ? demanda Doreen. Je ne sais même pas

pourquoi je devrais faire le deuil de ce mariage maintenant. (Elle tourna les mains, paumes vers le haut.) Je dirais simplement que je suis un peu confuse en ce moment.

— Bien. Tant que tu es confuse et que tu l'avoues honnêtement, alors tout va bien, affirma Nan.

Chapitre 3

Samedi, milieu d'après-midi...

DOREEN ESPÉRAIT QUE tout fonctionnerait bien ainsi, mais elle n'en était pas si sûre… C'était comme si tout était sens dessus dessous en ce moment. Cependant, elle avait complètement savouré le toast au fromage puis le dessert avec sa grand-mère. Comme elles se baladaient un peu autour de Rosemoor, Nan lui donna les dernières nouvelles des lieux. Le directeur avait une nouvelle petite amie. Ils étaient tous en train de se demander si c'était une bonne ou une mauvaise chose, mais l'endroit était empli de jovialité. L'humeur était bonne, et il semblait que la seule personne contrariée et déprimée était Doreen elle-même.

Ne prêtant pas attention à tout ça, elle rendit visite à plusieurs autres résidents avant de retourner chez elle. Cette fois, elle décida de prendre le chemin de la rivière, détestant cette peur alimentée par sa dernière nage qui l'avait affectée plus qu'elle ne l'aurait cru. Peut-être était-ce une crainte qu'elle pourrait combattre. Elle avait adoré cette crique – désormais devenue une rivière en crue – avant la dernière attaque. Elle voulait l'aimer de nouveau.

Elle fut agréablement surprise quand, arrivée au coin de

la rue, elle découvrit que le niveau de l'eau avait beaucoup baissé. Le sentier était visible, légèrement trempé si elle marchait trop près de la rivière, mais aux abords de la berge, c'était suffisamment sec pour pouvoir y marcher aisément. Voilà comment Nan avait réalisé si aisément ses allers-retours ; il y avait clairement eu un changement de météo, et c'était une bonne nouvelle.

Il était difficile de croire que cela avait été un entonnoir d'eau déchaînée quelques jours auparavant, quand elle avait été balancée dedans. Mais tout allait pour le mieux. Que serait-il advenu si le niveau de l'eau avait été aussi bas qu'actuellement ? Doreen serait partie à la dérive, et on aurait pu lui tirer dessus, comme un canard, et sûrement pas une, mais plusieurs fois.

Repoussant cette pensée morbide, elle se sentait réellement plus contente, avec les animaux qui bondissaient autour et derrière elle, tellement ravis d'être de retour dans leur repaire favori. Elle les accompagna tout du long jusqu'à revenir à la maison, puis arriva dans son jardin, où elle avança jusqu'à la terrasse et sourit. Elle avait désormais son chouette rocking-chair avec un repose-pied, ainsi que la table et les quatre chaises qu'elle avait reçues de Mack. Désormais, tout ce dont elle avait besoin, c'était une ou deux autres chaises qu'elle pourrait utiliser sur le petit patio bétonné. Ou un petit canapé. Ainsi, Mack pourrait la rejoindre dehors lors d'une plus longue visite.

Cependant, elle se réjouissait déjà de ce qu'elle possédait, et tout arrivait continuellement gratuitement ou presque. Essayant de se débarrasser des résidus de son blues, elle se prépara une tasse de thé et l'apporta avec elle à l'extérieur. Comme elle balayait son jardin des yeux, elle se rendit compte qu'elle avait oublié les travaux planifiés dans celui de

Millicent. Et c'était un revenu qu'elle ne pouvait pas se permettre de perdre. En grimaçant, elle attrapa rapidement son téléphone et l'appela. Quand celle-ci répondit, Doreen s'excusa immédiatement.

— Millicent, je suis tellement désolée ! J'ai omis de travailler dans ton jardin la semaine dernière.

Il fallut un moment à Millicent avant de répliquer :

— Bonté divine, Doreen ! Tu n'as certainement pas besoin de t'inquiéter à propos de mon jardin. C'est ridicule. On t'a tiré dessus, pour l'amour du ciel ! Tu dois prendre soin de toi.

— Non, non, non. Ce n'était qu'une petite brûlure, je vais bien. Je suis simplement vraiment navrée.

— De plus, tu as été quelque peu débordée, ma grande.

— Oui, et je le suis toujours, marmonna Doreen. Veux-tu que je vienne aujourd'hui pour rattraper mon retard ou plutôt vendredi comme d'habitude ?

— Eh bien, si tu as envie de t'en occuper aujourd'hui, ce ne sera pas une mauvaise idée. Pas de travail pénible, peut-être simplement arracher ces fichues mauvaises herbes.

— Parfait ! Je suis d'une drôle d'humeur de toute façon, alors j'espère que ça m'aidera à penser à autre chose.

— Génial. Viens tout de suite si tu le souhaites, dit Millicent avant d'hésiter. Ou préfères-tu après déjeuner ?

— Maintenant, ce serait bien, répondit Doreen en se mettant debout. Je viens de manger quelques bricoles chez Nan, donc je suis pleine d'énergie et prête à partir.

— Oh, super ! Je vais mettre en route la bouilloire, simplement au cas où.

Et Millicent raccrocha.

Après une œillade vers sa tasse à moitié vide, Doreen haussa les épaules et avala son thé. Puis elle cria après sa bande, saisit ses gants de jardinage et se dirigea vers la maison de Millicent. Mack ne pourrait sans doute pas s'énerver contre Doreen d'en faire autant. C'était le jardin de sa propre mère, après tout. Quand elle arriva, Millicent était déjà assise dehors. Elle sourit et déclara :

— J'apprécie sincèrement que tu sois là, ma grande. Je sais que tu es vraiment occupée ces jours-ci. Je veux simplement que tu te ménages.

— Non, je ne suis pas trop débordée pour travailler. Je n'ai aucun revenu, alors je ne peux vraiment pas me permettre de ne pas bosser.

— Oh ! ma chère, j'espère vraiment que le profit des antiquités arrivera bientôt.

— Moi aussi. C'est seulement que certaines pièces doivent être réparées, et Scott souhaitait attendre et vendre le tout en une fois, expliqua-t-elle en haussant les épaules, comme si elle reconnaissait qu'elle était impuissante et qu'elle ne souhaitait vraiment pas le bousculer.

— Et concernant ton mari ?

— Oh, lui ! s'exclama Doreen en levant les yeux au ciel. Il n'y a rien à en dire.

— Mais j'ai cru comprendre qu'il y avait eu un meurtre et que tu pourrais être impliquée.

— Ne le suis-je à chaque fois ? ironisa Doreen en riant avant de soupirer. Donc mon mari m'a mise à la porte et a fait entrer à ma place ma jeune et attirante avocate de divorce. Je n'en avais aucune idée jusqu'à ce qu'on ait signé tous les papiers. Et maintenant, malheureusement, cette avocate est réapparue. Décédée.

Millicent lâcha un cri de surprise, abasourdie.

— Oh, mon Dieu ! Vraiment ?

Doreen acquiesça.

— Et le pire, c'est que cette petite traîtresse a eu l'audace de mourir ici, en ville. Elle vivait sur la côte avec lui bien sûr, mais non, elle est venue jusqu'ici pour râler et divaguer devant moi à propos de je ne sais quoi. Et qui peut bien être au courant de ce dont il s'agissait ? Tout ce que j'ai pu en déduire, c'est qu'elle était contrariée parce que Nick essayait de m'aider, finit-elle par annoncer en se tournant vers Millicent.

— Oh, c'est vrai ! réagit-elle, surprise. J'avais complètement oublié ce détail.

— Apparemment, il s'est occupé de quelques papiers récemment, et je suppose qu'elle en a été avertie ou que, d'une façon ou d'une autre, elle a soupçonné pendant ses investigations que nous faisions marche arrière. Alors, elle est venue jusqu'ici pour s'en prendre à moi, et maintenant, elle est morte. Naturellement, tout le monde pense que je l'ai tuée. (Comme Millicent la regardait fixement, Doreen haussa les épaules et lui adressa un petit sourire.) Pour information, au cas où tu te poserais la question : je n'y suis pour rien.

Millicent explosa de rire.

— Oh, Seigneur ! Cela ne m'a jamais effleuré l'esprit, ma chère. Tu as passé tellement de temps à aider tout le monde à résoudre ces meurtres, précisa-t-elle en secouant la tête. Je ne peux t'imaginer ajouter ça à ta pile de mystères à démêler.

— Ah, je suis ravie d'entendre ça, car je ne suis pas certaine que ton fils Mack soit d'accord.

Millicent la dévisagea de nouveau, en clignant des yeux.

Embarrassée, Doreen haussa les épaules.

— Mais je n'en suis pas sûre, bien entendu. Comme j'ai dit plus tôt, je marche à côté de mes pompes aujourd'hui. (Elle examina le jardin, prit ses outils et demanda :) Par quoi aurais-tu envie que je commence ?

— Oh, ces soucis ont l'air horriblement tristes ! Pourrais-tu tailler les vieux bourgeons pour moi ? Et les tulipes… elle était censées être coupées il y a des lustres. Mais je laisserais les tiges, au cas où je voudrais les retirer au lieu de les déplacer. C'est tellement plus facile de tirer dessus quand tu as un repère… Une fois que tu les as arrachées, c'est presque impossible de savoir où elles sont, jusqu'à ce que tu commences à les déterrer.

Comprenant ce qu'elle était en train d'expliquer, Doreen opina du chef et répondit :

— Bien, occupons-nous des soucis en premier alors. Tu peux t'asseoir ici et m'indiquer ce que tu attends de moi.

Pendant l'heure qui suivit, Doreen travailla et discuta, changeant avec entrain de sujet à tout moment quand il devenait trop difficile ou déprimant. Quand elle eut fini, les deux femmes étaient en train de rire gaiement.

— Je n'arrive toujours pas à croire que Penny l'ait embauché pour te démolir, lança Millicent en gloussant.

— Oui, et en étant en prison qui plus est. (Doreen secoua la tête.) Je suis consciente que je n'étais pas exactement l'amie qu'elle aurait imaginée, mais franchement, étais-je si mauvaise ? En plus, elle ne s'est pas révélée être si géniale dans ce domaine non plus !

Puis elles recommencèrent à se gausser.

— Eh bien, tu sembles avoir un vrai penchant pour l'envoi de gens en prison, dit Millicent.

— Et c'est là-bas qu'ils doivent être, acquiesça Doreen en fronçant les sourcils. Imagine toutes ces tueries par ici… C'est horrible.

— Oui, n'est-ce pas ? Et je suis certaine que tu feras la lumière sur ce meurtre également.

Doreen la considéra avec surprise.

— Mack a été très clair sur le fait que mon implication n'était pas la bienvenue…

— Bien sûr qu'il l'a été, ironisa Millicent, un sourire naissant sur ses lèvres. Mais depuis quand l'écoutes-tu ne serait-ce qu'un peu ?

En réaction, Doreen éclata de rire.

— Oui, c'est vrai ! Je n'avais pas vraiment considéré les choses sous cet angle.

— Tu devrais ! Tu es impliquée après tout. La victime était ton avocate et en lien avec ton ex-mari, alors, de toute évidence, elle n'était pas très morale ! Tu ne peux pas laisser ça atterrir dans les annales des coutumes locales comme un crime que tu aurais commis. Même si tu n'es pas inculpée, il est fort probable qu'ils te jugeront de cette façon.

— Ce qui est la dernière chose que je souhaite.

— Bien sûr ! Ce serait horrible !

— Je suis venue ici pour recommencer ma vie à zéro.

— En attendant, nous allons joindre nos efforts et étudier comment nous pouvons laver ta réputation.

— Merci, souffla Doreen, un rictus lumineux aux lèvres. Ça m'aide à me sentir bien mieux.

Quand elle rentra chez elle, elle trouva étrange d'avoir effacé cette conversation de sa mémoire, mais ensuite, celle-ci revint en un rien de temps. Que pouvait-elle bien faire chez elle avec toute cette pagaille ? Elle pourrait pister l'avocate… Et évidemment, c'était quelque chose qu'elle aurait dû envisager dès le début. Il n'y avait absolument aucune raison de ne pas l'avoir fait auparavant. C'était tellement agaçant de ne pas s'en être occupée !

Mais maintenant qu'elle se sentait un peu mieux, assise avec une tasse de thé chaud sur la terrasse, elle créa une chronologie de la veille, quand elle avait vu son avocate ici, à Kelowna. C'était un peu difficile de repenser à l'heure à laquelle Robin était apparue, mais elle s'y efforçait. Elle écrivit autant de notes que possible concernant la conversation, incluant le jour, la météo et tout ce qu'elle s'estimait en mesure de griffonner. Penser que cette femme était partie et à la vitesse à laquelle tout cela était arrivé était terrifiant.

Il semblait que Doreen croisait plus souvent la mort depuis son emménagement à Kelowna qu'auparavant dans sa vie. Ce qui expliquait pourquoi l'enquête impliquant le petit Isaac l'avait touchée au plus profond d'elle-même. Parce que ce n'était pas une vieille histoire, ça n'appartenait pas au passé. Il ne s'agissait pas d'une affaire non résolue à clore pour de bon ni d'un meurtrier de notre époque à mettre derrière les barreaux. Résoudre cette énigme avait en réalité été une délivrance, en un sens.

Cela rendait vraiment la vie meilleure pour Isaac et sa mère et, pour ça, Doreen était submergée de joie. Cela ne rendait pas l'épreuve facile pour autant, car Isaac lui manquait. Secouant la tête, Doreen devait encore comprendre pourquoi son ancienne avocate avait été assassinée. Mais Doreen ne détenait pas la moindre information.

Soucieuse, elle se munit de son téléphone et envoya un SMS à Mack : **Avez-vous trouvé le véhicule que conduisait mon avocate ?**

Comme elle ne reçut aucune réponse, elle écrivit un autre message : **La Jaguar verte.**

Il lui répondit, mais avec un simple point d'interrogation énigmatique.

Elle n'y prêta pas attention et lui adressa une brève missive de son cru : **Alors ?**

Ne vous inquiétez pas pour ça.

Sa piètre excuse en guise de réponse. Elle ricana et lui envoya un nouveau texto. **Peut-être pas, mais je ne resterai pas assise sans agir.**

Immédiatement, son portable sonna.

— Ne pas vous mêler de cette affaire est exactement ce que vous devriez faire, l'avertit-il. Vous vous souvenez ? Vous êtes déjà sur la liste des suspects.

— Je suis peut-être sur la liste des suspects, mais aucune personne saine d'esprit ne penserait que je l'ai tuée. Je n'ai aucun mobile.

— Vous plaisantez ? Vous êtes la femme rejetée, d'une part. Et d'autre part, Robin vous a trompée sur le plan professionnel et vous a pris un paquet d'argent dans ce divorce.

— Oui, mais elle avait déjà reçu sa dose puisque apparemment, mon ex l'avait déjà mise à la porte. En plus, c'est lui qui devrait être inquiété dans cette histoire, pas moi !

— Est-il du genre à tuer ?

— On l'a déjà envisagé, simplement pas de ses propres mains, lui rappela-t-elle.

— Mais une femme ? Un tas de gens élimineraient un homme, mais pas une femme. Certains mecs ont une limite qu'ils ne dépassent pas.

— Je doute qu'il ait cette limite et, même si c'était le cas, je soupçonne qu'il l'aurait déjà franchie. Vous vous en souvenez ? Mon ex n'a aucune morale, aucune conscience qui puisse l'arrêter.

— J'ai pigé, marmonna-t-il. Je vérifierai ça et verrai si on a repéré la Jaguar.

— Eh bien, si elle a été retrouvée poignardée au niveau du panneau à l'entrée de la ville et que sa voiture n'y était pas, alors elle a sûrement été déplacée. Elle était probablement à l'hôtel ou autre, et son véhicule était garé à proximité.

Elle entendit un brassage de papiers à l'autre bout du fil.

— Sa voiture de location a été retrouvée près d'un café, pas très loin, annonça-t-il. Mais hors de la route principale.

Doreen fit la grimace.

— Hmmm, pas très bien, ça, grommela-t-elle. Ce n'est pas bon du tout.

— Non, en effet, mais on doit s'en contenter.

— Je comprends. Alors, vous vous renseignerez sur le véhicule ? Le sien ou celui de location ? Si elle a loué la Jaguar, elle l'a sûrement prise à l'aéroport et donc elle a dû venir ici par avion, balbutia-t-elle, son esprit commençant désormais à réfléchir. Mais je ne sais pas dans quel hôtel elle était.

— *Si* elle était bien descendue dans un hôtel. Ça ne représente pas une très longue route de l'ouest de Vancouver jusqu'à Kelowna, lui rappela-t-il.

— Mais encore ? Quatre heures et demie ou cinq heures de trajet ? D'une seule traite ? Faire l'aller-retour le même jour, ça génèrerait beaucoup de stress…

— Peut-être, mais c'est le quotidien de certaines personnes.

— Le vol ne dure qu'une heure, elle a de l'argent, elle n'avait absolument aucune raison d'allonger le trajet par la route. Elle aurait pu voyager en avion, louer la Jaguar, exprimer sa colère puis repartir d'ici en avion sans même y penser.

— Peut-être que c'est exactement ce qu'il s'est passé. Ce n'est vraiment pas si facile d'en être absolument sûrs pourtant.

— Eh bien, ça devrait. Vous devez simplement vous concentrer un petit peu plus, marmonna-t-elle.

Mack éclata de rire.

— D'accord, je vous remercie. Nous savons comment effectuer notre boulot, en réalité.

— Comme vous dites, et je suis au courant, mais là, c'est une tout autre histoire. C'est ma tête qui est en jeu, et je ne peux pas laisser cette affaire non résolue tandis que je traîne dans le coin sans agir.

Une fois qu'elle eut raccroché, elle ne comptait pas laisser passer la piste qu'elle venait de découvrir.

— OK, maintenant, on va la suivre, déclara-t-elle. Commençons avec les horaires.

Elle vérifia les compagnies aériennes et, grâce à un rapide coup de fil, réussit à déterminer que leur victime était censée rentrer chez elle par avion ce soir-là. Elle envoya rapidement cette information à Mack. **Donc pas eu besoin d'hôtel.**

Il ne répondit pas, et elle se dit que c'était bon signe. D'accord, cette femme aimait la nourriture chinoise. Et, armée d'une photo de Robin, Doreen grimpa dans sa voiture, laissant tous les animaux derrière elle. Puis elle roula jusqu'aux quatre ou cinq restaurants chinois qu'elle savait suffisamment proches, en se basant sur sa propre adresse et sur celle où la voiture de Robin avait été trouvée, ainsi que sur le fait que cette dernière aurait pu marcher pour se déplacer d'un endroit à un autre. Et puisque l'avocate était arrivée par avion, elle aurait bien pu louer le véhicule à l'aéroport, dans une agence. Sur place, elle montra sa photo et demanda si Robin avait loué une voiture.

— Oh la la, oui ! s'exclama la jeune femme. Les policiers sont venus ici plus tôt poser des questions sur elle. Car nous n'avons pas récupéré cette voiture…

— Bien, d'accord. A-t-elle dit quelque chose ? A-t-elle précisé combien de temps elle en aurait besoin ?

— Seulement une journée. Elle a indiqué qu'elle repartait le soir même.

— D'accord, et elle était prévue sur le vol de 21 heures.

— C'est tellement horrible ce qu'il lui est arrivé… Vous êtes une de ses amies ?

— Je l'étais, en effet, confirma-t-elle, sincère.

— Le temps est une chose incroyable, commenta l'employée de location de voitures. Il file tellement vite, et on ne sait jamais quand nous n'en aurons plus.

— Oui, j'essaie de retracer les allées et venues de mon amie pour voir qui aurait pu être impliqué dans tout ça.

— Oh ! répondit l'employée en frissonnant. C'est si effrayant.

— Ça l'est, mais plus tôt j'aurai les informations, mieux ce sera.

— C'est tellement dur d'y penser, souffla la jeune femme.

— J'en suis consciente, mais nous étions proches. Est-ce que par hasard vous savez si elle avait des sacs ou quoi que ce soit avec elle ?

— Elle avait un porte-documents en cuir comme les hommes d'affaires. Le genre à contenir un ordinateur portable et de la paperasse. Il était d'un beau bleu lumineux. C'est la seule raison pour laquelle je l'ai remarqué.

— D'accord, dit Doreen en souriant. Je me souviens de l'avoir déjà vu.

— Il est peut-être toujours dans la voiture, mais nous n'avons pas été autorisés à la voir. Je comprends qu'elle soit aux mains des forces de l'ordre.

— C'est possible… J'irai en parler à la police, déclara Doreen avant de se tourner pour sortir et d'envoyer un message à Mack, indiquant que l'avocate avait sa mallette bleue avec elle.

Mack l'appela sur-le-champ.

— Qu'est-ce que vous faites ? aboya-t-il.

— Je me trouve au service de location de véhicules de l'aéroport. Apparemment, l'employée l'a vue avec un sac bleu qui a attiré son regard, marmonna-t-elle en ignorant sa question avant de raccrocher promptement.

Elle mit son téléphone dans le porte-gobelet de sa voiture et retourna en ville. Ce faisant, elle vit un nouveau restaurant chinois, enfin, nouveau à ses yeux en tout cas. Elle changea immédiatement de voie et conduisit jusqu'au parking. Robin était accro à la nourriture chinoise. Si elle avait eu faim, elle se serait rendue ici, c'était sûr.

Doreen entra et découvrit un établissement presque vide. Au comptoir, une jeune femme lui souriait.

— Vous désirez une table ou une commande à emporter ?

— Aucun des deux, déclina Doreen même si son ventre gargouillait. Je cherche des informations. (Le visage de la femme s'affaissa, et Doreen se sentit immédiatement mal.) Mais cela dit… reprit-elle alors que son estomac grognait de nouveau, ce qui lui valut d'afficher un regard horrifié à son interlocutrice, on dirait que j'ai besoin de manger.

La serveuse lui tendit un menu en papier.

— Sur place ou à emporter ?

— À emporter, pour moi.

Elle lut attentivement le menu, la bouche salivant en voyant ses plats favoris. Tout en examinant ses options, elle déclara :

— Je cherche à déterminer si une de mes amies s'est arrêtée ici l'autre jour.

Elle sortit son téléphone de son sac à main et montra

une photo de Robin.

— Oui, elle est venue ici pour manger. (La serveuse sourit.) Elle a laissé derrière elle une mallette bleue, une sacoche d'ordinateur portable.

Le cœur de Doreen se glaça.

— Vous l'avez encore ?

— Oui, j'espérais qu'elle reviendrait la récupérer.

— Ça n'arrivera pas. Robin a été assassinée.

La jeune femme s'écria, sous le choc, avant de disparaître à l'arrière. Doreen attrapa un stylo et entoura sa formule préférée. Quand la serveuse réapparut avec le porte-documents, le visage de Doreen s'illumina. Elle le prit des mains de la serveuse et lui tendit le menu.

— Pourrais-je avoir ceci à emporter, s'il vous plaît ?

La serveuse disparut de nouveau. Quand elle revint, elle regarda la sacoche bleue dans les mains de Doreen et se montra soucieuse.

— Je ne sais pas si je dois vous laisser la prendre.

— Vous devriez, murmura Doreen. Je veillerai à la donner aux autorités.

— Oh, bien ! J'espérais sincèrement qu'elle reviendrait.

La jeune femme saisit la commande, et Doreen paya. Pendant tout ce temps, cela la démangeait de regarder dans la mallette, mais elle ne voulait pas le faire ici. Ni entreprendre quoi que ce soit qui pousserait la serveuse à regretter de la lui avoir donnée.

Quand la sonnette retentit, la serveuse disparut de nouveau à l'arrière et revint avec son sac de nourriture.

Doreen sourit, remercia et partit rapidement. Une fois dans sa voiture, elle prit la direction de la maison — l'odeur entêtante de la nourriture chinoise remplissait l'habitacle, ce qui accroissait sa faim. Elle téléphona à Mack, mais elle n'obtint qu'une ligne occupée. Elle laissa un message, presque arrivée chez elle.

Il la rappela dans la foulée, alors qu'elle était à peine garée devant sa maison. Et avant qu'il ait eu la moindre chance de prononcer quoi que ce soit, Doreen lâcha, comme si elle se contentait de reprendre tardivement leur conversation :

— D'accord, d'accord ! Je me suis simplement dit que si on pouvait suivre ses traces, on aurait une meilleure idée de l'endroit où elle se trouvait cette nuit. À ce propos, elle était folle de la nourriture chinoise et, partout où elle se rendait, elle s'en procurait. Je suis allée chercher un plat pour tester.

Il l'arrêta et demanda :

— Que faites-vous ? Je vous ai spécifiquement demandé de rester en dehors de ça !

— Je sais, mais je n'y arrive pas, éluda-t-elle calmement. Vous ne comprenez pas. Ça me rend dingue !

— Je le comprends bien, mais vous empirez la situation.

— En essayant de trouver qui a tué Robin ? Non. Je n'aggrave rien. C'est ma mission, Mack. Je n'ai pas le choix.

— Pas le choix, mon œil…

— Et de plus, l'interrompit-elle, j'ai la sacoche.

— Ne bougez pas, grogna-t-il. Je suis déjà en chemin dans mon pick-up.

— Oh, parfait ! Vous tentez d'arriver avant que j'aie l'occasion de l'ouvrir ?

— N'essayez même pas, prévint-il d'une voix douce.

Elle grimaça, reconnaissant à quel point il était sérieux.

— Bien ! Je ne regarderai pas à l'intérieur.

Elle posa violemment son téléphone, mais ensuite, son regard fut attiré par la nourriture chinoise dans le sac, et elle afficha un sourire.

— À table ! croassa-t-elle.

Elle prit une assiette et s'en servit la moitié. Elle avait suffisamment faim pour avaler le tout, mais elle n'avait pas envie de s'enfiler tout ça en une fois. Elle ne pourrait que se sentir mal sinon. Mais elle avait vraiment faim. C'était peut-être bon signe, car la journée avançant, elle sortait de sa déprime. Doreen était assise dehors avec son repas à sa nouvelle table et son ensemble de chaises, et Mugs était installé juste à côté d'elle, les yeux posés sur chacune de ses fourchetées, simplement au cas où. Goliath se trouvait sur le repose-pied du fauteuil à bascule le plus proche, ne se souciant de rien, et Thaddeus étudiait attentivement un morceau de céleri sur le côté de son assiette, quand elle entendit le pick-up de Mack remonter l'allée. Elle grommela et baissa les yeux sur son assiette.

— Comment ai-je pu ne pas établir le lien entre sa venue immédiate et le fait de devoir lui laisser la moitié de la nourriture ? Il va partager mon repas, et je n'aurai pas de restes…

Il traversa très rapidement la cuisine, lui jeta un regard et hocha la tête en signe d'approbation.

— Vous vous êtes acheté de quoi manger ?

— Je me sentais mal. La femme m'a donné la mallette bleue et m'a parlé de Robin, alors j'ai pensé que je devrais au moins passer commande pour compenser son inquiétude.

— Bien, ce n'est pas une mauvaise idée. Ne serait-ce pas sympa que vous ayez avec moi cette même considération, par exemple en me donnant l'information *avant* de vous munir de la sacoche ?

— Eh bien, je n'étais pas au courant pour le porte-documents jusqu'à ce que je lui parle. Et je ne pouvais pas le lui laisser, ça aurait été crétin.

— C'est vrai, mais vous auriez pu suivre d'autres pistes.

Enfin, au moins vous êtes ici et vous l'avez en votre possession maintenant.

— Oui. J'ai vraiment envie de découvrir ce qu'il y a dedans, vous savez ?

Il marmonna, comprenant pourquoi elle l'avait récupéré et mis à sa disposition.

— Vous êtes consciente que je ne suis pas en mesure de faire ça. En tant que preuve, elle est déjà corrompue, merci.

— Mais si, vous le pouvez, contesta-t-elle en ignorant la réprimande. Ouvrez-le, tout simplement, sortez-en le contenu, et jetons-y un œil pour voir si quoi que ce soit d'important s'y trouve.

— Si c'est important, ça ne restera pas ici, ça ira dans mon bureau.

Mais il était déjà de retour dans la cuisine, pour farfouiller. Elle sourit en l'observant.

— Vous voyez ? Ça ne peut pas être si condamnable !

— Bien sûr que si, maugréa-t-il. Juste ici, dans l'agenda, il est écrit qu'elle allait vous rendre visite.

— Et c'est ce qu'elle a fait. Elle est venue ici, mais ensuite elle devait retrouver une personne au restaurant chinois, et j'ignore de qui il s'agissait.

— Eh bien, c'était peut-être vous.

— Après m'avoir aboyé dessus et critiquée si méchamment ? Hors de question. En plus, ce n'est pas comme si elle m'avait invitée. Donc c'était quelqu'un d'autre.

— Peut-être, marmonna-t-il. Il y a des initiales, ici.

— Vous voyez ? Il y a toujours quelque chose.

Elle regarda, se leva avec son assiette et arriva dans la cuisine, afin de pouvoir jeter un œil à ce qu'il avait trouvé : une pile de feuilles volantes, un bloc-notes et un ordinateur portable. Mais il examinait toujours son petit agenda.

— Il ne mentionne rien d'autre ?

Mack secoua la tête.

— Non, rien. Seulement qu'elle avait un rendez-vous pour le dîner.

— Je me demande avec qui. (Doreen réfléchit.) Je me le demande vraiment…

— Qui croyez-vous que ça puisse être ? interrogea-t-il, curieux.

Elle branla du chef.

— Je n'en ai aucune idée. Ce n'était pas moi, de toute évidence. Elle ne m'a jamais invitée, même si je n'en ai aucune preuve, grommela-t-elle. Quelles sont les initiales ?

— Uniquement un S.

Elle leva vivement une main vers le ciel.

— Ça n'aide pas. Ça pourrait être n'importe qui.

Mack se mit à rire.

— Ou désigner un lieu comme le Starbucks, proche de là où se trouvait sa voiture. Cependant, quand un crime est commis, les victimes ont rarement l'occasion de laisser un indice pertinent permettant d'établir le lien avec leur meurtrier.

— Oui, on devrait tous bénéficier de petits avertissements, maugréa-t-elle. Mais ces coups de couteau… (Elle secoua la tête.) A-t-elle été tuée dans le véhicule ?

— Nous ne le pensons pas, réfuta-t-il avant de s'immobiliser, de la regarder et de reprendre : Arrêtez de me poser des questions.

— Il faut dire que je peux difficilement cesser de vous interroger quand je suis concernée.

— Eh bien, vous ne l'êtes pas. Souvenez-vous-en.

— J'espère bien que je ne le suis pas, marmonna-t-elle.

Elle continuait d'essayer de voir ce qu'il était en train de faire, mais elle n'y parvenait pas, tandis qu'il feuilletait la paperasse. Elle soupira.

— Je ne sais pas… Il semble qu'il n'y a rien d'intéressant ici.

— Non, confirma-t-il. Je ne suis pas certain de ce qu'il se passe. Enfin, je vais prendre ça. La police scientifique veut le portable, et on examinera tout le reste. (Il lui jeta un coup d'œil et demanda :) Et vous n'avez rien regardé dedans, n'est-ce pas ?

— Non, pour l'amour du ciel ! s'exclama-t-elle en le pensant. Et hormis le fait qu'elle soit venue ici pour m'aboyer dessus, je ne l'ai pas rejointe !

— Je sais. On vérifiera les caméras de sécurité du restaurant.

— La serveuse a expliqué que personne ne s'était montré.

— Robin a probablement rencontré quelqu'un ailleurs dans ce cas. On consultera quand même les vidéos.

— Bien. Ce n'est toujours pas moi.

— Bien. Assurez-vous que ce n'était pas vous.

Et sur ces mots énigmatiques, il se tourna et s'en alla.

Doreen plissa le front. Il était de toute évidence de mauvaise humeur, car il n'avait même pas essayé de lui prendre de la nourriture. Elle attrapa le restant et le versa dans son assiette. Elle serait bien avisée d'apprécier un solide repas, qui serait le premier en quelques jours. Elle s'attela donc à la tâche.

Chapitre 4

L E JOUR SUIVANT, Doreen se réveilla tôt dans la matinée, le cœur lourd. Il y avait quelque chose de tellement étrange à être suspectée dans une affaire comme celle-là. Mack maintenait délibérément ses distances avec elle. Principalement parce qu'elle continuait de poser des questions, et aussi car il finissait par lui fournir des informations qu'il n'était pas supposé divulguer. Mais ils avaient toujours discuté au quotidien, et, même si elle l'avait vu la nuit dernière, on aurait dit qu'il ne souhaitait aucun contact. Elle était consciente qu'il ne serait pas venu si elle n'avait pas eu la mallette de Robin en sa possession.

Elle n'avait même pas appelé Nan une fois seule, car elle ne savait pas quoi lui raconter. Tout le monde la regardait de travers. Enfin, c'était l'impression qu'elle avait, en tout cas. Elle n'était pas non plus allée se balader avec ses animaux pour voir si quelqu'un dans le coin avait des commentaires à formuler, des idées, des informations. Il y avait des chances pour que la plupart des gens ne soient même pas encore au courant du décès de Robin.

Doreen s'assit dans le lit, se frotta le visage, puis sourit quand elle découvrit que tous les animaux étaient vautrés avec elle.

— Une bonne chose que nous ayons ce grand lit, les gars, murmura-t-elle en tendant une main pour gratouiller leur ventre en fourrure.

Huit pattes faisaient face au plafond, et Thaddeus était assis sur le perchoir au bout du lit, un parmi les nombreux autres dispersés dans la maison. De toute évidence, ils étaient tous en train de dormir, comme si c'était une grasse matinée inhabituelle. Si elle était honnête, c'était le cas. Ce n'était pas si souvent qu'ils en avaient l'occasion.

Et même à cet instant, ce n'était pas ce dont elle avait nécessairement envie, mais elle se sentait encore de drôle d'humeur. Légèrement revigorée après un peu de sommeil et un câlin avec les animaux, elle se leva, grimaçant à cause de la douleur musculaire de son épaule. Elle alla à la douche et se détendit sous l'eau chaude. Une fois habillée et en bas des escaliers, elle ouvrit la porte de derrière exposée au soleil lumineux du jour et la laissa ouverte, pour que ses compagnons puissent rentrer et sortir. Elle prépara du café, notant qu'elle aurait besoin d'en acheter bientôt, et descendit jusqu'à la crique, une tasse à la main.

— Regarde ça ! lança-t-elle à Mugs. C'est bien plus bas maintenant.

Cela lui rappela quand elle était arrivée ici pour la première fois. Ils pouvaient même marcher et jouer le long de la berge. Elle secoua la tête.

— C'est absolument incroyable à quelle vitesse ça peut changer.

Elle devait admettre que c'était un peu effrayant également. Tant qu'elle était consciente que cela pouvait monter autant, ce n'était pas trop grave, mais l'idée que cela puisse survenir rapidement et sans crier gare rendait cette perspective terrifiante. Cependant, le monde avait de plus gros problèmes que la hausse du niveau de la rivière, et ils concernaient tous Robin. Et que ferait Doreen à propos de son ancienne avocate qui, on ignorait comment, avait réussi à rendre sa vie encore plus compliquée ?

— Bien sûr que c'est ce qu'elle a fait ! grommela-t-elle.

Elle secoua la tête, se demandant comment elle pouvait agir dans cette histoire. Juste à cet instant, son téléphone sonna. S'attendant à ce que ce soit Mack, elle baissa les yeux et fronça les sourcils devant l'appelant anonyme indiqué sur son écran. Elle décida quand même d'y répondre.

— Allô ?

— Bon, répondit un homme dont elle reconnut la voix appartenant à son passé. Enfin, tu réponds.

Son ex. Elle se laissa tomber sur un gros rocher, se sentant soudain chancelante.

— Mathew ?

— Ah, au moins tu reconnais la voix de ton époux, dit-il d'un ton sarcastique.

— Ex, répliqua-t-elle instinctivement.

— Pas encore. En plus, on n'est pas obligés d'être des ex. Elle plissa le front devant son portable.

— De quoi parles-tu ?

— Je veux te voir.

— Eh bien, moi, je n'en ai pas envie. Ne me rappelle plus.

Et là-dessus, elle raccrocha rapidement et reposa le téléphone.

Elle le regarda fixement comme si c'était une vipère ou un truc du genre. Elle ignorait auprès de qui il avait obtenu son numéro et pourquoi il l'avait contactée, mais elle n'avait pas anticipé cette tournure des événements. Même en y réfléchissant, elle dut se demander pourquoi il voulait la revoir. Et n'était-ce pas bizarre qu'il conteste le fait d'être des ex ? Aucune chance qu'il la désire en vérité, il avait été extrêmement clair quand il l'avait fichue dehors.

Ce n'était pas comme si elle y retournerait de toute manière. Même en un million d'années. Ce serait comme rentrer au purgatoire à perpétuité. Mais pourquoi avait-il appelé à ce moment-là, et qu'est-ce que cela signifiait ? Surtout quand on repensait à la mort de Robin… Détestant ce geste, mais consciente qu'elle devait au moins le lui annoncer, elle envoya un bref message à Mack. **Mathew a appelé.**

Ne recevant qu'un simple point d'interrogation en retour, elle répondit d'un simple « **Mon ex** » et le laissa tel quel. S'il souhaitait plus d'informations, il lui téléphonerait. Elle n'eut pas à attendre longtemps, car son appel fut instantané.

— Je sais que c'est votre ex ! Vous croyez que je n'ai pas retenu son nom depuis le temps ? Que voulait-il, Doreen ? demanda Mack, avec de la curiosité et aussi un soupçon d'autre chose qu'elle n'interprétait pas vraiment.

— Je l'ignore, indiqua-t-elle. J'étais tellement choquée qu'il me contacte, et quelque peu sonnée. Je ne sais même pas comment il a eu mon numéro, se plaignit-elle. Je ne sais même pas… (Elle s'arrêta d'elle-même.) Pourquoi ne lui ai-je pas posé davantage de questions ? s'écria-t-elle.

— Attendez, restez calme.

— Facile à dire pour vous, maugréa-t-elle.

— Qu'est-ce qu'il a raconté ?

— Je n'en suis pas certaine, déplora-t-elle, son esprit vidé. Quelque chose à propos du fait de ne pas être obligés d'être des ex.

Il y avait un étrange silence à l'autre bout du fil.

— Vous a-t-il demandé de vous remettre avec lui ? l'interrogea-t-il, surpris.

Pour une quelconque raison, l'étonnement dans la voix de Mack l'irrita.

— Ce n'est pas comme si j'étais tellement moche que personne ne voudrait de moi !

Il grogna.

— Ce n'est pas ce que je prétends, et vous le savez. Voyons ! C'est simplement bizarre que, après tout ce temps, toute cette rancune, il vous appelle aujourd'hui pour vous demander de revenir !

— Non, vous avez raison, je comprends, lança-t-elle en soupirant lourdement. Honnêtement, je n'ai aucune idée de ce qu'il mijote. (Elle se leva et commença à marcher en long et en large.) Il m'a vraiment eue par surprise, choquée même, et ensuite, je lui ai raccroché au nez.

— Intéressant, exprima Mack sur le ton de l'humour. Bon de savoir que vous ne le faites pas qu'à moi.

— En effet, confirma-t-elle, avec un demi-sourire. Mais je m'amuse avec vous. Dans son cas, je voulais seulement m'enfuir.

— Ça aussi, c'est bon à savoir, plaisanta-t-il d'une voix soudain plus chaleureuse. A-t-il précisé où il se trouvait ?

— Non, mais ça aurait été préférable, n'est-ce pas ? Je suis si désolée… J'ai vraiment foiré pour le coup. Vous voyez ? Si j'avais bien goupillé ça, on aurait pu obtenir toutes sortes d'informations de sa part.

— Sans doute… mais peut-être que vous avez bien joué, car vous vous êtes exprimée avec votre instinct, non ?

Elle opina du chef, mais comme il n'était pas en mesure de voir sa tête remuer, elle ajouta, tentant d'être claire :

— Oui. À vrai dire… eh bien… c'était en adéquation avec celle que je suis aujourd'hui. Mais il n'a probablement jamais vu cette personne auparavant.

— Pourtant, vous avez enduré pas mal d'épreuves, alors il ne devrait pas s'attendre à ce que vous reveniez les bras ouverts.

— Je ne l'espère pas, lâcha-t-elle avec dégoût. Mais c'est lui, après tout, et il a un ego surdimensionné. (Fixant la rivière, elle échappa un long soupir.) C'est à cause de Robin, n'est-ce pas ?

— Hmmm, ce serait ma première réponse instinctive, oui. Mais ça ne signifie pas que c'est le cas. On ne peut vraiment rien supposer ici.

Elle se sentit mieux, approuvant ce qu'il était en train de dire.

— Exactement.

— Mais s'il rappelle, je veux en être informé.

— Je ne sais pas pourquoi il a téléphoné une première fois, alors je ne vois vraiment pas pourquoi il recommencerait.

— Eh bien, au contraire, car il n'a pas obtenu ce qu'il souhaitait, peu importe ce que c'était.

Doreen ricana.

— Soyez rassuré, je n'ai rien que ne veuille ce rat.

— Mais il vous a contactée, donc il se passe quelque chose.

— Peut-être… je l'ignore.

— Ne vous inquiétez pas. Retournez vous coucher.

— Je suis à la crique en ce moment. C'est de nouveau très, très bas.

— C'est ça, la vie en bord de rivière. Quand une tempête déboule, le niveau de l'eau monte vite, et c'est ce qui vous amène droit vers le lac. Une fois que la météo se calme et que toute la neige des montagnes a fondu, la fluctuation du volume est légère.

— Bien sûr. J'étais assez contrariée à ce sujet à ce moment-là, mais maintenant que j'y songe, c'était en réalité salvateur, non ?

— Je ne suis pas certain de comprendre comment vous en êtes arrivée à cette conclusion, mais si vous le dites, acquiesça-t-il prudemment.

— Eh bien, si je n'avais pas été emportée par la rivière, il m'aurait probablement tuée d'une balle.

— Outch, marmonna-t-il. Ce n'est pas un sujet dont j'ai envie de parler.

— Non, et pourtant, c'est difficile pour moi de ne pas me confier.

La voix de Mack se fit soudain douce.

— Vous souhaitez discuter avec quelqu'un ? s'enquit-il. Vous avez vécu une expérience éprouvante.

— J'en ai vécu un tas. Peut-être qu'elles commencent à s'empiler, je ne sais pas. (Elle ouvrit grand son bras.) Je suis seulement très confuse, et c'est votre faute.

— La mienne ? s'insurgea-t-il, surpris.

— Oui, car je crois que tout ça, c'est à cause de Nick qui a ouvert la boîte de Pandore.

— C'est possible, répondit lentement Mack. Et ce n'est certainement pas ce que nous voulions, mais en même temps, vous ne pouviez pas simplement laisser les choses en l'état.

— Pourquoi pas ? contesta-t-elle d'une voix modérée. Pensez-y… Je veux dire, qui d'autre aurait été blessé si on avait laissé ça de côté ? Ce n'était que moi.

— Votre avocate, Robin ; elle ne parlait pas uniquement

de ce que Nick avait provoqué, si ? N'était-ce pas à propos de qui est arrivé auparavant ? Mon frère a expliqué que, quand il vous a rencontrée pour la première fois au sujet de cette histoire, il avait mis la main sur une plainte déposée contre Robin concernant un autre litige.

— Elle était assez en colère, et je suis quasi sûre que c'était à cause de ça. Quand on y pense, toute sa vie a été chamboulée par la suite.

— Peut-être, oui… Mais ce sont les cartes dont nous disposons maintenant.

— Je sais, je sais, souffla Doreen d'une voix désespérée. Ce n'est pas ce qui m'aide à me sentir mieux, pourtant. Bref, plutôt que de vous raccrocher aussi au nez, je vais y aller.

— Attendez, l'interpella-t-il alors qu'elle désirait mettre fin à l'appel. Que comptez-vous faire aujourd'hui ?

— Je n'en suis pas certaine. Je suis d'humeur étrange.

— Je me doute, je peux l'entendre dans votre voix, et cela m'inquiète.

— Ça vous inquiète ?

— Comme je l'ai dit, vous avez traversé pas mal d'épreuves. Peut-être avez-vous besoin de vous confier à quelqu'un.

— Eh bien, ça coûte de l'argent, et j'ignore si je ferais suffisamment confiance à n'importe qui pour en discuter.

— Et Nan ?

— Non, je ne crois pas, déclina-t-elle en sentant la douleur dans son estomac s'étendre. Je ne pense pas qu'elle serait la personne appropriée.

— Nous avons à disposition des spécialistes qui sont consultants pour les forces de l'ordre, et ils reçoivent des gens qui ont vécu des expériences vraiment douloureuses. Sans doute devriez-vous parler à l'un d'entre eux.

— J'y songerai, répondit-elle, plus pour l'inciter à changer de sujet qu'autre chose.

— Que diriez-vous d'un dîner ? proposa-t-il subitement.

— Un dîner ?

— Vous avez pris un repas à emporter la nuit dernière, mais peut-être êtes-vous déjà prête pour un nouveau repas fait maison ?

— J'adorerais, accepta-t-elle, un sourire lumineux aux lèvres. Ça me remonterait bien le moral !

— C'est entendu alors. Que voulez-vous manger ?

— Je n'en ai aucune idée, soupira-t-elle.

— Si vous étiez chez vous avec votre ex, qu'auriez-vous ?

— Oh, ce pourrait être tout et n'importe quoi, du steak tartare au canard à l'orange, indiqua-t-elle en haussant les épaules. Aujourd'hui, c'est difficilement dans mon budget, non ?

— Dans aucun de nos budgets, enchérit Mack sur le ton de l'amusement. Mais pour une occasion spéciale, nous pourrions faire une exception.

— Je ne suis simplement pas certaine d'être partante pour un truc de ce genre en ce moment de toute façon.

— Et que dites-vous de quelque chose de plus simple ?

— Comme quoi ?

— Y a-t-il un repas qui ne vous serait pas permis, plutôt que ce type de fantaisies ?

— Oui, en réalité… Vous pensiez à quoi ?

Mack se mit à rire.

— Vous savez, j'ai bien envie d'un bon burger à l'ancienne… si ça vous tente.

— Un burger ? J'adorerais ! s'exclama-t-elle, son esprit imaginant le goût des tomates et des pickles sur un pain avec un grand steak haché fin et cuit à point. Et vous avez raison, c'est quelque chose que je n'aurais pu obtenir avant.

— Vous ne pouviez même pas avoir de burgers ?

— *De la nourriture de paysan*, marmonna-t-elle.

— Alors, nous sommes des paysans ! lâcha Mack en riant. Tant que cela ne vous dérange pas que je cuisine, ce sera absolument parfait.

— Ça ne me dérange pas, confirma-t-elle, ravie. Et merci pour cette offre.

— Donc à quelle heure ce soir ?

— Hmmm, vous êtes vraiment pris par votre boulot, non ?

— Oui, ça, c'est sûr ! Quelqu'un dans le coin me donne de quoi m'occuper.

— Oui, désolée pour ça.

— Oui, je vous croirais davantage si vous arrêtiez de trouver de nouvelles affaires pour moi, mais en attendant, je serai probablement ici jusqu'à cinq ou six heures.

— Bien. Peu importe l'heure à laquelle vous terminez, passez à la maison. Je pourrais me trouver dans le jardin, je n'y suis pas allée depuis un moment. J'étais chez votre mère hier.

— Elle me l'a dit. J'apporterai l'argent qu'on vous doit quand je viendrai.

— Ce serait bien.

— Vous ne mourez pas encore de faim ?

— Non, pas encore, mais je crois que ça ne va pas tarder.

— C'est la peur qui parle pour vous.

— C'est aussi dû au fait que j'ai envoyé des centaines de CV et que je n'ai obtenu aucune réponse pour le moment.

— Je pense que c'est lié à cette nouvelle vague de candidatures pour un boulot. On les dépose dans les applications en ligne, et on ne sait jamais si un job a été pourvu ou non à moins de recevoir un coup de fil. Alors, vous pouvez potentiellement en poster des centaines et ne jamais entendre parler de personne. Ça dépend aussi des emplois auxquels vous postulez.

— Je suis probablement candidate à certains auxquels je ne devrais pas. Cependant, je postule, alors au moins, je peux me dire que j'ai tenté quelque chose. Puis plus tard, je me rendrai compte que ça n'a servi à rien et que personne ne reviendra vers moi.

— Maintenant, vous paressez de nouveau dépressive ! s'exclama-t-il avec cette note d'inquiétude revenue dans sa voix.

Elle se força à sourire.

— Je vais bien et j'ai vraiment hâte de manger ce burger.

— Bien. J'essaierai d'être là avant cinq heures, si je peux, mais je ne peux rien promettre.

— Ça me va.

Après avoir raccroché, elle s'assit, se sentant immensément mieux.

— Eh bien, les gars, bonne nouvelle : il ne nous ignore pas, il n'est pas en colère contre nous. Et imaginez donc : nous aurons des burgers pour le dîner !

Elle rit après avoir prononcé cela, car elle aimait vraiment un bon burger – en tout cas, les regarder –, bien qu'elle n'ait pas beaucoup d'expérience quant à la signification de *bon burger*. Mais tout ce que Mack avait déjà cuisiné avait été absolument délicieux, et elle était accablée et sincèrement jalouse de sa capacité à concocter facilement quelque chose. Elle y pensa puis ajouta :

— Vous savez quoi, les gars ? On devrait peut-être s'occuper du dessert…

Mugs aboya immédiatement son accord. Goliath la contempla avec horreur, et Thaddeus commença à caqueter avec son adorable sens de l'humour. Elle les observa tous les trois.

— Qu'est-ce que ça signifie ? Je peux tenter de préparer un truc ! Après tout, Internet est rempli de recettes et de vidéos expliquant comment cuisiner un plat simple !

Bien sûr, une question se posait : qu'est-ce que c'était, un plat simple ? Elle pensa à tout ce qu'elle avait adoré pendant son enfance et se dit que Nan serait la meilleure des ressources. Doreen prit le téléphone, l'appela et, quand sa grand-mère décrocha, elle lui demanda :

— Connaîtrais-tu une recette très simple de gâteau pour débuter ?

Nan croassa de joie.

— Oh, doux Jésus, j'adore cette idée ! Et mon premier choix irait sur le quatre-quarts.

— Mais est-ce que c'est facile ? Ce n'est pas parce que tu aimes ça que c'est simple à réaliser.

— Non, mais on a vraiment envie de passer du temps à cuisiner quelque chose qu'on adore. Autrement, tu préparerais quelque chose de simple, mais pas très bon.

C'était suffisamment logique pour que Doreen cède.

— D'accord, va pour un quatre-quarts alors. Je crois que j'aime ça, non ?

— Tu l'engloutis quand tu viens ici.

— OK, c'est un bon argument. Mais j'ignore ce dont j'ai besoin. J'irai sur l'ordinateur et verrai ce qu'indique la recette.

— À l'origine, c'est un quart de beurre, un autre de sucre et un de farine. Je suis certaine qu'un tas de modifications ont été apportées depuis. Il faut du jus de citron et quelques épices aussi. J'aimais bien le quatre-quarts au citron et graines de pavot.

— Oh, maintenant, tu me mets l'eau à la bouche !

Nan hésita avant de proposer :

— Si jamais, je pourrais venir chez toi et t'aider ?

Ressentant la même solitude qu'elle avait vécue et qu'elle entendait maintenant dans la voix de sa grand-mère, Doreen accepta avec gentillesse :

— J'adorerais ça !

— Parfait ! répondit Nan avec joie. Je serai là dans quelques minutes.

Et sans donner à Doreen l'occasion d'en discuter ou de convenir d'une autre heure, elle raccrocha.

Chapitre 5

Dimanche, vers midi…

DE RETOUR DANS la cuisine, Doreen inspecta les plans de travail. D'abord, elle devait nettoyer.

— Même si je n'ai pas beaucoup mangé et que je n'ai certainement rien préparé, d'une façon ou d'une autre, on finit avec une collection de vaisselle sale.

Elle remplit l'évier d'eau chaude et ajouta du liquide vaisselle, puis commença rapidement à laver les assiettes. Comme Nan souhaiterait probablement boire quelque chose, Doreen alluma également la bouilloire. Avec la porte arrière ouverte et sifflotant doucement pour elle-même, elle finit de nettoyer la cuisine. Elle était en train d'essuyer la table quand elle leva les yeux et découvrit que sa grand-mère remontait le sentier. Elle posa le pied sur la terrasse et lui adressa un signe. Quand Nan la rejoignit, les deux femmes s'enlacèrent.

— Comment vas-tu ? s'enquit Nan, en fixant Doreen de ses yeux lumineux et enjoués. Oh, regardez-moi cette table ! s'exclama-t-elle de plaisir. Et ces chaises ! ajouta-t-elle en faisant gaiement le tour de l'ensemble du mobilier pour l'admirer.

— Mack me les a apportées.

— Tu sais, dit Nan avec une lueur dans le regard, si tu ne veux pas de Mack, je tenterais bien ma chance. Cet homme est bon.

Doreen ricana.

— Allez, entre ! La bouilloire est en marche.

— Oh, parfait, une tasse serait agréable ! s'enthousiasma Nan avec un sourire lumineux avant de scruter autour d'elle. Je n'ai pas pâtissé depuis un long moment. Ce sera rigolo.

— Eh bien, moi, je n'ai jamais confectionné de gâteau. Alors, je ne suis pas au courant pour le côté amusant, mais je suis partante !

— Évidemment que ce sera marrant, promis ! insista Nan en se frottant les mains. La question est : qu'as-tu comme moules à gâteau ?

Doreen observa sa grand-mère d'un air consterné.

— Je l'ignore, répondit-elle honnêtement. Je me suis débarrassée de pas mal de choses, car il ne restait de la place dans aucun des placards.

— Oui, évidemment, réagit Nan en faisant un vague signe de la main. Mais Mack t'a aidée, n'est-ce pas ?

Doreen acquiesça.

— J'ai tout déposé dans le salon, et il a trié. J'ai donc gardé une collection de ce dont il estimait que j'aurais besoin. (Elle pivota dans la cuisine et désigna les deux meubles.) Je crois que les ustensiles dédiés à la pâtisserie sont rangés là.

Elle s'en approcha, se pencha, ouvrit les portes et montra à Nan.

— Parfait. En général, je porte mon choix sur le moule à pain pour un quatre-quarts, et il y en a deux. Prends-les.

En suivant les instructions de Nan, elles préparèrent les moules à pain et sortirent les ingrédients.

— C'est tout le beurre que je possède, annonça Doreen en regardant Nan.

— Alors, tu n'en auras plus après ça, en conclut Nan en riant.

Doreen fit la grimace.

— C'est cher.

— Tout ce qui concerne la nourriture est onéreux, lui rappela sa grand-mère. Mais tu dois dépenser de l'argent pour vivre.

— Oui, mais je n'en ai pas beaucoup non plus, dit-elle, ses lèvres ayant eu un tic.

— Tu en as assez. Enfin, je l'espère en tout cas.

Nan se tourna, et son regard perça le cœur de Doreen.

— Je vais bien, la rassura-t-elle immédiatement.

De toute évidence, Nan n'était pas convaincue, mais elle laissa tomber le sujet. Et là-dessus, elles retournèrent à leur idée de quatre-quarts. Nan suggéra :

— J'ai la recette en tête, si tu aimes la version citron et graines de pavot.

— Tu sais bien que oui, mais ça signifie que je dois l'écrire. Autrement, je serai vite perdue.

— Le truc, c'est que tu es censée la mémoriser.

— Eh bien, si on compte sur ma mémoire, on n'est pas sorties de l'auberge ! (Elle courut jusqu'à son bloc-notes pour s'en saisir et reprit :) OK, allons-y.

Cela fit sourire Nan qui annonça :

— Il te faut un saladier, un fouet, des œufs, du beurre…

Puis elle poursuivit sans s'arrêter, et Doreen se retrouva rapidement submergée.

— Stop ! Reviens-en à l'étape la plus simple.

— Bien. Prends un verre doseur et mets-y cinq œufs.

Doreen attrapa son grand verre doseur, alla au frigo, en

sortit cinq œufs, les déposa dans le verre puis replaça la boîte dans le frigo. Elle se tourna, posa le contenant sur le comptoir et dévisagea sa grand-mère avec impatience avant de demander :

— Et ensuite ?

Nan la regarda, puis les œufs dans le verre doseur, avant de revenir au visage de Doreen.

— Bon, donc il faut qu'on revienne vraiment aux premières bases.

Les sourcils de Doreen se haussèrent.

— N'est-ce pas ce que j'ai mentionné ?

— Oui, mais rien ne vaut un rappel visuel, précisa-t-elle en désignant le verre.

Doreen la considéra et lui demanda :

— Qu'est-ce que j'ai mal fait ?

— Tu dois d'abord casser les œufs, ma chérie.

Doreen grimaça.

— Outch, OK ! C'était une grosse faute de débutante.

Elle saisit le verre doseur, en sortit les œufs, les posa sur un torchon et les cassa rapidement avant de verser le contenu dans le verre. Après ça, Nan la guida pas à pas avec la recette. Et la demi-heure suivante fut du pur amusement tandis qu'elles mélangeaient les ingrédients, fouettaient le beurre avec le sucre, ajoutaient la farine et les œufs, puis le jus de citron et les graines de pavot.

Quand elle transvasa la belle et légère pâte à gâteau dans les moules, Doreen questionna :

— Ensuite ?

— Ça va dans le four, l'informa Nan.

Là, Doreen s'arrêta et la regarda. Puis Nan l'observa en retour.

— As-tu préchauffé le four ?

Elle secoua immédiatement la tête.

— Oh, chérie, on aurait dû commencer par ça, souffla Nan en se dirigeant vers l'appareil. Viens par ici et allume-le. Bon, voyons voir… Je dirais probablement 190 degrés dans notre cas.

Doreen se pencha devant le four et examina les chiffres.

— Quel est le souci ? s'enquit Nan.

— Sincèrement ? Je n'ai jamais touché ce four. Je ne sais même pas comment le mettre en marche. Je cuisine uniquement sur les plaques de cuisson.

— Oh ! ça ne devrait pas être bien compliqué, ils se ressemblent plus ou moins tous.

Nan tourna alors le bouton de l'appareil, et une lumière apparut immédiatement.

— Mais rouge, ça ne signifie pas stop ? s'étonna Doreen.

— Non, dans le cas d'un four, ça veut généralement dire que c'est allumé. Maintenant, celui-ci est plus récent que celui que j'avais, il devrait même nous indiquer quand la bonne température a été atteinte. Ou alors cette autre lumière pourrait s'éteindre, quand ce sera prêt à enfourner. Mettons 190 degrés, déclara-t-elle en le montrant. Ça, c'est le seul bouton que tu as besoin de tourner. Ensuite, tout est en place, mais vérifions quand même où se trouvent les grilles.

Elle les sortit et les réorganisa.

— Idéalement, tu voudras faire cuire à mi-hauteur. Si tu préfères griller, il vaut mieux être proche du haut, mais si tu cuisines un plat tel qu'un gâteau, le centre du four est préférable.

Et là-dessus, elles préparèrent du thé en attendant que le four préchauffe.

— Est-ce que nous ne gâchons pas la pâte à attendre ?

demanda Doreen, les yeux posés sur les deux moules remplis.

— Eh bien, ça aurait été mieux de la mettre au four directement. Mais ce n'était pas prêt, alors ça ne sert à rien de s'en inquiéter. Il y a tellement de choses que tu peux contrôler, ne t'embête pas à t'angoisser pour ce qui appartient au passé. Apprends la leçon et avance.

Doreen sourit à Nan.

— C'est comme ça tu as survécu toutes ces années, hein ? En donnant la priorité à ce qui t'importe.

— On appelle ça « ne pas se noyer dans un verre d'eau ». Je crois qu'il y a même quelqu'un qui a écrit un livre sur le sujet. (Elle haussa les épaules.) Pourquoi les gens voudraient publier un bouquin sur un concept aussi basique, je l'ignore. Mais je crois que ça a été un best-seller.

Cela fit rire Doreen.

— Parce qu'un tas de gens comme moi ont besoin qu'on leur rappelle qu'ils ont seulement accès à un certain nombre de molécules ou de cellules du cerveau ou d'énergie par jour, et qu'ils doivent économiser ces ressources en donnant la priorité à certaines actions.

— Possible… Mais je n'ai jamais compris pourquoi certaines personnes sont angoissées à cause de trucs qu'elles ne peuvent pas changer.

— Tu veux dire que maintenant que nous avons manqué l'opportunité de préchauffer le four plus tôt, pourquoi s'en inquiéter et ne pas simplement continuer ?

— Exactement. Car on ne peut pas revenir en arrière et modifier le cours des choses de toute façon, alors il faut oublier ça et se contenter de ce qu'on a. Mais tu m'avais aussi promis une tasse de thé, ajouta-t-elle.

Doreen se mit à rire.

— En effet, oui. Alors, mettons de nouveau cette eau à

chauffer.

— Cela me rappelle que ma grand-mère m'avait enseigné qu'il ne fallait jamais refaire chauffer l'eau du thé.

Doreen s'immobilisa et la dévisagea.

— Sérieusement ?

— Oui, mais je ne me souviens pas de la logique derrière cette déclaration. C'est simplement un principe que l'on n'a jamais respecté.

— Je suppose que ça n'a pas vraiment d'importance, si ? On en a en abondance ici.

Elle jeta l'eau tiède puis remplit de nouveau la bouilloire au robinet de l'évier avant de la remettre en route. Peu après, le four fut préchauffé, et les cakes purent être mis à cuire.

À ce moment précis, les deux femmes sortirent avec leur théière tout juste préparée et s'assirent sur le mobilier du nouveau patio. Doreen prit un siège et expliqua que Mack avait collaboré avec quelqu'un qui s'en débarrassait et qu'il le lui avait apporté. Elle sourit en songeant à son cake et regarda sa grand-mère.

— Mack sera vraiment surpris !

— Oui, je me doute, acquiesça Nan avec un grand rictus. Il le sera sûrement. Quand arrive-t-il ?

— Ce soir, je pense. On parlait de dîner. Il m'a dit ce qu'il pensait cuisiner, mais honnêtement, j'ai oublié. (Elle grommela.) Il semblerait que ma mémoire à court terme soit altérée.

— C'est le stress, déclara sa grand-mère avec sagesse. Ça te le fera à chaque fois.

Doreen se mit à s'esclaffer.

— Dans ce cas, il finira par ne plus me rester de neurones !

— Ton coup sur la tête n'aide sans doute pas non plus.

Mais puisque tu es encore jeune, tes terminaisons nerveuses continuent de se renouveler. Quand tu auras mon âge, ajouta-t-elle en fronçant les sourcils, cette faculté aura tendance à disparaître.

Ceci fit exploser de rire Doreen.

— Je ne vois aucune preuve de ça, Nan !

Thaddeus bondit sur les genoux de Nan puis sur la table que Mack leur avait apportée.

« Thaddeus est là ! Thaddeus est là ! » Il observa Nan et déclara : « Thaddeus aime Nan ! »

Le visage de cette dernière se fendit en un énorme sourire, puis elle se leva et câlina le beau perroquet jusqu'à ce qu'il saute dans ses bras et se blottisse contre son cou. Le cœur de Doreen se réchauffa en voyant ces deux-là.

— C'est un si bel animal et c'est si agréable de l'avoir. Il me manque terriblement, admit Nan. Mais il était temps…

Doreen voulait en savoir plus, mais ne savait pas comment le formuler, et, par ailleurs, c'était difficilement approprié alors qu'elle avait hérité de tout.

— Je refuse que tu aies des doutes ou des regrets après avoir quitté cette maison, dit-elle doucement.

— Pas du tout, répondit Nan. Pas du tout ! C'était la meilleure chose que je pouvais envisager. Et regarde, cela t'a ramenée dans ma vie !

Cette réponse fit grimacer Doreen.

— J'espère que tu n'es pas partie uniquement pour que je revienne, car j'aurais pu emménager avec toi.

— Tu devais expérimenter l'indépendance pour la première fois dans ta vie, éluda tout aussi calmement Nan. Et c'était le moyen pour toi de te lancer.

Le cœur de Doreen se serra, car c'était probablement la raison pour laquelle Nan avait intégré Rosemoor. Mais ensuite, avec un sourire lumineux et les yeux pétillants, sa grand-mère lui expliqua :

— Et en plus, si j'étais restée ici, je n'aurais pas rencontré tous ces chouettes nouveaux amis que j'ai aujourd'hui. Je ne me serais pas autant amusée qu'avec les paris que je ne suis pas censée organiser… Et regarde tous les cadeaux que j'ai !

— Sans oublier les petits copains… ajouta Doreen en levant les yeux au ciel.

— Oui, enfin ça… ça n'aura pas de fin, peu importe l'endroit où je vis, lâcha-t-elle d'un air suffisant.

Doreen éclata de rire.

— C'est tellement drôle de t'avoir avec moi !

— Oui, c'est ce qu'ils affirment tous ! s'exclama-t-elle avant de remuer vivement ses sourcils devant sa petite-fille, perdue dans une crise de rire.

Gloussant toujours quelques minutes plus tard, Doreen renifla dans l'air et déclara :

— Oh, je sens le gâteau, j'en suis sûre !

— Et ça commence à sentir très bon. Allons voir, suggé-ra Nan en se mettant vivement sur ses pieds pour se précipiter vers la cuisine.

Avec Doreen derrière elle et les deux animaux excités courant à leurs pieds, Nan ouvrit le four et frappa dans ses mains.

— Tu vois ? Regarde ça !

À l'intérieur se trouvaient les deux beaux moules à pain dans lesquels la pâte avait levé. Pas au point de déborder, mais suffisamment pour former une belle petite courbe d'une couleur légèrement dorée.

— Il leur faut encore un peu plus de temps, indiqua Nan. Je pense à vingt minutes, voire un peu plus.

Et elles retournèrent dehors. Doreen considéra Nan et

demanda :

— Tu as faim ?

— Oh non, ma chérie ! J'ai mangé avant de venir.

— Tant mieux, car je n'ai rien à te proposer, dit-elle avant d'éclater de rire. J'étais censée faire des courses, mais n'y suis pas encore allée.

— Tu n'y es pas encore allée ou tu n'en avais pas les moyens ? railla Nan, avec son franc-parler habituel.

Doreen grimaça.

— Eh bien… je suis un peu soucieuse. Ça n'a pas encore bougé du côté des antiquités. Je suis consciente que ça va arriver, mais ça prendra des mois, et j'ai fait des folies avec cette terrasse, même si ça a été incroyablement peu onéreux vu que tout le monde a mis la main à la pâte. Mais ça m'a quand même coûté un peu malgré tout.

— Tu as encore le saladier rempli d'argent ?

— Oui, mais j'ai dû taper un peu dedans, avoua Doreen tout bas. J'ai travaillé chez Millicent hier, alors Mack m'apportera l'argent aujourd'hui.

— Et est-ce que cela suffira pour acheter des provisions ? s'enquit Nan, prise de doute. Car je n'en suis pas certaine.

— Ça me permettra de prendre les basiques comme le café, les œufs, le pain et le beurre de cacahuètes.

— Tu te nourris encore de toasts et de beurre de cacahuètes ? s'insurgea-t-elle, horrifiée.

— Non, plus maintenant. Je mange pas mal de sandwichs toutefois, ainsi qu'une tonne d'œufs, admit-elle. Je ne crois pas que je me lasserai des omelettes, mais Mack m'a promis de m'apprendre à préparer moi-même divers petits-déjeuners.

— D'accord, mais concernant les dîners et les autres repas ? En plus d'une salade et d'un sandwich, je veux dire.

— Eh bien, la salade est facile à faire et bonne pour la santé, alors ça ne me dérange pas plus que ça. Je peux cuire des œufs durs désormais, car Mack me l'a montré. Et j'ai les boîtes de thon aussi. En plus de ça, je prépare des salades Cobb et du chef.

— Bien, se réjouit Nan avec un sourire lumineux. Et maintenant, tu pourras ajouter le cake, et cela rendra ton estomac bien plus heureux.

— Oui, et je crois que des estomacs heureux aident à conserver des émotions joyeuses également, ajouta Doreen.

— Absolument, ma chérie. C'est en partie la raison pour laquelle les gens finissent alcooliques, car le goût de l'alcool les rend très euphoriques.

En entendant cela, Doreen hurla de rire. Puis sans crier gare, Nan la questionna :

— As-tu trouvé autre chose à propos de Robin ?

— Non, en dehors du fait qu'elle a été poignardée, qu'elle avait loué une voiture et qu'elle était censée reprendre l'avion le jour même. Je me suis rendue au nouveau restaurant chinois, ou du moins celui que je ne connaissais pas encore, situé sur le chemin entre l'aéroport et ici... Ils m'ont indiqué qu'elle y était venue et qu'elle avait attendu quelqu'un qui ne s'est pas montré. Alors, elle a quitté l'établissement après avoir mangé.

— Intéressant, souffla Nan, fascinée. Je me demande où elle allait.

— Eh bien, Mack pense qu'elle partait à la rencontre de cette même personne, mais ailleurs.

— Et où irais-tu après un repas ?

— Hmmm, pour moi, ce serait dans un café, répondit instantanément Doreen.

— Mais tout le monde ne boit pas de café après le déjeuner, lui rappela Nan.

— Peut-être pas tout le monde, mais beaucoup. Et si l'autre personne n'avait pas mangé, elle aurait probablement pris un café à la place.

Les deux femmes méditèrent cette possibilité, puis Nan lança :

— Tu sais quoi ? Si je pense au même restaurant chinois, il y a un Starbucks pas très loin !

Doreen y réfléchit et dit :

— J'en ai vu un… Il est à l'intérieur d'un magasin. En revanche, je ne crois pas que ce soit un vrai Starbucks.

— Oh que si ! contesta Nan d'un ton sec.

Doreen rejeta son commentaire d'un geste de la main.

— Tu sais ce que je veux dire, ce n'est pas un lieu où l'on peut s'asseoir pour y retrouver quelqu'un.

— Oui, c'est vrai, mais il y en a tellement en ville. Et même probablement à une distance raisonnable à pied depuis n'importe où à Kelowna.

— Mais son corps et la voiture de location n'ont pas été retrouvés dans la même zone que le restaurant chinois. Donc elle a dû se rendre ailleurs avant d'être retrouvée plusieurs heures après…

— Ah, donc le tueur doit être cette personne qu'elle allait rejoindre…

— Pas obligatoirement, mais ça fait clairement d'elle le suspect numéro un. (Puis elle changea de sujet :) Devine qui m'a téléphoné ce matin.

Nan la regarda, un sourcil levé.

— Qui ?

— Mathew.

La mâchoire de Nan se décrocha.

— Quoi ?!

— Oui, confirma Doreen avant de lui raconter cette étrange conversation.

Nan commença immédiatement à secouer la tête.

— Doux Jésus, je t'en prie, dis-moi que tu ne vas pas y réfléchir.

— Réfléchir à quoi ?

— À retourner avec lui.

— Oh, bien sûr que non ! s'exclama-t-elle. Sérieux, Nan ! Argh, non ! J'ai vécu une période horrible quand j'étais avec lui. Pourquoi voudrais-je y revenir ? Regarde ce que j'ai ici ! lâcha-t-elle en désignant de son bras la maison et le jardin. Grâce à toi, j'ai aujourd'hui une belle vie et du divertissement, et je commence à accomplir les choses de moi-même.

— Bien, car cela rend mon emménagement à Rosemoor totalement utile.

— Outch... tu me fais culpabiliser.

— Sottises ! s'écria fermement Nan. Je l'avais en tête depuis bien longtemps, mais je n'avais jamais pensé que tu réussirais à le quitter.

— Non, je n'aurais probablement pas franchi le cap. Pas avant qu'il ne fasse le premier pas, en réalité.

— C'est seulement parce qu'il t'avait remplacée.

Doreen frémit à ces mots.

— On peut désigner ça autrement ? marmonna-t-elle. Car c'est un peu dur.

— Ce n'est pas dur du tout, c'est la réalité.

— Outch, encore ! Mais tu as raison... C'est l'une des vérités que je n'apprécie pas trop de regarder en face.

— C'est bien dommage, car c'est celle-là que tu as vraiment besoin d'analyser attentivement, afin de ne plus te retrouver dans une situation similaire à l'avenir.

— Et une fois de plus, ça fait un peu trop de réalité pour moi.

Nan se mit debout et dit :

— Allons jeter un œil aux cakes.

Et de nouveau, les deux femmes débarquèrent dans la maison, ouvrirent le four, et, cette fois, Nan s'exclama :

— Oh, ça me semble parfait !

En utilisant les maniques, Doreen sortit avec une grande précaution les quatre-quarts, les posa sur la cuisinière puis considéra avec impatience Nan qui déclara :

— Maintenant, ferme le four.

Elle montra le fonctionnement du bouton et comment l'éteindre. Doreen le ferma soigneusement et resta même pendant quelques minutes pour s'assurer que la lumière ne revenait pas. Puis elle dévisagea Nan avec un sourire triomphant.

— Et voilà, ça, ça ressemble à un gâteau !

Chapitre 6

Dimanche, heure du dîner...

DOREEN SOMNOLAIT DEHORS au soleil, rassasiée après un autre thé et un morceau de cake, quand une voix chaleureuse la réveilla.

— Vous avez préparé un gâteau ? demanda Mack avec une note étrange dans la voix.

Elle lui sourit, tapota son ventre et répondit :

— Nan est venue et m'a montré comment faire.

— Ah, donc c'est Nan qui a pâtissé.

Doreen secoua la tête.

— Non, c'est *moi*, merci. Mais Nan m'a montré chaque étape. (Se souvenant des œufs dans le verre doseur, elle ajouta :) Et je veux dire, *chaque* étape.

Il la regarda d'un air interrogateur, et elle branla du chef.

— Hors de question, certains détails sont trop embarrassants pour être racontés.

Le sourire de Mack devint plus large.

— Je promets que je ne le répéterai à personne, mais je rirais volontiers aujourd'hui.

Elle secoua immédiatement la tête.

— Non, monsieur. J'en ai assez d'être l'objet de railleries

de la part de tout le monde. Si toute la ville l'apprenait, on ne me laisserait jamais tranquille.

— Ah… Qu'avez-vous fait ? Mis quelque chose au mauvais endroit ?

Elle fit non de la tête.

— Remplacé le sucre par le sel ? proposa-t-il. Tout le monde s'est déjà trompé au moins une fois.

Elle l'observa et s'écria :

— Oh, ce serait dégueu !

— Oui, ça l'est, ça m'est arrivé… Quoi alors ? Purée ! Qu'est-ce que ça pourrait être d'autre… C'est un quatre-quarts, alors il n'y a pas beaucoup d'ingrédients. Vous avez tenté avec une livre de beurre gelé ?

Elle branla du chef.

— Je n'abandonnerai pas. Je mérite vraiment quelque chose qui me donne le sourire aujourd'hui.

— Seulement si vous promettez de ne pas vous moquer de moi, déclara-t-elle en guise d'avertissement.

Le visage de Mack se durcit immédiatement.

— Je ne me moquerai jamais de *vous* !

— Bon… Alors, Nan m'a dit de mettre les œufs dans le verre doseur, et je l'ai fait. Elle avait omis de préciser qu'il fallait les retirer de leur coquille.

Mack la dévisagea pendant un long moment. Puis ses épaules commencèrent à se secouer, et ses lèvres tremblèrent tout aussi vite, tandis qu'il essayait de les maintenir fermement closes. Ensuite, ses épaules commencèrent vraiment à vibrer jusqu'à ce qu'il ne parvienne plus à contenir son hilarité et explose de rire. Il essaya de s'arrêter, mais finit par abandonner et s'asseoir sur la terrasse à côté de Doreen en hurlant d'une joie non contrôlée, pendant qu'elle se prélassait dans le fauteuil à bascule.

Elle le regarda fixement.

— Vous étiez censé ne pas rire de moi ! gronda-t-elle d'un ton sec.

— Ce n'est pas ce que je fais, nia-t-il en tentant de reprendre son souffle. Je ris… avec vous !

— Est-ce que j'ai l'air de rigoler ?

— Vous devriez, dit-il en s'asseyant, car… oh, mon Dieu, celle-ci est incroyable !

Elle le dévisagea, et un sourire apparut au coin de ses lèvres.

— Nan a parfaitement maîtrisé.

— J'en suis sûr, concéda Mack, assis, serrant ses bras contre ses genoux et levant les yeux vers Doreen. Ça aurait valu le coup de payer pour y assister.

— Eh bien, ça n'avait pas de prix, mais c'était aussi éducatif. Je suppose qu'on commet ce genre de bourdes de temps en temps, ce qui permet de comprendre qu'on ignore vraiment ce qu'on fait quand on ne connaît pas.

— Exactement. Et vous l'avez déjà savouré à ce que je peux voir.

— Il fallait qu'on le goûte, se justifia-t-elle en ouvrant grand les paupières pour feindre l'innocence. Comment savoir autrement s'il est bon ?

— En effet… Je pourrais en avoir un peu ?

Elle fronça immédiatement les sourcils devant lui.

— Oh, c'était censé être le dessert !

— Alors, dans ce cas, avez-vous de quoi manger en attendant ? demanda-t-il, un sourcil levé.

— C'est triste, mais non, je n'ai rien. Vous n'en avez pas apporté ?

Il éclata de rire.

— Si, si, mais ce n'est pas ce que j'avais prévu à la base.

— Qu'avez-vous acheté ?

— Eh bien… vous en avez peut-être marre après tout ce qu'on a ingurgité quand les gars ont bossé sur votre terrasse.

Elle le considéra et gémit plaintivement.

— Est-ce que vous êtes en train de parler de pizza ?

Mack se mit à s'esclaffer.

— Oui, mais là, c'est un peu différent.

Elle bondit sur ses pieds.

— Alors, ne la laissons pas refroidir !

— Non, non, non, réagit-il, sautant légèrement sur ses pieds et se positionnant devant elle pour ouvrir la voie. C'est une pizza que nous allons préparer !

Elle s'arrêta sur le seuil de la porte.

— La préparer ? C'est possible ? (Il la dévisagea, ses lèvres commencèrent à tressauter, mais elle leva immédiatement une main.) Je ne veux rien entendre.

— D'accord, mais la réponse est : oui, c'est possible. Pour cela, j'ai acheté la pâte auprès du petit traiteur italien en bas de Birch. Ils font de belles pâtes maison, dit-il en pointant le doigt sur ce qu'il avait posé sur le comptoir, tout en continuant de vider son sac de courses.

— Ouah… lâcha-t-elle en lorgnant avec intérêt. Elle est encore pleine de traces de doigts.

— Oui, mais elles ont un but.

— Si vous le dites. Pourquoi aurions-nous envie que des gens y aient laissé des trous ?

— Ils ont simplement formé des renfoncements avec leurs doigts, car cela permet de maintenir l'huile et la sauce. (Doreen le regarda avec attention verser un peu d'huile d'olive par-dessus et l'étaler sur toute la surface.) J'ai apporté du jambon, des tomates, du basilic frais et de la mozzarella.

Doreen s'illumina immédiatement comme un sapin de

Noël.

— Et tout ça ira sur la pâte ?

— Oui, si ça vous convient ? questionna-t-il en lui jetant un coup d'œil.

— Totalement ! Je craignais que vous ayez acheté une deluxe, une suprême ou une autre de celles qu'on a mangées la dernière fois. Il n'y avait simplement pas assez de viande, trop de croûte, et c'était bien trop gras. En plus, la nourriture de restauration rapide en général me donne l'impression d'avoir avalé une pierre.

— Certaines personnes ne s'alimentent qu'avec ça…

— Pas moi ! Mais là, ça a l'air différent. (Elle observa avec intérêt Mack mettre tous les ingrédients avec soin sur le dessus. Vous mettrez une sauce blanche ensuite ?

— Hmmm, j'ai pensé que vous préféreriez une vinaigrette. Quand je referai de la sauce pour des spaghettis, on pourra en prélever avant qu'elle ne soit finalisée. Ensuite, on l'assaisonnera avec un mélange d'épices italien et du basilic frais, puis on gardera ça en guise de base pour une pizza.

— Waouh ! On pourrait croire que, si on maîtrise son art, on serait capable de préparer un seul truc et de s'en servir ensuite pour un tas d'autres plats.

— C'est ça le cœur de la cuisine ! confirma-t-il.

Bientôt, la pizza fut complètement garnie d'un rouge lumineux dû à des rondelles de tomates fraîches, d'un tas de morceaux blancs de mozzarella fraîche, ainsi que de feuilles de basilic frais.

— C'est beau ! s'exclama Doreen.

Mack prit le sel et le poivre, puis, pour faire bonne mesure, il parsema du parmesan sur le dessus. Après cela, il annonça :

— Maintenant, on peut la laisser telle quelle pendant

quelque temps ou la mettre tout de suite dans le four, mais dans ce cas, il faut le préchauffer.

— Il est peut-être encore suffisamment chaud après la cuisson du cake.

Mack s'en approcha et tourna le bouton jusqu'à la température souhaitée.

— En général, il faut une pleine chaleur pour les pizzas, précisa-t-il, alors on va le programmer sur 200 degrés, car je pense que votre four n'est pas assez chaud. J'ai aussi apporté de la bière et, si ça ne vous dérange pas, je vais en placer deux dans le frigo pour qu'elles refroidissent.

Doreen hocha la tête.

— Ce n'est pas comme s'il en restait de la fois où la terrasse a été terminée.

— Non, et vous ne devez pas vous attendre à ce que des hommes qui bossent dur laissent de la bière derrière eux.

— Alors, est-ce que ça signifie que vous allez travailler dur ce soir ?

— Bon sang, non ! marmonna-t-il. J'ai besoin de congés… Mais de la bière et de la pizza, ça ne se refuse pas.

Quand il eut mis l'alcool au frais, il regarda le cake puis Doreen, avec espoir. Celle-ci haussa les épaules.

— Bon, vous m'avez montré comment préparer une pizza, alors d'accord.

Il se coupa minutieusement une tranche, se versa un grand verre d'eau, et, ensemble, ils sortirent. Ils n'y étaient que depuis quelques minutes quand la sonnerie du four se fit entendre, indiquant que la température était bonne.

— Waouh, lâcha Mack, il préchauffe vite. Allons enfourner cette pizza.

Et il retourna dans la cuisine. Elle le suivit sans se presser et le regarda mettre la préparation sur une pierre à pizza qu'il avait laissée chauffer dans le four.

— Il vient d'où, ce truc en pierre ?

— Des affaires de Nan, je l'avais mis de côté pour vous.

— Oh, je n'aurais pas su qu'il se trouvait là !

— Je m'en suis souvenu, expliqua-t-il avant de refermer le four. Maintenant, on peut aller se détendre un peu.

— Combien de temps ?

— C'est une pâte plutôt fine, et la garniture est déjà plus ou moins cuite, alors on va se donner vingt ou trente minutes.

— Parfait ! s'exclama-t-elle avec un signe de tête. Je pense que j'aurai faim d'ici là.

— Si ce n'était pas le cas, railla-t-il avec un large sourire, j'aurais très certainement de la place pour votre part.

Elle ricana et répondit :

— Ça n'arrivera pas.

— Je me contentais de vous taquiner, admit-il tout en marchant jusqu'à s'asseoir dans l'un des fauteuils à bascule sur la terrasse. Je vais simplement fermer les yeux un petit moment. Oh, j'ai failli oublier ! (Il glissa une main dans sa poche puis tendit à Doreen un petit rouleau de billets.) Voilà l'argent pour vous être occupée du jardin de maman.

— Merci, dit-elle en souriant. Je vais le placer dans le saladier si ça ne vous dérange pas.

Il hocha la tête, puis Doreen retourna à l'intérieur et se rendit à l'étage, où elle savait qu'elle avait rangé le saladier. En y déposant l'argent, elle remarqua un autre rouleau et s'interrogea.

— Mais d'où ça sort, ça ?

Elle l'attrapa et retira le petit élastique qui l'entourait. Elle déroula rapidement la liasse et compta pour découvrir qu'il y avait exactement douze billets de cent dollars. Elle resta à les observer un moment, sous le choc, puis elle saisit.

— Oh ! Nan…

Plus tôt ce jour-là, quand sa grand-mère s'était éclipsée dans la salle de bain, cela lui avait pris plus de temps que d'habitude. Désormais, Doreen savait pourquoi. Elle prit son téléphone, appela Nan et, ne parvenant pas à la joindre, lui laissa un message.

— Merci pour le cadeau, mon ange. J'apprécie vraiment.

Elle remit le portable dans sa poche et retourna rapidement auprès de Mack. Quand elle revint dehors, il était assis les yeux fermés et ronflait doucement. Elle s'arrêta net en se demandant si elle devait le réveiller, mais il avait probablement vécu une journée assez difficile et peut-être avait-il besoin de dormir. Décidant de le laisser tranquille un petit moment, elle descendit dans le jardin et passa ses fleurs en revue. Elle n'y avait pas consacré de temps, et cela commençait à se voir. Elle se pencha pour retirer les parties mortes des soucis et des pétunias.

Elle retourna rapidement à l'intérieur, se munit de ses gants et d'un panier, puis se mit au travail. Les mouvements lui firent mal à l'épaule durant les premières minutes, mais cela s'atténua ensuite. Sentant l'odeur de pizza quinze bonnes minutes plus tard, elle se leva, alla à la cuisine et ouvrit le four. La vapeur en sortit immédiatement, mais la pizza était dorée, le fromage fondu, et elle paraissait délicieuse. Elle fronça les sourcils, se demandant si cela suffisait. Elle retourna dehors et toucha gentiment l'épaule de Mack.

— Hé, Mack !

Il ouvrit immédiatement les yeux et la regarda, confus, clignant plusieurs fois avant de se mettre debout.

— La pizza ?

Elle hocha la tête.

— Elle n'a pas cuit aussi longtemps que vous l'aviez prévu, mais elle a l'air d'être prête, en tout cas de ce que j'ai pu constater, expliqua-t-elle innocemment.

Il remarqua les gants de jardinage dans le panier sur l'herbe et demanda :

— Vous avez travaillé ?

— Je voulais vous laisser dormir et je ne m'étais pas occupée de mon jardin depuis un moment.

Il opina du chef et entra dans la cuisine. Il sortit la pizza, y jeta un coup d'œil, vérifia le dessous de la pâte et annonça :

— Vous aviez raison, c'est prêt.

Il ferma rapidement le four, sortit la pierre, transféra la pizza sur une planche à découper qu'il avait prise dans le meuble le plus proche, puis remit la plaque dans le four. Doreen sourit en regardant la pizza et lâcha :

— Elle semble absolument délicieuse !

— Elle le sera pour de vrai, mais elle est encore trop chaude pour être mangée tout de suite. Alors, si vous souhaitez prendre quelques minutes pour terminer ce que vous faisiez, allez-y.

Elle hocha la tête, descendit les marches de la terrasse en sautillant, le cœur léger, puis retourna retirer les fleurs mortes des buissons fleuris. À un moment, Mack se tint derrière elle et observait le jardin.

— Un problème ? s'enquit-elle, en se tournant, agenouillée, pour le regarder.

— Vous effectuiez ce genre de tâches quand vous étiez mariée ?

Elle fit non de la tête.

— Non… J'ai dirigé une équipe de jardiniers pour s'en occuper à ma place. Parfois, mes genoux espèrent pouvoir réitérer cette expérience.

Mack éclata de rire.

— J'imagine, oui ! Vous pouvez mettre des genouillères, vous savez ?

Elle le dévisagea, surprise.

— Des genouillères ?

— Oui, pour protéger vos rotules quand vous travaillez dans votre jardin.

— Ah… j'aurais aimé avoir cette information plus tôt, déplora-t-elle, exaspérée. (Elle se leva lentement et grimaça en se redressant sur ses jambes.) Il faut que je vienne dans ce coin-là pour désherber quelque peu. Je n'ai rien fait d'autre à part repiquer toutes les plantes qu'on m'a données. Je n'ai jamais eu l'occasion de mettre autre chose ici.

— Et le jardin de ma mère ?

— Elle m'en a offert quelques-unes, répondit-elle en désignant des fleurs dans le jardin. Et la pelouse a besoin d'être tondue.

— Je peux m'en charger après le dîner. (Elle le regarda avec surprise, et il haussa les épaules.) Ce n'est pas grand-chose, je m'en occupe chez ma mère. J'ai rarement le temps de tondre chez moi en revanche…

— Oui, il semble que plus on en a à faire, moins on en fait.

— Le jardin en pâtit toujours, c'est vrai.

— Je n'en ai pas vraiment envie cependant. Surtout que, maintenant, j'ai cette belle terrasse et ce joli patio. (Elle posa le pied sur ce dernier et dansa une petite gigue avant de se mettre à rire.) C'est un tel bonus pour cette maison !

Il confirma avec un grand rictus sur le visage et demanda :

— Et maintenant, voudriez-vous bien remonter et manger un morceau ?

— Bien sûr !

Mack prépara la pizza et deux assiettes, qu'il disposa sur la table de la terrasse. Comme elle remontait les marches, elle s'enquit :

— Qu'est-il advenu de ce gosse qui avait laissé des lettres de menace ?

— Abner ?

— J'ai des sentiments mitigés le concernant, puisque c'est lui qui nous a menés à Isaac. Est-ce que quelque chose lui est arrivé ?

— Le Chef l'a condamné à un travail d'intérêt général histoire de ne pas l'envoyer en prison, mais plutôt de le garder sur le droit chemin.

— Bien. Je ne crois pas que ce soit un mauvais gosse.

— Non, il poursuivait seulement ce qu'un mauvais adulte avait initié.

— Oui, ce gars-là était un sacré numéro. Je ne comprends toujours pas pourquoi Snoz s'est embêté à mettre des pierres là-bas en premier lieu…

— Nous ne sommes pas non plus certains que ce soit lui. Et c'est impossible de le confirmer maintenant qu'il est mort.

— Eh bien, Abner l'avait identifié, s'étonna Doreen.

— Je sais, mais comme vous avez dit, ça n'a aucun sens.

— Non, aucun.

Mack posa les yeux sur elle et lança :

— Allez-y. Vous pouvez choisir votre part en premier.

Elle opta pour une grande portion de pizza, la plia légèrement et prit une bouchée du bout plein de fromage fondu.

— Oh, mon Dieu ! s'exclama-t-elle la bouche pleine. C'est vraiment bon !

Et même si elle avait mangé du gâteau peu avant, elle engloutit entièrement sa part. Elle était assise là, gémissant de contentement, quand il poussa la pizza vers elle.

— Servez-vous, nous avons tout ça pour notre dîner.

Elle regarda Mack avec émerveillement et saisit immédiatement une seconde portion. Tous deux installés à sa nouvelle table de terrasse, ils parvinrent à manger les trois quarts de la pizza.

En jetant un œil au reste, Mack annonça :

— Je ne crois pas en vouloir davantage ce soir. Je suis quasiment rempli, et, si c'est aussi votre cas, ça vous laissera un repas pour demain.

— Merci, c'est super. C'était une merveilleuse pizza, je l'ai préférée à celles de la dernière fois.

— Moi aussi, confirma-t-il avec un large sourire. Mais on n'en parlera pas aux gars… Seulement un truc à propos d'une soirée bière-pizza, à une bricole pour un ami qui en a par-dessus la tête.

— Tout le monde a abattu une tonne de boulot aussi. J'essaie encore d'essayer d'arranger quelques détails çà et là, de rassembler certains trucs et de déplacer le gravier, mais c'est tout bonnement merveilleux ! L'année prochaine, le jardin sera encore mieux. C'est simplement… (Elle soupira de joie.) Parfait !

Chapitre 7

D OREEN ET MACK ne parlèrent délibérément pas boutique de toute la soirée, et elle ne l'avait même pas cuisiné avant qu'il ne parte. Elle était fière d'elle, car elle ne l'avait pas enquiquiné avec des questions concernant le meurtre de Robin, et elle supposa que c'était en partie parce qu'il ne l'avait pas embêtée en l'interrogeant sur son ex. Cependant, dès qu'il fut parti, elle sortit son téléphone et lui envoya un message. **J'ai oublié de vous demander si vous aviez du neuf.**

Il répondit : **Vous étiez très chouette ce soir.**

Elle répondit avec un smiley souriant. **Vous aussi. Vous ne m'avez même pas interrogée à propos de mon ex.**

Espérons qu'il n'y ait rien à dire sur lui.

Est-ce que ça a de l'importance ?

Il y eut un long moment de silence, mais il finit par écrire : **Oui, ça en a.**

Elle conserva les yeux fixés sur cette déclaration, un rictus joyeux sur le visage.

— OK, Doreen, se dit-elle à elle-même. Parles-en calmement.

Mack avançait très lentement dans leur histoire, mais il fallait reconnaître qu'elle s'était libérée de toutes sortes d'ondes négatives au début, lui demandant plus ou moins de la laisser seule, alors, elle ne pouvait pas vraiment le blâmer de prendre son temps. D'un autre côté, elle n'était pas contre… Son ex-mari ne l'avait pas courtisée volontairement longtemps. Au contraire.

En réalité, elle n'était pas sûre qu'il s'agissait là de faire la cour à Mack, mais c'était tout de même quelque chose de vraiment spécial. Cette pensée en tête, elle alla au lit avec le sourire.

Quand elle se réveilla le matin suivant, elle se sentit elle-même pour la première fois depuis plusieurs jours. En s'étirant, son épaule ne lui donnait pas envie de contenir un cri. Elle se leva et prit une douche chaude ; elle n'avait pas l'impression d'avoir envie d'y rester pour toujours afin de pouvoir bouger sans avoir mal. Quand elle fut habillée, elle avait envie et l'énergie d'enfiler quelque chose de joli. Elle bondissait dans les escaliers au lieu de traîner lentement ses fesses une marche après l'autre. Dans la cuisine, elle mit la cafetière en marche et ouvrit la porte menant à l'extérieur. Elle se tint sur la terrasse, s'étira autant qu'elle le put sous le soleil et s'écria :

— Bonjour, le monde !

Son voisin sur la gauche lui demanda :

— Qu'est-ce qu'il y a de bon en ce jour ?

Doreen gloussa.

— Bonjour, Richard. Comment allez-vous aujourd'hui ?

— Je vais bien, surtout depuis que vous avez des ennuis, railla-t-il avant de se mettre à rire et rire encore.

— Oh, je n'ai pas d'ennuis ! Je ne l'ai pas tuée.

Immédiatement, Richard grimpa probablement sur une

chaise ou un tabouret qu'il gardait de son côté de la clôture spécialement pour ces occasions, passant ainsi sa tête par-dessus l'enceinte afin qu'elle puisse le voir.

— Ah non ?

— Non, je ne l'aurais certainement pas fait ! s'exclama-t-elle avec un sourire rayonnant.

— Et pourquoi pas ? Elle était épouvantable. Une horrible personne.

— Oui, mais vous savez, parfois on parle de se réjouir de certains malheurs, déclara-t-elle en riant.

Richard y réfléchit, la regarda avec approbation et répondit :

— Vous savez quoi ? J'aime cette façon de penser.

— Vous voyez : je ne l'ai pas tuée, mais c'est intéressant qu'elle soit morte.

— Pourquoi ça ? questionna-t-il, sourcils froncés.

— Parce que cela incite à se demander si quelqu'un ne m'a pas intentionnellement pointée du doigt.

La mâchoire de Richard se décrocha.

— Faut dire que vous faites un bon suspect…

— Apparemment, admit-elle sèchement. Mais désolée de vous décevoir, je suis innocente.

Alors, il lança quelque chose qui la surprit :

— Mais dans ce cas, si vous ne l'avez pas tuée, qui l'a fait ?

— Je n'en ai aucune idée, lui rétorqua-t-elle en l'observant et en continuant de parler d'un ton sec. Et on m'a sommée très clairement de ne pas m'en mêler puisque tout le monde s'interroge au sujet de mon éventuelle implication.

— Oui, mais vous ne pouvez pas rester en dehors de ça. Les gens vont vous crucifier. Ceux qui ne vous connaissent pas comme moi.

Elle le dévisagea fixement, repensant à son accusation, quelque temps auparavant.

Sous l'examen approfondi du regard déterminé de Doreen, il eut au moins la décence de s'empourprer d'un adorable rouge.

— Enfin, je veux dire, évidemment, je ne l'ai pas cru, souffla-t-il.

— Évidemment… Et vous l'avez bel et bien entendue m'attaquer quand elle était à ma porte d'entrée.

Il acquiesça instantanément.

— Bien sûr, et elle était assez énervée. Je l'ai croisée plus tard ce jour-là d'ailleurs, mais vous pouvez parier que je suis resté bien loin d'elle. C'était une mèche prête à s'allumer, comme je n'en avais jamais connu.

— Où l'avez-vous vue ? le questionna Doreen, excitée.

— En bas du Starbucks, sur la 97, la route 97.

— Il était environ quelle heure ?

Il réfléchit.

— Hmmm, je ne sais pas, peut-être quatre heures. Le trafic était chargé. J'avais pensé m'y arrêter, mais au lieu de ça, je suis allé au drive et heureusement, car, quand je l'ai vue assise en train de manger dans sa voiture, la portière ouverte, je suis passé devant. Cette Jaguar verte, on ne pouvait pas la rater.

— C'était une location…

— Ils louent des voitures de luxe en ville ?

Doreen haussa les épaules.

— Je n'en ai aucune idée, marmonna-t-elle, mais il semblerait que oui.

— Eh bien… elle ne montera plus dans un modèle de luxe désormais, sauf si c'est un cercueil.

— C'est vrai.

Elle réfléchit un moment puis demanda :

— Avez-vous déjà croisé un homme presque chauve, avec quelques cheveux gris sur le sommet de la tête ? (En sortant son téléphone pour parcourir les photos, elle continua :) Il est un peu plus âgé que moi et porte toujours un costume à rayures gris foncé ou gris foncé avec de minuscules rayures jaunes ou rouges ? Un homme à l'allure vraiment élégante ? (Elle descendit de la terrasse, s'approcha, montra la photo de son ex sur son téléphone et ajouta :) Avez-vous déjà vu ce gars dans le coin ?

Il regarda et secoua la tête avant de dire :

— Non. Vous croyez qu'il l'a tuée ?

— Eh bien, c'est possible, mais j'ignore même s'il est par ici. Je sais qu'il a eu quelques soucis avec elle.

— Vous feriez mieux de l'indiquer à la police. Il leur faut un autre suspect.

— J'en ai parlé à Mack, mais je ne crois pas lui avoir donné de photo.

Plissant le front à cette pensée, elle adressa rapidement un message avec une photo jointe. **Voici mon ex, au cas où il serait en ville. Il ferait un chouette suspect à ma place.** Puis elle tapa sur « Envoyer ». Elle sourit et annonça :

— Je viens également de l'envoyer à Mack.

— Bien, répondit Richard. Je n'ai vraiment pas envie d'avoir affaire à de nouveaux voisins. Vous, c'est déjà assez.

Et là-dessus, il descendit de son perchoir de l'autre côté de la clôture et disparut.

Elle soupira dans la lumière du matin.

— Je suis quelqu'un avec qui il n'est pas mal ni difficile de s'entendre ! s'écria-t-elle.

— *Impossible*, je dirais plutôt, rétorqua-t-il. Tellement de bruit, tellement de notoriété !

Elle devait admettre qu'il marquait un point. Elle était consciente qu'il n'avait pas été très ravi quand les bus japonais avaient effectué leurs tournées, comme en orbite autour d'elle. Ou alors, était-ce elle qui gravitait autour d'eux ? Elle l'ignorait. Mais au moins, elle n'en avait pas vu ces derniers temps. Elle retourna sans se presser à sa terrasse puis se dirigea vers la maison et se versa une tasse de café. Quand elle ressortit, un message de Mack était apparu sur son téléphone.

Vous n'êtes pas un suspect.

Cela lui provoqua un grand sourire, et elle envoya une réponse : **Youpi ! Vous auriez pu m'en informer hier soir.**

Pouvais pas. Hier soir, vous l'étiez. Ce matin, nous savons que l'assaillant était droitier.

Elle appuya immédiatement sur « Appeler », et, quand il répondit, la voix paraissant un peu endormie, elle s'écria :

— Sérieusement, je suis tirée d'affaire ?

Il ricana.

— Peut-être, mais si vous croyez que cela vous éloigne des ennuis…

Et cette fois, c'est lui qui lui raccrocha au nez.

Elle voulait rire et pleurer en même temps. Elle détestait qu'on lui raccroche au nez, mais elle savait qu'elle le méritait avec Mack. Et il ne l'avait pas fait assez de fois pour lui rendre la pareille de façon équitable.

Mais elle exécuta une petite danse et s'exclama :

— Je ne suis plus un suspect ! Je ne suis plus un suspect ! Youhou !

Mugs commença à aboyer, et Goliath passa en coup de vent, essayant de s'éloigner autant que possible. Mugs se roula dans l'herbe et continua, Goliath lui jetant un regard dédaigneux.

Thaddeus, n'étant jamais le dernier à faire la fête, se trémoussa autour de la table. « Plus un suspect ! Plus un suspect ! »

Doreen stoppa net et l'observa.

— Ouah ! Tu as appris la plus improbable des phrases !

Thaddeus pencha la tête sur le côté. « Improbable des phrases, improbable des phrases, improbable des phrases. »

— OK, ça suffit comme ça, marmonna-t-elle.

« Ça suffit comme ça. Ça suffit comme ça. Ça suffit comme ça. »

— Arrête ça ! Ou tu n'auras pas de cake ce matin !

« Arrête ça ! Ou tu n'auras pas de cake ce matin ! »

Elle fixa l'oiseau et, vers la clôture du côté de chez Richard, elle entendit le rire de ce dernier devenir de plus en plus fort, jusqu'à l'imaginer se rouler par terre et se fendre la poire.

— Super. Très drôle. Je suis ravie que vous ayez eu votre divertissement du matin ! s'exclama-t-elle.

Il tapa contre les panneaux de la clôture plusieurs fois comme s'il était réellement en train de se bidonner au sol, se moquant d'elle sans pouvoir se contrôler. Elle grogna et abandonna :

— OK, c'est bon. Je vais prendre un café et du quatre-quarts, et tu n'auras rien.

Elle rentra et se versa une seconde tasse, puis se servit un morceau de cake. Dès qu'elle sortit, Thaddeus s'assit sur la table puis la regarda avant de battre des ailes.

« Thaddeus aime Doreen ! »

— Oh non, c'est faux ! répliqua-t-elle, tenant le gâteau au-dessus de sa tête. Tu n'auras pas une seule miette. Le gâteau, c'est mauvais pour Thaddeus !

« Thaddeus aime Doreen ! »

— Non, tu ne t'en sortiras pas avec des phrases de ce genre.

Elle lança un œil noir à l'oiseau, en s'asseyant puis en mettant un bout de quatre-quarts dans sa bouche.

Il essaya encore une fois, la dévisageant avec de gros yeux. « Thaddeus aime Doreen. »

Elle secoua la tête.

— Non, non, tu n'en auras pas. Pas moyen. Tu n'auras pas mon cake.

Elle abaissa sa main pour la tenir éloignée du perroquet quand Mugs sauta et le prit avec ses pattes.

— Mugs ! Ne fais pas ça ! s'écria-t-elle.

Mais il était trop occupé à engloutir le morceau de gâteau tout en remuant la queue. Elle regarda furieusement ses animaux. Thaddeus bondit tout de suite sur le sol pour essayer de récolter quelques miettes laissées par Mugs.

— Vous êtes horribles tous les deux !

Elle grogna, se leva et rentra pour se resservir du quatre-quarts. Quand elle retourna dehors, elle entendit la barrière sur le côté. Se disant que c'était probablement Mack, elle s'exclama :

— Vous n'aurez pas de gâteau ce matin non plus !

Comme elle n'entendit aucune réponse, elle laissa tomber, se rassit et observa ses deux compagnons qui continuaient de se battre pour les toutes dernières miettes. Puis Mugs dévia son attention vers le flanc de la maison. Il aboya plusieurs fois puis, tout en remuant la queue, il s'en alla.

— Super. Mack, vous feriez mieux de venir ici. Ce n'est pas comme si Mugs saluait tout le monde comme ça, marmonna-t-elle.

Puisqu'il n'y avait toujours aucun signe de lui, elle se leva et contourna la maison. En arrivant sur le côté, elle découvrit Mugs qui s'excitait auprès d'un étranger penché sur lui. Elle le considéra avec stupeur.

— Mugs, viens ici. Allez ! Viens ici.

Mais Mugs l'ignorait complètement. Elle étudia l'inconnu et là, son cœur cessa de battre. Lentement, le type se redressa et regarda vers elle.

— Bonjour, Doreen.

Évidemment, c'était son ex-mari.

Chapitre 8

DOREEN FIXA LONGUEMENT et durement son ex, le cœur lourd. Elle le reconnut avec peine ; il portait le même costume de luxe haut de gamme qu'à l'accoutumée. Mais il paraissait plus âgé, mince en haut et peut-être également plus fin au niveau de la taille. Elle fronça les sourcils, étudiant l'homme avec qui elle avait passé tant d'années.

— Mathew ?

Il lui adressa le même sourire en coin que celui qui l'avait séduite au début, mais elle était immunisée depuis longtemps désormais.

— Que fais-tu ici ? demanda-t-elle calmement.

Elle ne l'invita pas à entrer. Elle était appuyée contre le mur du côté de la maison, tentant d'ignorer que Mugs était presque hystérique de joie en le voyant. Mais c'était un très bon chien, du genre fidèle jusqu'au bout. Mathew baissa les yeux sur lui, et Doreen constata que le coin de ses lèvres se retroussait.

— Il a l'air dégoûtant, déclara-t-il. C'était quand la dernière fois que tu l'as shampooiné et que tu lui as coupé les griffes ? Il semble si… négligé.

— Eh bien, c'est son allure au naturel, marmonna-t-elle.

Elle ne voulait pas en prendre ombrage, mais les visites aux salons de toilettage coûtaient des centaines de dollars. Et elle préférait consacrer son argent à la nourriture ces dernières semaines.

Mathew secoua la tête, balaya la maison du regard depuis le jardin latéral et dit :

— C'est donc ici que tu as atterri, hein ? (Il secoua de nouveau la tête.) Incroyable.

— C'est-à-dire que, quand tu n'obtiens aucun accord après quatorze ans de mariage, railla-t-elle en redressant un tant soit peu son dos, tu apprends à trouver une autre perspective dans ta vie.

Mathew réagit en riant.

— C'est mon entreprise, je l'ai bâtie. Rien qui ne t'appartienne, donc.

— Pourquoi es-tu ici ? réitéra-t-elle.

Elle était consciente que Nick refuserait complètement qu'elle lui parle. Mathew mit ses mains dans les poches de son costume, une autre manie qu'il avait toujours eue, puis… elle attendit la prochaine. Et la voilà ! Ce petit balancement d'avant en arrière sur ses talons, comme s'il était quelqu'un d'important en train d'attendre que le reste du monde le comprenne.

— C'est mal d'avoir voulu m'arrêter ici pour te voir ?

— Oui, répondit-elle franchement. Nous n'avons plus rien à faire ensemble depuis que j'ai quitté la maison.

— Oui, mais tu n'es pas partie de ton plein gré, lui remémora-t-il.

— Non, je te frappais et je hurlais, si je me souviens bien, tança-t-elle en n'appréciant pas ce petit rappel. C'était chez moi.

— Non, c'est *ma* maison, contesta-t-il avec son sourire de requin, avant de balayer tout ça d'un geste de la main. Mais beaucoup d'eau a coulé sous les ponts.

— Et pourquoi ça ? demanda-t-elle.

Elle se tapotait les bras, regrettant de ne pas avoir un moyen de fuir, même si elle était curieuse de savoir ce qu'il faisait là, pourquoi ici parmi tous les endroits du monde, quel était le lien avec elle et s'il avait quelque chose à voir avec la mort de Robin.

— J'étais en ville, indiqua-t-il. J'ai simplement pensé que je pouvais m'arrêter ici et vérifier comment tu allais. Est-ce que Nan est là ?

— Non. Elle est à Rosemoor.

— Ah, donc elle se trouve au foyer, acquiesça-t-il, satisfait, en hochant la tête. Enfin ! C'est là qu'elle devait être.

Doreen en eut le souffle coupé. Mathew branla du chef.

— Tu n'ignores pas qu'elle devenait un peu folle…

— C'est ma grand-mère ! répliqua-t-elle avec sévérité. Nan est quelqu'un de très aimé !

— Ça n'a aucun rapport avec ça. Elle était givrée et nécessitait de recevoir plus de soins.

— Elle se porte bien là où elle vit aujourd'hui.

Il regarda vers Mugs qui se promenait ici et là et finit par remarquer Goliath pour la première fois. Ses yeux s'agrandirent.

— C'est un chat ou un lynx ?

— C'est Goliath. C'est un maine coon.

— Encore l'un des animaux errants de Nan ?

Doreen grimaça en entendant cela, car si l'un des animaux errants de Nan se trouvait dans le coin, ce serait elle.

— L'un des animaux de Nan, sans aucun doute, corrigea-t-elle. Tu ne m'as pas expliqué pourquoi tu es ici.

Elle observa le voisinage et se rendit compte que quelques personnes les regardaient furtivement pendant qu'elle parlait avec lui. Elle passa la tête sur le côté de sa maison pour voir le véhicule de location.

— Une Jaguar verte, hein ?

— Il n'y a pas beaucoup de services de location de voitures dans le coin, lança-t-il d'un air dédaigneux. Celle-ci est une voiture privée que j'ai louée à un particulier.

— Oh, les gens font ça ? demanda-t-elle, ébahie. Ça me paraît un peu curieux.

— Eh bien, quand ils ont besoin d'argent, précisa-t-il en haussant négligemment les épaules, ils seraient prêts à n'importe quoi ou presque. Y compris louer leur véhicule.

— Intéressant, souffla-t-elle, ne sachant pas bien quoi lui dire d'autre, car il devait encore justifier clairement sa venue.

Alors, elle se tint là et patienta, essayant d'adopter la stratégie d'attente de Mack, afin que Mathew finisse par lâcher quelque chose le premier. Il l'étudia un certain temps.

— Tu sembles différente sans tout ce maquillage.

— Eh bien, je ressemble à moi ! répondit-elle avec un sourire lumineux.

Il hocha la tête et adopta un ton très sérieux :

— J'aime bien. C'est très pimpant.

Les sourcils de Doreen se haussèrent.

— Tu me disais toujours à quel point je paraissais fatiguée et vieille sans maquillage.

— Et c'était le cas, confirma-t-il avec un autre hochement vif. Par conséquent, quoi que tu aies pu accomplir ici, ça t'a changée.

— Là, je ne peux qu'être d'accord, lâcha-t-elle avec un rire joyeux. Ma vie est vraiment différente, et j'en suis plutôt heureuse.

Il regarda la maison de Nan puis le voisinage, avant de frémir.

— Mouais, ce n'est définitivement pas fait pour tout le monde, reprit-elle avec un signe de tête, mais je me suis aménagé un endroit à moi.

— Mais tu pourrais aussi le modifier. Ce n'est de toute évidence pas au niveau de tes critères.

— Il faut de l'argent pour vivre selon les critères de l'époque où l'on partageait un foyer. Mais tu n'étais pas vraiment dans le partage…

— Bien sûr que non. J'ai gagné cet argent, il m'appartient.

— Oui, enfin, tu n'as pas tout gagné par toi-même, contesta-t-elle en lui lançant un regard noir.

Elle se souvenait de ce que Mack et Nick avaient dit ; ils avaient raison, elle avait passé énormément de temps à l'aider à monter son affaire.

— Surtout quand on s'est mariés. Tu n'avais pas vraiment beaucoup de travail en ce temps-là.

— C'est exact, mais je me suis évertué à tout bâtir pendant mon mariage. Toi, non.

— Tu parles du mariage dans lequel je devais être un faire-valoir à ton bras, où je devais être jolie toute la semaine, toute la journée, parler à tes associés et dénicher la moindre information auprès de leurs épouses ? ironisa-t-elle en reniflant avec dédain. Tout cela faisait partie du business.

— Mais ce n'était pas comme si tu rapportais de l'argent. Ce n'était pas comme si tu concluais vraiment des affaires, souligna-t-il avant de lever une main. Et je peux remarquer que ça ne se passe probablement pas très bien pour toi. Je veux dire, regarde où tu vis… Et je serais plus que ravi de discuter d'un accord.

Là, elle put sentir un éclair de mise en garde parcourir son épine dorsale de haut en bas.

— Quel accord ?

— Eh bien, je constate que ces derniers mois ont été durs pour toi, admit-il. Et je devrais avoir plus de compassion quant à la façon dont ça s'est terminé pour toi.

— Oui, je crois que tu étais trop occupé à reluquer les fesses de Robin, lâcha-t-elle, la voix légèrement acide. Vous n'avez même pas attendu que l'encre soit sèche sur les papiers de divorce pour qu'elle aille dans mon lit.

— Oui, c'est plutôt vrai. Elle a fait son chemin très rapidement, marmonna-t-il. Mais c'est fini entre nous.

— Bien, cracha-t-elle en haussant les épaules et en s'interrogeant sur le choix de ses mots.

Était-il au courant qu'elle était morte ?

— Et pourquoi ça m'intéresserait ?

— Car ton lit est de nouveau vide. (Il la regarda avec l'expression travaillée, mais attirante, de l'innocence d'un petit garçon.) Et j'aimerais que tu reviennes et que tu nous accordes une autre chance.

Là, elle le fixa des yeux, sincèrement stupéfaite.

— Quoi ?

— Tu m'as entendu. J'aimerais que tu reviennes. J'aimerais qu'on réessaie.

— Pourquoi tu voudrais ça ? demanda-t-elle, abasourdie.

Était-il en train d'essayer de l'embrouiller ? Pourquoi parlerait-il d'un accord et de son retour, sauf si cette idée de revenir avait pour seul but de ne pas avoir à lui verser d'indemnités ? Elle l'observait, et, même si elle pouvait remarquer qu'il avait l'air un peu plus minable, légèrement trapu et un peu plus vieux, il ne lui parut pas plus sincère, pas plus ouvert, pas même légèrement plus honnête, ce qu'elle aurait préféré à cet instant précis.

— Je veux dire, regardons les choses en face : tu m'as jetée pour elle, alors tu recommenceras avec une autre gonzesse.

— Bien sûr que non. Le fait d'avoir été avec Robin m'a prouvé qu'elle n'était pas toi.

— Elle ne l'aurait jamais été, grommela-t-elle. Et tu as été très clair sur ton désir d'une fiancée plus jeune.

Il tiqua.

— Eh bien, disons que c'est ce que j'ai obtenu et que ce n'était pas aussi bon et confortable que celle que je possédais.

À ce mot, elle lui lança un regard noir.

— *Possédais* ?

— D'accord, ce n'était pas le bon terme, reconnut-il pour se rattraper, en levant une main. Et je ne veux certainement pas te mettre en colère. On pourrait peut-être prendre un café quelque part ?

Elle hésita, car la dernière chose qu'elle désirait, c'était passer du temps avec lui. Mais ce qui émanait de sa proposition de partager un café n'avait rien de faux et ne révélait rien de ses intentions. Alors, qu'avait-il derrière la tête ?

— Et pourtant tu viens d'expliquer que tu souhaitais que je revienne. Je suis encore vraiment confuse. Sans parler de cette histoire d'accord.

— Eh bien, j'avais pensé que, peut-être, si on passait un peu plus de temps tous les deux, cela nous aiderait à nous rendre compte qu'on veut se remettre ensemble.

Elle secoua la tête.

— Comme je l'ai indiqué au téléphone, pourquoi aurais-je envie de revenir avec toi ? Dès que je penserai être de nouveau en sécurité, tu me jetteras une fois de plus. (Puis elle s'arrêta, le considéra et ajouta :) Tu es au courant que Robin est morte, n'est-ce pas ?

Le visage de Mathew s'assombrit.

— J'ai entendu ça, acquiesça-t-il à voix basse. Quel gâchis !

— Dans quel sens ?

Il l'observa, surpris.

— Bah, elle était vraiment jeune, tu sais ?

— Oui, elle devait avoir, quoi, quinze ans de moins que moi ?

— Moins, je crois, corrigea-t-il d'un air confus. Et tu t'en sors bien pour ton âge.

— Ouah, c'est de mieux en mieux, se marmonna-t-elle, pensant que cela faisait cinq ans. Je ne comprends pas ce que signifie ton commentaire sur elle.

— Elle était du genre à avoir des ennuis, elle aimait vivre dangereusement.

— Oui, je suis au courant de ça. Je veux dire, elle m'a trompée quant à mon divorce et mon mari et, apparemment, elle enquêtait sur moi pour le tribunal.

Il la dévisagea, surpris, mais elle n'aurait su affirmer si son expression était sincère ou pas.

— Quoi ?

— Oh, tu l'ignorais ? J'ai cru comprendre que son… euh… statut d'avocate, ou peu importe comment tu veux appeler ça, a été remis en question, à cause de ses pratiques peu scrupuleuses.

— Oh, ça alors… souffla-t-il en soupirant lourdement. Dans ce cas, je me demande si ce n'était pas un suicide.

— Je crois qu'elle a été poignardée, le contredit-elle en le regardant de plus près. C'est dur de se faire ça soi-même…

— Donc… les rumeurs ont trouvé leur chemin jusqu'à

ta porte ?

— Oui, généralement c'est ce qu'elles font, confirma-t-elle chaleureusement, et une fois de plus, elle hésita en regardant les animaux. Eh bien, à l'évidence, Mugs est vraiment content de te voir.

— Et je suis sûr que toi aussi. C'est simplement le choc. Et évidemment, tu en as vécu quelques-uns ces derniers temps. Avec le décès de Robin et tout ça…

— Sans mentionner le fait qu'elle est venue ici pour me crier dessus, avant d'être assassinée.

— Oh, ça ressemble tellement à Robin ! s'exclama-t-il en frissonnant. Ces choses que tu ignores sur une personne jusqu'à ce que tu vives avec… Elle faisait vraiment une scène de tout.

— Oui, en effet, mais à cette époque, tu en avais assez de ta vieille jument…

— Tu t'étais laissée un peu aller, et les cheveux blancs arrivaient…

— Et pourtant, il y a quelques minutes de cela, ici même, tu déclarais que j'étais pimpante et naturelle… railla Doreen en levant les yeux au ciel.

— Oui, c'est vrai aussi ! Mais aucun doute que tu commences à te faire vieille.

Elle gloussa.

— Oui, je m'en approche honnêtement.

Il s'avança et tira sur sa main.

— Quand même, allons prendre un café. Éloignons-nous un peu. Laisse les animaux et sortons un moment, même si c'est seulement pour marcher dans le parc.

Elle hésitait, mais la curiosité la guidait. Elle finit par hocher la tête et dit :

— Eh bien, une promenade au parc serait appréciable,

mais je souhaite que les animaux viennent. (Il la regarda curieusement tandis qu'elle haussait les épaules.) C'est moi et les animaux ou rien du tout.

Il leva les bras en guise de reddition.

— Bien. J'imagine mal emmener le chat pour une balade cependant.

— Tu pourrais être surpris, lança-t-elle joyeusement. (Elle rentra, prit une laisse pour Mugs et suggéra, en rejoignant Mathew :) Pourquoi ne commençons-nous pas la promenade d'ici ?

Il la dévisagea, surpris, puis haussa les épaules.

Elle descendit l'allée avec les animaux, et il n'avait même pas remarqué qu'elle portait Mugs. Elle avait également embarqué Thaddeus et attendit que Mathew le repère, mais il ne semblait pas voir l'oiseau sur son épaule. Cela la scotcha, mais il était évident qu'il était sérieusement concentré sur autre chose. Finalement, quand ils eurent fait le tour de l'impasse, elle se dirigea instinctivement vers Rosemoor et demanda :

— Tu veux voir ma grand-mère ?

— Seigneur, non ! Cette sorcière ne m'a jamais apprécié.

Elle grimaça à ses mots, mais elle devait lui reconnaître sa perspicacité : Nan ne l'avait *effectivement* jamais aimé.

— Eh bien, peut-être qu'elle s'est assagie avec le temps.

— Non, protesta-t-il en secouant la tête, pas du tout. Il y a des chances pour qu'elle ne se retienne pas plus aujourd'hui.

— Il faut avouer que tu m'as plantée pour une femme plus jeune et sans aucun moyen pour que je subvienne à mes besoins.

— Non, j'en suis bien conscient, admit-il.

Elle se demanda si c'était supposé être une sorte

d'excuse.

— Tu veux dire que tu ne l'as pas fait volontairement ?

— Eh bien, si, évidemment. Mais ce n'était probablement pas juste.

Elle n'était tout bonnement pas certaine de la raison de ce revirement, et cela la rendit vraiment suspicieuse.

— Je suis surprise d'entendre ça de toi. Ce n'est pas ce à quoi je me serais attendue.

— Les temps changent…

Elle n'y croyait pas, mais quelque chose avait de toute évidence évolué. Comme ils marchaient, elle dépassa Rosemoor et annonça :

— Grand-mère est là.

— Ah, eh bien, je ne veux clairement pas m'arrêter pour lui rendre visite, ici ou ailleurs, marmonna-t-il en accélérant le pas. Viens. Dépêchons-nous.

— Je ne vais pas courir. Je marche tout le temps à ce rythme.

— Mais pas avec moi. Je ne sais même pas pourquoi nous sommes ici en train de nous balader et pas dans un café, où nous pourrions être à l'intérieur, où il fait bon et où c'est confortable avec un bon petit noir.

— C'est une belle journée, déclara-t-elle avec aisance. Alors, il n'y a aucune raison de ne pas être dehors à se promener. Je n'avais pas envie de laisser les animaux seuls.

— Eh bien, tu devras les laisser seuls bientôt, car tu ne pourras certainement pas les emmener au café.

— Ils m'accompagnent partout. La ville y est habituée désormais.

— Seigneur, lâcha-t-il en la considérant avec horreur. Dis-moi que tu n'es pas devenue la folle du village ?

— Euh… réagit-elle en y réfléchissant. Ça se pourrait

bien… Ce pourrait être exactement ce que je suis devenue. Tout le monde ne sait pas qui je suis ou à quoi je ressemble, mais la plupart, si, sans doute.

— Oh la la… Tu es consciente que ça me contrarie toujours.

— De quoi ? Les rumeurs et le fait qu'on parle de moi ?

— Oui ! De savoir que d'autres gens commèrent sur toi ? C'est vraiment horrible ! La vie privée, c'est important.

— Pour toi, oui. Je suppose que c'est pour cela que je me demande ce que tu fiches ici.

— Je te l'ai expliqué. Je souhaite qu'on reconsidère notre futur.

— Et pourtant, il n'y a aucune raison à ça, marmonna-t-elle. Je n'ai pas entendu parler de toi pendant des mois, alors pourquoi soudainement aujourd'hui ?

— À quel moment es-tu devenue si soupçonneuse ? l'interrogea-t-il, surpris.

Cela fit rire Doreen.

— Tu n'as pas idée ! (Il la regarda fixement comme s'il lui posait une question silencieuse, mais elle se contenta de hausser les épaules et de poursuivre.) Ce qu'il faut retenir, c'est que je suis suspicieuse.

— Je suppose que cela a dû être vraiment difficile pour toi ces derniers mois, dit-il avec sympathie. J'aurais dû y penser.

— Penser à quoi ? (Il la considéra simplement sans prononcer un mot.) Alors, il y a bien quelque chose… Je ne suis pas sûre de laquelle.

À cet instant, le portable de Mathew se mit à sonner. Une de ses autres manies dont elle se souvenait, c'était qu'il était toujours au téléphone. Elle ne l'en blâmait pas, car on était en pleine ère numérique, mais quand ils étaient ensemble, il était en permanence sur son portable. Il répondit pendant qu'ils marchaient, et sa voix devint sévère. Elle tenta de repousser cette impression, mais il ressemblait de plus en plus au Mathew qu'elle avait connu.

— Eh bien, trouve ! s'écria-t-il. Ça doit bien être quelque part.

Les oreilles de Doreen se dressèrent.

— Que se passe-t-il ? s'enquit-elle, curieuse.

— Oh, seulement des papiers qui manquent pour les avocats, lâcha-t-il avec dégoût. On pourrait croire que c'est simple de trouver les choses. On dispose du stockage numérique et on l'a encore sous format papier, mais non, non, non ! Les documents continuent de manquer à chaque fois !

Il raccrocha en soupirant.

— J'imagine… (Elle scruta la ville autour d'elle tandis qu'ils se dirigeaient au coin de Lower Mission.) Il y a un Starbucks là-bas. On peut toujours y prendre un café.

Il acquiesça, mais son esprit était plutôt ailleurs désormais.

— As-tu parlé à Robin, même un peu, quand elle était ici ?

— Elle a pesté et râlé contre moi, mais ce n'était pas vraiment une conversation…

— Non, quand elle a ses petites humeurs, c'est incroyablement difficile de communiquer.

Doreen s'interrogea à propos de l'appel téléphonique.

— Je n'ai pas été en rapport avec elle, en dehors de son coup de gueule et de son délire.

— Alors, tu ne l'as pas retrouvée au café ? Tu n'as pas déjeuné avec elle ?

— Pourquoi l'aurais-je fait ? demanda-t-elle, surprise,

plutôt choquée qu'il ait même l'idée de le suggérer. Elle m'a entubée plutôt méchamment.

— Elle s'occupait de mes intérêts. En toute honnêteté, tu aurais dû t'y attendre.

— Et pourquoi aurais-je dû m'y attendre ? Je l'ai engagée pour qu'elle me représente, pas pour qu'elle *te* défende.

— Eh bien, car nous étions déjà ensemble.

— Mais ça, je l'ignorais, s'insurgea Doreen, étonnée.

Il la dévisagea, l'air choqué, puis commença à rire.

— Elle aurait dû le révéler…

— Eh bien, elle s'en est abstenue, déplora amèrement Doreen. Je suppose que je suis naïve. Je ne me doutais pas de ça.

— Hmmm, je suppose que c'est pour cela qu'elle était si irritée quand elle m'a contacté, alors. Elle a évoqué le fait que tu lui causais des ennuis.

— Quels ennuis étais-je censée lui causer ? questionna-t-elle en secouant la tête. Elle avait déjà pris tout ce que j'avais !

— Intéressant, grommela-t-il, mais d'une voix distante, comme s'il songeait à quelque chose de complètement différent, avant de commencer à rire. Pas étonnant qu'elle insistait pour que tout soit sous clé, signé et scellé assez tôt…

— Mais était-ce vraiment trop tôt ? lâcha Doreen.

— Ça m'a paru plutôt rapide, à moi.

— Tu veux dire que tu aurais cru que je me serais lancée dans un plus long combat ?

— Notre accord était plutôt simple, admit-il. Et à ce moment-là, je me félicitais pour les compétences de Robin. Mais de toute évidence, elle avait un autre plan en tête…

— Mais de quoi parles-tu ? s'étonna Doreen. Quel autre plan ?

— Tu ne le savais pas ? lui demanda-t-il après l'avoir regardée un instant.

— Je ne savais pas quoi ? Je n'ai rien compris depuis que cette femme est arrivée à ma porte. Je me doute que tu penses que je ne comprends rien aux affaires et que tu me trouves un peu stupide, mais c'est difficile d'appréhender quelque chose sans en avoir les explications. Ou même suffisamment d'informations pour prendre la bonne décision sur un point précis.

— Non, non, non, bien sûr, c'est absolument censé, concéda-t-il avant de recommencer à rire.

— Vas-tu t'expliquer ?

— Non, étant donné que tu ne lui as pas parlé des masses… (Et là, son téléphone sonna de nouveau. Il le regarda, grogna et dit à Doreen :) Juste une minute.

Il s'accorda quelques instants pour marcher plus loin. Elle réduisit la distance entre eux deux, tandis qu'il s'éloignait. Elle entendait l'urgence dans la voix de Mathew.

— Tu dois le trouver… Non, non, je suis occupé… Oui, je sais… Je prendrai l'avion, ne t'inquiète pas. Fais en sorte que toi aussi.

Et cela continua ainsi, mais elle ne saisit pas la majeure partie des propos. Il finit par remettre son portable dans sa poche, les yeux levés vers le ciel, avant de se tourner pour considérer Doreen.

— Quelque chose est arrivé, déclara-t-il avant de prendre son portefeuille et de lui tendre sa carte de visite. C'est mon nouveau numéro. Si tu repenses à n'importe quoi, qu'elle aurait pu dire ou faire, qui t'éveille des soupçons, tiens-moi au courant, tu veux bien ?

— D'accord, acquiesça-t-elle en regardant avec surprise la carte de visite, tout en pensant au fond d'elle *Tu parles que je vais t'en informer* !

Il afficha un sourire en coin et ajouta :

— C'était vraiment bon de te revoir.

Elle l'étudia et, cette fois, elle n'était même pas certaine du ton qu'elle avait perçu dans sa voix, mais ce n'était sûrement pas de la sincérité. C'était plutôt comme s'il s'était moqué d'elle. Mais il l'avait toujours traitée ainsi.

— Pourquoi es-tu réellement venu ? insista-t-elle en le fixant dans les yeux. Ça n'a rien à voir avec moi. Ou à ton envie que je revienne.

— On ne sait jamais… (Il leva une main et la posa sur la joue de Doreen.) Il y a quelque chose de très attachant dans tout ce naturel…

— Non, avant ça, tu prétendais que c'était maladroit et embarrassant, à propos des autres femmes. Tu es vraiment là pour l'avocate. C'était uniquement pour Robin, n'est-ce pas ?

Il la considéra avec étonnement.

— Bien sûr que non !

— En tout cas, si tu cherchais son ordinateur, c'est la police qui l'a.

Soudain, il s'immobilisa, et enfin sortit le mari qu'elle connaissait bien. Il grogna.

— De quoi tu parles ?

— Elle a été assassinée, et ils ont tout pris. Et cela inclut le sac bleu qu'elle avait avec elle, y compris son ordinateur portable.

Il se contenta de l'observer, ses yeux s'étrécissant en deux pointes de colère. Elle n'y prêta pas attention.

— Tu aurais pu me le demander dès le début. Ce n'est pas comme si j'allais tomber dans tes combines désormais.

Mathew se mit à rire.

— Je crois que j'apprécie ce caractère. Tu ne t'étais jamais adressée à moi comme ça.

— Je n'ai quasiment jamais pu en placer une, grommela-t-elle.

— Et c'est comme ça que j'aimais que ça se passe. Mais Robin était très différente, alors ça m'a apporté une expérience différente. Et cet esprit-là, je l'aime bien. (Il sourit.) Continue comme ça ! Continue comme ça… Et je te reverrai dans un petit moment. Je dois prendre l'avion pour rentrer chez moi, mais on reste en contact.

Perplexe, elle le regarda pivoter et s'éloigner d'elle.

— Tu ferais mieux de marcher avec moi, ta voiture est là-bas.

Il s'arrêta, la considéra et haussa les épaules avant de décliner :

— En réalité, je suis ici avec quelqu'un qui s'est déjà chargé de récupérer la voiture.

— Ah, souffla-t-elle, s'interrogeant là-dessus également. Je suppose que ce n'est pas surprenant, tu n'avais pas vraiment pour habitude de conduire.

— C'est toujours le cas, sauf quand j'ai besoin d'intimité.

Et à cet instant, elle entendit le ronronnement d'un moteur puissant et vit la Jaguar s'arrêter à la hauteur de Mathew.

— Robin avait loué une voiture comme celle-là. (Il la fixa avec étonnement, mais Doreen n'y prêta pas attention.) Je suppose que, comme toi, elle s'était habituée à tout ce luxe et ne pouvait s'en éloigner. Mais j'imagine que tu ne les financeras plus.

— Non, je n'y comptais pas, lâcha-t-il dans un mouvement résolu.

Comme il entrait dans le véhicule, elle s'approcha et demanda :

— Qu'est-ce qui vous a séparés ?

Il la regarda simplement comme s'il réfléchissait à ce qu'il pouvait bien répondre. Puis il sourit et déclara :

— Elle n'était pas toi.

Et là-dessus, il monta dans la Jaguar et s'éloigna, tandis qu'elle l'observait avec une incrédulité stupéfaite.

Chapitre 9

Lundi, milieu de matinée...

D OREEN AVAIT LENTEMENT opéré un demi-tour pour passer devant Rosemoor, et Nan l'attendait dehors.

— Est-ce que c'était Mathew ? s'enquit-elle brutalement.

Doreen regarda sa grand-mère et hocha lentement la tête.

— J'ignore totalement ce qu'il se passe, alors ne me pose même pas la question, marmonna Doreen.

— Eh bien, ça ne doit être rien de bien. Il manigance quelque chose, tu peux compter là-dessus.

— Il manigance toujours quelque chose, non ? lâcha Doreen, l'esprit ailleurs, réfléchissant simplement à ce que tout cela pouvait signifier.

Rien n'avait de sens.

— Absolument, grommela Nan. Cet homme n'est vraiment pas quelqu'un de fréquentable.

— J'ai pigé. Je ne comprends seulement pas encore la tournure des événements de ce jour.

— C'est déjà effrayant qu'il ait osé se montrer. Peut-être qu'il a tué l'avocate.

— Peut-être... J'y ai effectivement pensé.

— Bien sûr que tu y as songé, tu n'es pas stupide.

Doreen sourit.

— Tu sais quoi ? Tu es la seule qui a toujours cru ça, lança-t-elle en riant.

— Eh bien, tu aurais dû le croire toi-même pendant toutes ces années. Mais cet homme-là ? C'est un poison.

— Sans doute. Il va vraiment falloir qu'on découvre quelque chose.

— Qu'on découvre quelque chose ? Comment ça ?

Doreen secoua la tête.

— Désolée, j'étais seulement en train de penser à des paroles qu'il a prononcées.

— Dis-moi, dis-moi ! s'exclama Nan en désignant le patio. Viens prendre le thé et discute avec moi.

Doreen la regarda et afficha un large rictus.

— Tu es vraiment curieuse !

— Je meurs de curiosité ! Peu importe où va cet homme, les problèmes se trouvent dans son sillage. Le fait qu'il soit ici et qu'il soit venu te parler me terrifie. J'ai déjà averti Mack.

Doreen cessa de marcher.

— Tu as raconté quoi à Mack ?

— Que ton ex était ici, en ville.

— Pourquoi as-tu fait ça ?

— La question serait peut-être plutôt pourquoi toi, tu ne lui as rien dit, répliqua Nan en se tournant pour considérer Doreen de tout son sérieux.

— Parce que… (Et là, Doreen cessa de parler.) Ce n'étaient pas… ses affaires ?

Nan ricana en entendant cela.

— C'est parce que tu réfléchis comme une femme. Pas comme une détective. À quoi tu pensais, ma chérie ? Ton avocate a été tuée, et ensuite ton ex se montre. Évidemment que les deux sont liés.

— Eh bien, j'y ai songé, mais je n'arrivais pas à comprendre pourquoi ni comment. Et puis, j'aurais envoyé un message à Mack maintenant de toute manière, indiqua-t-elle avant de hausser les épaules en s'asseyant sur la chaise du patio. Honnêtement, j'étais simplement abasourdie par sa présence. Il voulait aller boire un café, mais j'ai suggéré de se promener un peu, et je suis allée automatiquement dans cette direction, raconta-t-elle en regardant autour d'elle.

À cet instant, un autre véhicule s'arrêta. Elle regarda Mack sortir de son pick-up et marcher à grandes enjambées vers elles.

— Super, maintenant, je vais en prendre pour mon grade.

— Et tu ferais mieux d'avoir une excuse toute prête, l'avertit Nan.

— Pourquoi ? s'étonna Doreen, scrutant sa grand-mère.

— Parce que tu as heurté sa sensibilité, et que Mack est un homme bien. Tu ne veux pas le chasser, le laisser penser que tu es encore intéressée par ton ex.

Doreen se pencha vers Nan et murmura :

— Mathew a dit qu'il voulait que je revienne.

Là, Nan la fixa, la bouche ouverte.

— Il a dit quoi ?!

Doreen hocha lentement la tête tout en observant Mack qui s'approchait d'elles à grands pas.

— Que lui as-tu répondu ?

— Je n'ai pas vraiment répondu, car j'étais sûre que ce n'était pas sincère. Ce n'est certainement pas ce qu'il souhaite.

— Alors, il prépare quelque chose.

— Je sais. Je ne comprenais simplement pas quoi.

À cet instant, Mack arriva et, s'adressant à Doreen, il demanda :

— Qu'est-ce que vous ne compreniez simplement pas ?

Doreen lui rendit immédiatement son regard et lança :

— J'essayais de saisir ce que mon ex avait derrière la tête.

— Pourquoi était-il ici ? questionna-t-il en se mettant quelque peu à l'aise, comme s'il avait peur qu'elle ne raconte rien.

— Il ne l'a pas clairement exprimé, et il est censé repartir en avion cet après-midi. (Elle vérifia sa montre et reprit :) Dans environ deux ou trois heures je pense.

— La moindre raison de le mettre en détention ?

— Je n'en suis pas sûre… Il ne paraissait pas normal.

— C'est-à-dire ?

— Je pense qu'il feignait d'être gentil, mais je ne sais pas ce qu'il attendait de moi. Il n'était pas seul d'ailleurs, mais j'ignore qui était avec lui. Il a aussi passé pas mal de temps au téléphone.

— Tout ça paraît vraiment intrigant, confirma Mack, mais est-ce que ça concerne l'affaire ?

Elle n'aimait pas cette froideur dans le ton de sa voix.

— Difficile de l'affirmer, mais je crois sincèrement qu'il cherchait quelque chose appartenant à Robin.

— Comme quoi ?

— Eh bien, il ne cessait de parler avec une personne au téléphone, à propos de la quête d'un truc en particulier. (Elle s'arrêta tout à coup et regarda de nouveau vers sa maison.) Oh, mon Dieu !… J'étais tellement abasourdie qu'il se montre comme ça ! (Puis elle bondit sur ses pieds.) Oh non, oh non !

— Quoi ? s'enquirent Nan et Mack d'une voix forte.

— La Jaguar était garée chez moi, et nous sommes partis

à pied. Il a expliqué que quelqu'un était passé récupérer la Jag, mais tout le temps qu'on se promenait, il évoquait la recherche de quelque chose au téléphone. Je n'avais pas fait le lien ! s'exclama-t-elle avec horreur.

— Faire le lien entre quoi et quoi ?

— Il était en train de fouiller ma maison ! C'est là-bas qu'ils cherchaient quelque chose. (Elle dévisagea Mack, sous le choc.) J'ignore simplement ce qu'il y avait là-bas qui aurait pu les intéresser !

— Eh bien, ça devait être important, dit Mack à voix basse, car il est parvenu à vous éloigner suffisamment longtemps pour qu'un individu vienne et mène une perquisition chez vous.

Chapitre 10

Lundi, milieu de matinée…

DOREEN RAPPELA LES animaux tout en levant Thaddeus de la table, et partit du patio en courant, traversa la pelouse et se dirigea vers la rivière.

Mack cria :

— Attendez, nom de Dieu ! Attendez !

— Je rentre chez moi ! s'exclama-t-elle.

— J'ai mon pick-up ici !

Elle secoua la tête, leva une main et déclara :

— Je vous retrouve là-bas.

Et elle descendit le sentier bordant le cours d'eau en courant. Gardant un rythme soutenu, elle progressait et passait les maisons jusqu'à débarquer dans son propre jardin. Sur place, elle augmenta sa vitesse, car le sol était un peu plus mou, et elle continua de courir le long du sentier menant à sa maison. Elle n'avait même pas pensé à enclencher le système d'alarme.

Pourquoi l'aurait-elle fait ? Elle était simplement partie se promener avec son ex. Et sans aucun doute, c'était là le côté fourbe de Mathew. *Désormais,* tous ses commentaires stupides qui l'avaient déstabilisée prenaient tout leur sens.

Évidemment qu'il ne voulait pas qu'elle revienne, il avait seulement envie qu'elle s'éloigne de la maison ! Ce n'était pas comme si elle lui aurait accordé un moment de réflexion de toute façon, même si une partie d'elle admettait que ce serait agréable de ne pas avoir de factures à payer, d'être en sécurité sous un toit solide et d'avoir un apport constant en nourriture sur la table. Mais cela ne fut rien de plus qu'une brève pensée qui était immédiatement partie. La vie qu'elle menait actuellement était indépendante et autonome, et elle était émerveillée par le goût de la liberté. C'était incroyable, et elle n'était pas près d'abandonner ça. En même temps, Mathew avait de toute évidence eu quelque chose derrière la tête, et elle était tombée dans sa ruse. Comme elle était stupide !

Franchissant la porte de la cuisine comme un éclair, elle vit Mack arriver par la porte d'entrée. Ils s'arrêtèrent tous les deux et se regardèrent.

— Maintenant, restez où vous êtes, intima-t-il, et réfléchissez. Quelque chose a-t-il été déplacé ? Bougé ?

Doreen s'immobilisa, même si Mugs et Goliath entrèrent en courant pour saluer Mack comme s'ils ne l'avaient pas vu pendant un an au lieu de seulement deux minutes. Elle secoua la tête en les observant.

— Je crois qu'ils vous préfèrent à moi.

Mack se pencha et les caressa gentiment tous les deux.

— C'est agréable d'être apprécié.

Elle n'était pas certaine de la signification de ses paroles, mais elle remarqua un étrange ton dans sa voix. Puis elle se souvint des mots de Nan.

— Vous savez qu'en réalité, Mathew ne veut rien avoir à faire avec moi, n'est-ce pas ? Il souhaitait uniquement m'éloigner de la maison.

— Eh bien, j'en suis conscient maintenant. Mais je

n'étais pas sûr que vous, vous l'étiez.

— Si. Je suis peut-être lente d'esprit, mais pas à ce point.

— Vous n'êtes pas lente du tout. Mais j'ignore jusqu'où vous êtes allée dans l'idée de retourner à votre ancienne vie.

— Je mentirais si je prétendais que, pendant une minuscule fraction de seconde, je n'ai pas envisagé de ne pas avoir de factures à payer, de disposer d'une table garnie de nourriture tout le temps sans avoir à m'en soucier, et d'aller me coucher le soir pour me réveiller le matin suivant en sachant que tout irait bien, marmonna-t-elle. Mais je peux vous affirmer que c'est entré dans ma tête pour en ressortir aussi sec. Je ne pourrai jamais abandonner ce que j'ai actuellement.

— Et qu'avez-vous actuellement ? demanda-t-il, curieux.

Le regard de Doreen, qui balayait la cuisine et son petit espace de bureau, revint sur Mack.

— La liberté, répondit-elle succinctement. Pour la première fois de ma vie, je suis libre.

Les sourcils de Mack se haussèrent tandis qu'il réfléchissait à ce qu'il venait d'entendre.

— Je suppose que c'est important, hein ?

— Je suis libre de préparer un petit-déjeuner si je le souhaite. Libre de décider si je vais manger ou pas, même ce que j'ai envie d'avaler. Je suis libre de choisir les vêtements que je souhaite porter ou alors de mettre du maquillage ou pas. Libre de faire ce que je veux durant la journée. Libre d'avoir un boulot, si c'est ce que je veux. Enfin, si je peux… grommela-t-elle avant de hausser les épaules. En tant que personne ayant été exhibée dans une cage dorée, je ne me rendais pas compte à quel point j'étais prisonnière jusqu'à ce que je goûte à la liberté. C'est seulement là que j'ai vraiment compris la différence et que j'ai découvert combien ma vie d'avant avait été restrictive.

— Et je suis convaincu qu'elle l'était, compatit Mack. Ça n'a pas dû être facile.

— Je ne l'avais pas vu venir au début, et, quand je l'ai enfin compris, il était bien trop tard.

— Oublions tout ça pour le moment et concentrons-nous sur votre maison.

Les yeux de Doreen retournèrent immédiatement à son espace bureau et aux papiers qui s'y trouvaient. Elle s'en approcha et y porta une œillade attentive.

— Hmmm, on dirait que ça a été légèrement fouillé, mais difficile de savoir si quelque chose manque.

— Avez-vous une idée de ce qu'il pouvait chercher ?

Elle y réfléchit un instant et répondit :

— Honnêtement, probablement quelque chose en rapport avec Robin.

Là, Mack se tourna vers elle et la dévisagea, surpris.

— Il a paru quelque peu perturbé quand je lui ai dit que l'ordinateur de Robin était en possession de la police.

— Où serait-il sinon ? demanda Mack, curieux.

— Je ne sais pas, mais peut-être que c'est ce qu'il cherchait et qu'il pensait qu'elle l'avait laissé ici.

— Oui, tout concorde excepté le fait que c'est une enquête pour meurtre. Vous l'avez trouvé et nous l'avez transmis, même si ça a dû nécessiter un peu de persuasion…

— Mais au bout du compte, c'est vous qui l'avez.

— Quelles sont les chances pour que quelqu'un vous ait aperçue avec ?

— Tout est possible, lui répondit-elle en le fixant. Le restaurant a peut-être informé Mathew que la serveuse me l'avait donné.

— C'est juste. Je pense qu'on peut affirmer sans se

tromper qu'il est venu ici dans l'espoir de mettre la main dessus, ainsi que sur n'importe quoi d'autre qu'il aurait pu dénicher. Allons vérifier là-haut.

Et ils opérèrent une fouille complète de la maison.

— De toute évidence, ils ont regardé partout, indiqua Doreen. Les portes de l'armoire sont béantes alors que je les avais refermées. Les tiroirs sont entrouverts alors que je ne les aurais pas laissés comme ça. Ce genre de trucs… Mais en toute honnêteté, je suis incapable de dire si quoi que ce soit manque.

— Et vous n'aviez pas grand-chose de valeur, n'est-ce pas ?

Elle courut jusqu'au saladier de Nan qu'elle conservait dans l'un des tiroirs. Elle le sortit, secoua la tête et lança :

— Vous savez quoi ? Ce n'est que de la petite monnaie pour lui.

— Sans doute, mais ce n'était pas lui qui fouillait, et ce n'était peut-être pas de la petite monnaie pour la personne qui se trouvait là.

— C'est vrai, mais Mathew n'aurait pas été ravi si quelqu'un s'était servi en guise de compensation.

— Bon… Il était un peu à cheval sur ce genre de principes, non ?

— Énormément.

Elle baissa le regard, ses doigts passant automatiquement en revue le saladier de pièces et de billets, incluant les nouveaux rouleaux de Nan.

— Je ne sais pas ce que j'aurais fait si je les avais perdus… murmura-t-elle.

— Vous vous en seriez tirée. (Il pressa gentiment son épaule intacte.) Maintenant, restons concentrés. Autre chose à vérifier ?

Elle l'observa, se tourna pour sonder sa chambre et déclara :

— Les antiquités sont déjà parties, et c'était ce qui avait le plus de valeur. Même les livres rares. Mais je suppose que si on veut être minutieux, il faudrait vérifier le sous-sol.

Il ouvrit la voie dans les marches menant à la cave, et elle scruta la zone avant de dire :

— Enfin, il n'y a pas grand-chose ici de toute manière…

— Non, nous avons fait un chouette boulot en le vidant, acquiesça-t-il sur le ton de la plaisanterie.

Elle lui sourit.

— En effet !

— Et le garage ? On devrait le contrôler aussi.

Ils franchirent la double-porte qui y menait. Comme elle tournait lentement sur elle-même au milieu de la pièce et qu'elle étudiait tous ses outils, elle indiqua :

— Je ne crois pas que quoi que ce soit manque ici non plus.

— Eh bien, c'est le bon côté quand on ne possède pas grand-chose, lâcha-t-il chaleureusement. Il n'y a rien de particulier à voler.

Elle leva les yeux au ciel.

— Il y a du vrai là-dedans. Mathew a toutes sortes de systèmes de sécurité chez lui.

— Comme quoi ?

— Des caméras de surveillance sur toute la propriété, des systèmes d'alarme, ce genre de trucs, énuméra Doreen en haussant les épaules. Je ne saurais même pas décrire tout ce qu'il a.

— Vous ne vous en êtes jamais occupée ?

— Non, pas du tout. Hormis le fait qu'il était nécessaire de toujours les allumer. Il était maniaque là-dessus aussi, admit-elle. Mais il faut reconnaître que nous avions tout le temps des gens sur la propriété qui s'en occupaient.

— Alors, vous diriez qu'il était parano ?

— Absolument ! Bien sûr, à cette époque, ça paraissait normal. Mais avec le recul… Oui, il était carrément parano. Je crois qu'il n'est pas très à l'aise dans le monde qu'il s'est bâti.

— C'est une façon intéressante de voir les choses.

— Je n'en ai aucune idée, mais en y repensant, je me rends compte à quel point j'étais captive, et dans un sens… il l'était également.

En entendant cela, Mack s'immobilisa, la fixa du regard et répéta :

— C'est une vision intéressante.

Doreen haussa les épaules.

— Comment vous auriez décrit ça ?

— Je n'en suis pas sûr… mais il avait accès au système de sécurité, donc il pouvait l'allumer et l'éteindre à son bon vouloir, non ?

— Oui, mais il ne le faisait pas. Quand nous étions présents la nuit, nous ne quittions pas la maison. Je ne sais même pas s'il est ressorti depuis…

— Et comment s'y prenait-il pour retrouver l'avocate ?

Doreen grimaça.

— J'ignore même quand et où tout ça est arrivé, admit-elle en faisant un geste de la main. Et je n'ai vraiment pas envie d'aborder le sujet.

— Bien, acquiesça Mack chaleureusement. Ravi d'entendre ça, ajouta-t-il cette fois d'une voix plus détendue.

— Maintenant qu'on a tout vérifié, je peux me calmer.

— Plus ou moins, oui. Je suppose que je voulais m'assurer qu'il était définitivement parti.

— Et pourquoi ne l'avez-vous pas mis en détention ?

— Je n'avais aucune raison de le faire. Mais maintenant ? Je veux lui parler. Je n'avais pas vraiment pas de raison de le garder à vue avant.

— C'est faux, le contredit-elle. Il y en avait carrément une. Quand on y réfléchit, il fallait qu'il soit interrogé concernant la mort de Robin. Il y a bien trop de coïncidences pour ne pas s'étonner qu'ils étaient tous les deux au même endroit au même moment…

Mack la fixait du regard quand son téléphone sonna. Il y répondit.

— Oh, bien ! lâcha-t-il en souriant grandement à l'appareil. Je vais venir et discuter moi-même avec lui.

— J'ai cru… dit Doreen avant de cesser de parler et de bouger. Vous m'avez menti ! s'exclama-t-elle, quand il eut terminé son appel.

Mack lui lança un regard noir.

— Vous étiez en train d'essayer de me mettre sur une mauvaise piste. Vous l'avez embarqué, n'est-ce pas ?

— Pour l'interroger, oui. Et il est venu de son plein gré, sans faire de grabuge.

— Oui, il est doué pour ça, grommela-t-elle.

— Doué pour quoi ?

— Pour embrouiller les gens. Il est très habile dans la supercherie.

— Je garderai ça en tête. Il a un vol à prendre plus tard dans la soirée. Et il a demandé à être relâché à temps pour ça.

— Évidemment, marmonna Doreen.

— Si on doit le faire revenir, on le pourra toujours.

— Si vous le dites. Ce serait bien plus facile de le garder ici. Ainsi, vous pourriez le clouer au mur.

— C'est drôle parce que c'est vous qui êtes sortie avec lui

aujourd'hui sans me prévenir de sa présence, railla Mack en se dirigeant vers la porte d'entrée.

— Ce n'est pas juste. J'essayais de découvrir ce qu'il manigançait. La seule raison pour laquelle je suis allée me balader avec lui, c'était pour pouvoir comprendre. J'étais curieuse.

— Ah… et peut-être, peut-être que vous étiez un peu nostalgique, un peu paumée et un peu seule.

— Et vous pensez que je suis sortie avec lui pour ces motifs ?

— Bien sûr, c'est complètement sensé de mon point de vue. Il est probable qu'ici, ce soit trop pour vous.

— Qu'est-ce qui est trop ? s'exclama-t-elle, le fixant de ses yeux surpris.

— De trouver comment vivre par vous-même.

— Ne m'avez-vous pas écoutée ? J'ai expliqué que c'est la liberté que j'apprécie !

— Mais peut-être que ce n'est pas ce que vous désirez vraiment.

Elle lui lança un regard furieux, les mains posées sur les hanches.

— Si.

— Dans ce cas, vous n'allez jamais vous remarier, n'est-ce pas ?

— Je n'en sais rien, souffla-t-elle en levant les deux mains, frustrée. Il est trop tôt pour le dire. Je suis encore prise dans ce foutoir. Et de plus, en quoi ça vous concerne ?

Mach s'immobilisa, la dévisagea et demanda :

— Vraiment ?

Quelque chose était en train de se passer, et cela était en lien avec leur relation. Elle ignorait simplement comment elle pourrait le lui avouer…

— Je ne suis pas prête, laissa-t-elle échapper.

— C'est ce que j'ai compris, et honnêtement, ça me convient.

— Ah oui ? s'étonna-t-elle prudemment.

— Absolument.

Il arriva à la porte d'entrée et Doreen déclara :

— Je ne veux pas que vous soyez en colère.

Il l'observa de nouveau d'une façon douce, en secouant la tête.

— Je ne suis pas en colère. Et en réalité, tout ça, c'est plutôt encourageant.

Doreen pencha la tête sur le côté.

— Comment ça ?

— Eh bien, peut-être que vous pensiez retourner avec lui, lui dit-il en souriant.

— Non, je n'y pensais pas.

Il hocha la tête.

— Et je ne vous ai pas crue la première fois, répondit-il avec un rictus plus grand. Mais je vous crois maintenant. (Il leva la main et ajouta :) On se parle plus tard.

— Si vous en êtes sûr…

— J'en suis sûr. Aucune pression.

Doreen sourit.

— Merci. Vous êtes vraiment un chouette gars.

Il passa sa tête derrière la porte et la secoua de nouveau.

— Ne dites pas ça à un mec. Ce n'est vraiment pas un compliment.

Et il se mit à rire.

Elle courut jusqu'à la porte pour l'observer, son cœur se tordant quelque peu tandis qu'il partait, fascinée par ce rictus sur le visage de Mack quand il sortit la main de la vitre de son pick-up pour annoncer :

— Je reviendrai !

Chapitre II

DOREEN HOCHA LA tête, croisa les bras sur sa poitrine et s'appuya contre le montant de sa porte. Depuis qu'il avait débarqué dans sa vie, il lui avait montré quelque chose de complètement différent chez un homme. Quelque chose de complètement différent dans une relation. Ils étaient amis… mais des amis pouvaient-ils devenir amants ? Ils avaient chacun leur vécu. Était-ce une bonne idée ? Elle était consciente que Nan mourait d'envie qu'elle saute dans le lit de Mack, mais ce n'était pas ça qui l'embêtait… C'était ce qui lui était arrivé après son mariage qui posait un problème ; c'était là qu'elle était devenue une moins que rien.

Et comment ça pouvait même marcher ? Comment était-elle supposée avoir confiance en elle, alors que c'était elle qui avait pris toutes les décisions qui avaient abouti à son éviction après toutes ces années, elle qui ne s'était même pas battue pour la convention de divorce. Ayant vu son ex pour la première fois depuis qu'elle était partie, elle se rendait compte maintenant à quel point elle l'avait aidé à bâtir son empire et à quel point elle faisait partie de ce qu'il avait créé.

Et seulement depuis lors, ce que Nick lui avait dit avait du sens.

Elle sortit son téléphone et l'appela.

— J'ignore si vous êtes au courant, mais mon ex était ici aujourd'hui. Mack est en chemin vers le poste pour aller lui parler.

— Oh, intéressant ! répondit Nick, surpris. De quoi voulait-il vous entretenir ?

— Hmmm, c'était étrange, car en réalité il a mentionné à deux reprises qu'il souhaitait que je revienne.

Il y eut un silence au bout du fil. Puis Nick finit par demander :

— Et donc vous allez y retourner ?

— Oh non, non ! Pas du tout ! lâcha-t-elle en riant. Je suis allée marcher un peu avec lui, car j'étais curieuse d'apprendre ce qu'il avait en tête, vous voyez… De découvrir quelles magouilles il préparait, car il est ce genre de personnes… Mais il l'a mentionné plusieurs fois, et c'est seulement après m'être arrêtée pour rendre visite à Nan, et qu'ensuite Mack s'est montré, que j'ai compris la véritable motivation pour laquelle Mathew avait envie de se balader… Il avait chargé quelqu'un de fouiller ma maison pour lui, pendant mon absence.

— Comment ?! s'insurgea Nick, outré.

— Oui ! Et bien sûr, votre frère vous le confirmera, mais je crois que Mathew en avait après l'ordinateur de l'avocate malhonnête, Robin.

— Et pourquoi le voudrait-il ? marmonna-t-il.

— Je pense à un tas de raisons… mais aucune n'est bonne.

— Évidemment que non. Intrigant qu'il soit revenu jusqu'ici…

— Apparemment, il aurait demandé à être autorisé à prendre comme prévu son avion ce soir. Je suis en train d'espérer que Mack trouve une raison de le garder.

— Moi aussi. J'aimerais vraiment avoir l'opportunité de lui parler.

— Mais il y a peu de chances pour que ça arrive, non ?

— Sauf s'il le souhaite. Mais autrement, non, on passerait par son avocat.

— Nous avons évoqué le fait qu'il ne pense pas me devoir quoi que ce soit. Au début, il a évoqué un éventuel accord, mais je crois qu'il essayait simplement de me dérouter.

— Oh ! Aïe…

— Non, c'était une bonne conversation.

— Et je suppose que maintenant, vous voulez que je laisse tout tomber, dit-il d'un ton résigné.

— En réalité, non, je ne le souhaite pas. Pendant que je discutais avec Mathew, j'en suis venue à me rendre compte à quel point j'avais contribué à son affaire pendant toutes ces années, et que j'avais été sa partenaire dans cette histoire et pas seulement sa potiche. « Potiche » était la description du job, et je l'ai parfaitement effectué, mais c'était quasiment vingt-quatre heures par jour, raconta-t-elle alors que son regard se perdait sur la terrasse. Je ne suis pas certaine de la somme d'argent que ça représente, mais je n'ai vraiment pas envie qu'il rafle la totalité.

— Bien, acquiesça Nick. Dans ce cas, je suis ravi qu'il vous ait rendu visite. Peut-être que ça nous aidera à mettre les choses en perspective.

— C'est exactement ce que j'ai fait ! croassa-t-elle. Je crois que ça s'est retourné contre lui, car je ne pense pas que c'est ainsi qu'il imaginait le déroulement des événements. Je suis certaine qu'il se dit que je suis en train de me demander quand il va me rappeler et m'inviter à réemménager dans ma vieille maison.

— Parfait, et je sais que Mack serait de cet avis.

— Eh bien… j'ignore où nous en sommes exactement, Mack et moi, mais ce dont je suis sûre, c'est que nous sommes de très bons amis et que je ne veux pas ruiner ça.

La voix de Nick devint douce lorsqu'il répliqua :

— Ce n'est pas parce que vous êtes de très bons amis que vous ne pouvez pas être davantage…

— Je n'ai aucune référence sur laquelle m'appuyer, marmonna Doreen. Nan m'embête toujours pour que je fasse avancer les choses, mais je m'interroge sur ma capacité à évaluer une situation. Je me pensais intelligente, mais j'ai pourtant été capable de tomber dans les stratagèmes de Mathew et de devenir la personne que j'étais à la fin de notre mariage. Je refuse de retourner à cette vie-là. Je ne me sens pas prête ni assez forte ou consciente pour ne pas laisser quelque chose comme ça se reproduire.

— C'est intéressant que vous parliez comme ça, car il semble que vous souhaitiez un futur différent et que vous essayiez d'œuvrer en ce sens. C'est plaisant à entendre.

— Ah oui ? demanda-t-elle sèchement. Ça me rend seulement encore plus confuse.

— Et rien que pour ça, je vous suggère d'en discuter avec quelqu'un.

— Vous voulez dire, comme un psy ? Mon mari jubilerait…

— Vous avez raison, c'est probablement ce qu'il ferait, et il pourrait s'en servir comme arme, mais on pourrait aussi l'utiliser comme défense, en précisant qu'il y avait tellement de violence psychologique et physique dans votre mariage que vous aviez besoin d'une aide extérieure.

Doreen rit en entendant ses propos.

— Psychologique, oui. Physique, non. Pas tant que ça en tout cas.

— Vous savez quoi, Doreen ? Je n'en suis pas si sûr, contesta-t-il à voix basse. Désormais, un tas de gens considéreraient ce qui vous est arrivé d'un œil vraiment différent.

— Je vivais dans une cage dorée. Personne n'éprouve de sympathie pour ce type d'existence, alors ça ne fera pas pleurer dans les chaumières. Et je n'essaie pas de lui prendre plus que ce qui me revient de droit. Mais j'ai quand même le sentiment qu'il me doit quelque chose.

— En effet, c'est le cas, et désormais, peut-être que le gouvernement est plus intéressé par ses actions et sa présence ici également. Je reconnais que l'idée qu'il ait pu tuer l'avocate m'a traversé l'esprit.

— Moi aussi, mais je ne le crois vraiment pas coupable désormais.

— Pourquoi pas ?

— Je pense qu'elle possédait quelque chose qu'il désirait, et, comme elle était ici, il a cru que j'aurais pu l'obtenir de sa part étant donné qu'elle le détestait à ce moment-là. Je crois que le titre de celui ou celle qu'elle haïssait le plus se jouait entre lui et moi. Je ne sais pas… dit-elle, s'embrouillant toute seule.

— Vous êtes certaine qu'elle ne vous a rien laissé ?

— Non, admit-elle en pivotant sur elle-même tout en scrutant la pièce. Je n'ai rien vu de nouveau, mais jusqu'à présent, je n'ai rien trouvé de manquant non plus, après que Mathew a fait fouiller ma maison. Je ne suis pas persuadée que Robin soit entrée, à vrai dire.

— Voyez ce qu'il en ressortira quand vous aurez le temps de vraiment y réfléchir. Car dans un sens, ce serait crédible qu'il soit venu pour récupérer quelque chose qu'elle aurait caché chez vous. Et il nous a tous surpris en se montrant.

— C'est exact, marmonna-t-elle. Mais s'il ne l'a pas tuée, alors qui ?

— Peut-être a-t-il engagé quelqu'un pour le faire.

— Ou peut-être que ça n'a rien à voir avec tout ça, grommela-t-elle dans sa barbe.

— Vous savez si elle s'était déjà rendue par ici avant ?

— Je n'en ai aucune idée… Je ne sais même pas d'où elle vient.

— Je peux au moins vous informer qu'elle avait déjà épousé un homme avant.

— Ah oui ? s'étonna Doreen en s'arrêtant net. Elle était plutôt jeune.

— Elle avait 29 ans, elle allait avoir 30 ans cette année. Elle s'était mariée à dix-huit.

— Oh ! lâcha Doreen, surprise. C'est jeune, ça aussi.

— Tout à fait. Elle a été mariée pendant trois ans.

— Je me demande ce qu'il s'est passé…

— Comme dans la plupart des cas je présume, ils se sont séparés.

— Elle ne l'a pas tué, n'est-ce pas ? s'enquit-elle, s'interrogeant sur une potentielle ironie.

— J'en doute fortement, mais dans le monde actuel, qui sait ? (Il se mit à rire.) Je vais probablement jeter un rapide coup d'œil pour le vérifier.

— Oh oui, faites, je vous prie ! Que je puisse songer à autre chose qu'à tout ce bazar, s'écria-t-elle, prise d'une soudaine fascination. Quel est son nom ?

— Je vous l'enverrai par SMS. Et je creuserai un peu de

mon côté.

Quand il raccrocha, elle se sentait bien plus joyeuse. En réalité, elle avait la sensation de vivre une nouvelle jeunesse. Comme c'était excitant !

Chapitre 12

Lundi midi...

DOREEN PRÉPARA UNE cafetière, sortit son ordinateur portable et un bloc-notes, et y écrivit quelques mots. Premièrement, elle coucha sur papier tout ce dont elle se souvenait de sa conversation avec l'avocate. Enfin, ex-avocate. Elle ne voulait même pas prononcer son prénom. Elle était simplement *l'avocate*. Cela lui permettait de prendre un peu de distance dans son esprit avec la blessure infligée et le sentiment de trahison. Pas seulement professionnelle, mais aussi amicale. À ce stade, elle se rendit compte qu'il n'y avait eu aucune amitié. Ce n'était pas ce que des amis s'infligeaient entre eux.

Puis elle inscrivit tout ce qu'elle se rappelait la visite de son mari. *Ex-mari, peut-être pas encore légalement, mais mentalement...* Et les détails de ses doutes concernant l'éventuelle fouille de sa maison pendant qu'ils étaient sortis. Cela terminé, elle ouvrit son ordinateur et commença à effectuer des recherches sur le passé de l'avocate. En effet, elle avait été mariée, et, comme le confirmait le message de Nick, cela avait duré trois ans avant que son époux ne retourne à l'école. Tout comme Robin, ce qui, apparemment, avait signé la fin de leur union. Elle avait intégré une faculté de droit, puis elle avait été visée par toutes sortes de soupçons concernant la rapidité de la progression de sa carrière dans les cabinets d'avocat.

Comme Doreen lisait tout ça, elle s'interrogea : deux divorces d'affilée, impliquant des partenaires appartenant au monde juridique… En consultant les rubriques potins, elle trouva des rumeurs de liaisons entre Robin et ses partenaires issus des cabinets dans lesquels elle avait travaillé. C'était sensé, si elle avait eu recours à la promotion canapé pour arriver au sommet.

Apparemment, Robin avait fait son chemin vers des positions avantageuses en couchant. Peut-être qu'il s'agissait du seul moyen à sa connaissance pour réussir dans la vie. Ce serait triste si c'était avéré… mais Doreen n'allait pas s'attarder dessus pour l'instant, car il y avait tout simplement plein d'autres éléments à traiter. Elle rechercha le premier mari, car il représenterait un autre suspect. Mais tandis qu'elle fouinait, elle ne trouva pas grand-chose. Il était avocat à Vancouver, marié, et avait deux enfants. Elle fronça les sourcils en explorant davantage, mais elle ne trouva rien. Elle envoya rapidement un message à Nick. **Le premier mari semble net.**

Je suis d'accord.

Et elle continua de traquer la moindre information, mais il n'y avait rien à dénicher. Elle grommela en se laissant tomber contre le dossier de sa chaise.

— Allez ! s'écria-t-elle, ne s'adressant à personne en particulier, même si Thaddeus parut intéressé. Quand on se retrouve à fréquenter tous les avocats de son cabinet, alors potentiellement, l'une des épouses a pu vouloir se venger… Ce serait horriblement difficile à vérifier.

Impulsivement, Doreen prit son téléphone et passa un appel interurbain pour joindre le cabinet où travaillait Robin jusqu'à sa mort. Quand l'une des réceptionnistes demanda son identité, Doreen indiqua qu'elle avait été mise au courant pour Robin et qu'elle était une vieille amie.

— Je suis tellement navrée, répondit la réceptionniste. Ça a été un choc pour nous tous ici.

— Elle a dit que son petit ami était l'un de vos avocats … Pourrais-je lui parler, s'il vous plaît ? Il faut vraiment que je sache si elle était heureuse durant les derniers mois de sa vie…

— Je suis désolée, rétorqua la réceptionniste d'une voix plus ferme, à ma connaissance, elle n'avait pas de petit ami.

— Oh si, elle en avait certainement un ! insista Doreen d'un ton exagéré. J'en suis persuadée, car elle m'a raconté à quel point il était merveilleux et qu'ils travaillaient ensemble tout le temps.

— Désolée, lâcha sévèrement la réceptionniste. Je ne suis au courant de rien à ce sujet.

— Je suis navrée, poursuivit Doreen, avec une innocence dans sa voix dont elle était vraiment fière. Je n'essaie sincèrement pas de vous marcher sur les pieds, mais c'était vraiment une très bonne amie à moi.

— Mes sincères condoléances, mais je ne peux pas vous aider davantage.

— Attendez, pourriez-vous au moins me mettre en relation avec lui, afin que je puisse lui parler moi-même ?

La femme hésita.

— Ça ne fera vraiment de mal à personne, murmura Doreen. J'ai le cœur brisé pour Robin.

— Je transmettrai le message, fut tout ce que prononça la réceptionniste avant de raccrocher.

— Vous *transmettrez le message*? répéta Doreen à voix haute. Fascinant! Ainsi, la réceptionniste savait que Robin avait une relation avec quelqu'un. Vraiment dommage de ne pas avoir réussi à obtenir son nom…

Elle envoya rapidement cette information par SMS à Nick; ça ne serait pas très utile, mais c'était un fait. Nick l'appela.

— Vous êtes consciente que Mack ne sera pas content de nous…

— Ah, mais vous pouvez constater à quel point enquêter est addictif!

— Très! confirma-t-il en gloussant. Mais tout ce qu'on sait, c'est qu'elle a entretenu une liaison avec un avocat de son bureau.

— Sans compter les autres avant lui, je crois, mais elle a aussi vécu une relation avec mon ex. Et s'il y avait eu quelque mécontentement dans tout ça?

— Dans ce cas, transmettons les noms et les lieux à Mack, et lui trouvera la réponse.

— Je suppose, grommela-t-elle. Mais je préférerais vraiment y parvenir par moi-même.

— C'est une enquête en cours, ne l'oubliez pas.

— Oui, mais dans tous les cas, Mack sera furieux après moi. (Elle soupira.) Y a-t-il quoi que ce soit de suspicieux concernant Robin et son ex?

— Que voulez-vous dire?

— Eh bien, s'il s'agissait d'une affaire classée qui l'impliquerait avec son ex-mari, je pourrais m'y pencher.

Nick commença à rire.

— Je n'en ai aucune idée. Comment pourrait-on vérifier ça? Tous les deux, nous avons déjà commencé à regarder, sans succès. Alors, qu'est-ce que vous suggérez?

— Si seulement leurs noms étaient liés d'une manière ou d'une autre… marmonna-t-elle.

— Ses parents ont été assassinés, mais j'ignore s'il s'agit là d'une affaire classée.

Les oreilles de Doreen se dressèrent, et elle s'assit bien droit, un large sourire au visage.

— Sérieusement ? Il faut qu'on s'en assure ! s'exclama-t-elle, pressée. Ce serait énorme !

— Ouh là, ouh là, ouh là ! Vous n'allez pas m'embarquer là-dedans. Je refuse d'être en opposition avec mon frère.

Doreen renifla avec dédain.

— Vous avez peur de lui ?

— Absolument, et vous devriez aussi ! l'avertit-il. Nous n'avons pas du tout envie de le mettre en rogne contre nous.

— Non… je n'en ai pas envie. Généralement, j'évite ça autant que possible. Mais si c'était une affaire classée, ce serait totalement justifié que j'explore cette voie !

— Je ne suis pas certain que ça fonctionne comme ça, grommela-t-il, mais je suis en mesure de vous donner les noms des parents.

— Parfait ! Ça ira.

— De quelle façon ?

— J'ai mes méthodes… Comment s'appelaient-ils ?

— Ralph et Jennifer Waldorf. Et leur mort est survenue il y a plus d'une décennie.

— Oh ! mince… marmonna-t-elle. Hmmm…

— Ça veut dire quoi ?

— Dans le cas d'affaires classées, une décennie, c'est pas trop mal, mais cela peut être difficile d'obtenir des informations précises. Il y a vingt ans, nous avons basculé du papier au numérique, puis, dès 2010 et après, nous avons pu exploiter les réseaux sociaux.

— Oh ! c'est intéressant… Je ne l'avais pas envisagé sous cet angle.

Après le coup de fil, il lui fallut un peu de temps pour creuser, mais elle finit par trouver ce qu'elle cherchait. C'était apparemment une histoire d'effraction qui avait mal tourné ; les parents étaient supposés être à un concert pour la soirée, mais Jennifer ne s'était pas sentie bien, alors elle était restée à la maison, tout comme Ralph. Des intrus s'étaient faufilés dans le sous-sol. Le père était descendu pour vérifier. Il y avait eu une bagarre, il était tombé dans les escaliers, s'était brisé la nuque et était mort quasi instantanément. La femme avait entendu cette rixe et avait contacté la police, mais ensuite, prise de panique, elle avait emprunté les escaliers en courant pour retrouver son mari, et ils l'avaient assommée. Mais ils lui avaient brisé le nez, et cela avait fini par la tuer puisqu'un bout d'os était venu endommager son cerveau. Le cambriolage s'était finalement transformé en double meurtre.

Doreen regardait fixement cette information sur la page et secoua la tête.

— Quel gâchis…

Elle continua et découvrit que c'était effectivement une affaire classée. Le meurtrier n'avait jamais été attrapé, et les autorités locales avaient identifié très peu de suspects. Doreen savait que le fils en était un par défaut puisque c'était lui qui avait hérité.

Et en ce temps-là, il était marié… à son adorable ex-avocate.

— Intéressant… La fac de droit est chère… Cela lui a-t-il permis de la financer ?

Et bien évidemment, cela mena Doreen à se demander si Robin et son mari avaient payé leurs études supérieures de cette façon, délibérément. Elle détestait imaginer que n'importe qui tuerait ses parents afin d'obtenir l'argent pour poursuivre des études, mais elle avait croisé des assassins qui avaient agi pour moins que ça. Et elle savait que Mack avait connu des affaires de meurtres avec des mobiles moindres. Elle se laissa tomber contre le dossier de sa chaise, soucieuse.

Quelle motivation pourrait-il y avoir, en plus de l'argent ? Apparemment, les cambrioleurs étaient partis avec les mains pleines de bijoux et une peinture, et aucun n'était réapparu. Doreen était fascinée. Elle se leva et fit les cent pas dans sa cuisine puis dans son salon. Cela occasionna une scène comique avec Mugs qui l'imitait, foulée après foulée. Goliath, comme toujours, s'installa sur la dernière marche au bas des escaliers, et Doreen regardait sa queue se balancer tandis qu'elle passait devant lui encore et encore. Thaddeus se trouvait sur la table de la cuisine et parcourait sa surface comme un soldat, en maintenant le même rythme que Doreen. Cela la fit rire.

— Je ne crois pas que tout ça nous soit d'une grande aide, les amis.

« Thaddeus aide. Thaddeus aide. »

— Tu m'aides, Thaddeus ? Oh ! dans ce cas, veux-tu bien nous dénicher quelque chose qui soit utile ? Il nous faut du nouveau dans cette affaire.

« Du nouveau dans cette affaire. Du nouveau dans cette affaire. »

— J'ai dit qu'il nous fallait du neuf, et, comme c'est un dossier classé, les détails sont plutôt sommaires…

Elle se demanda si elle devait oser solliciter le concours de Mack afin qu'il y jette un œil. Elle avait effectué autant de recherches qu'elle le pouvait et avait trouvé des bribes d'informations variées, incluant la nécrologie des parents, mais en matière de documents officiels, c'était plutôt léger. Nick pourrait aider aussi… Ravie d'avoir à disposition une autre ressource, elle lui envoya rapidement les renseignements qu'elle avait dégotés sur cette affaire. **Y a-t-il un moyen de déterminer comment a été dépensé l'argent qu'ils ont reçu ?**

Nick l'appela aussitôt.

— Pas vraiment. C'était il y a longtemps, et, une fois que l'héritage a été distribué, dans la mesure où il n'y a pas eu d'autres investigations les concernant, personne ne peut faire quoi que ce soit de plus.

— Mais il ne s'agissait pas de l'argent d'une assurance, si ? C'était simplement ce qui provenait de la maison et des affaires personnelles, correct ?

— Là encore, je n'ai pas vu le testament, et j'ignore à quoi ressemblait la succession, mais dans un cas comme celui-là, s'ils ne sont pas considérés comme suspects, ils ont tous les droits d'hériter.

— Et s'ils *sont* considérés comme suspects ?

— Ils ne le sont pas, répéta-t-il. Rien dans les dossiers ne le stipule. Les autorités n'ont aucune preuve pour explorer cette voie.

— Eh bien, ce que je trouve intéressant, et peut-être que vous pourrez m'aider là-dessus, c'est que les deux allaient en fac de droit.

— Ce qui est sensé. Beaucoup de gens connaissent un moment crucial dans leur vie qui change le cours de ce qu'ils avaient prévu de faire ou, dans le cas présent, le meurtre de ses parents leur a probablement donné envie de s'orienter vers le domaine judiciaire.

— Oh ! lâcha-t-elle en s'adossant contre son siège et en y réfléchissant.

— À quoi songiez-vous ? demanda Nick, curieux.

— Je pensais qu'ils cherchaient de quoi financer leurs études.

Elle l'entendit s'exclamer, choqué.

— Je suis consciente que ça a l'air affreux, mais vous savez bien que les gens commettent des crimes pour un tas de mauvaises raisons. On peut certainement découvrir s'ils avaient contracté des prêts étudiants, non ?

— Et vous vous dites que, s'ils n'en avaient pas, cela inclinerait à envisager la théorie selon laquelle ils auraient tué les beaux-parents de Robin ?

— J'imagine que, évidemment, s'ils avaient obtenu l'argent de l'héritage sans être suspectés de quoi que ce soit, ils l'auraient utilisé pour la fac de droit. Tout dépend de son coût à l'époque, et les deux étaient éduqués… Cependant… payer comptant éveille les soupçons.

— S'ils ont payé comptant, peut-être… mais peut-être pas. Ils avaient éventuellement plusieurs boulots. Vous ne pouvez rien supposer.

Reconnaissant le même reproche dans son ton que dans celui que Mack employait toujours avec elle, elle grogna.

— Je n'essaie pas de supposer. Je tente simplement de découvrir comment on pourrait prouver cette théorie.

— Je ne sais pas… Pour le moment, aucun des bijoux ni la peinture n'ont été retrouvés.

— Ce serait intéressant, ça aussi… Je me demande comment on pourrait découvrir la vérité à ce sujet.

— S'ils n'ont pas donné signe de vie en dix ans, vous pouvez parier qu'ils ne réapparaîtront pas de sitôt.

— Non, mais il y a forcément une raison. Si c'était un vol, peut-être que les responsables les ont mis de côté jusqu'à être en mesure de les écouler.

— C'est encore frais. Dès que ce sera identifié dans une vente ou un événement public, les gens sauront que le vendeur a quelque chose à voir avec les meurtres.

— Oui, donc quiconque a fait ça est susceptible d'avoir emporté le butin hors des frontières ou quelque chose du genre.

— En d'autres termes, le faire sortir du pays et le revendre ?

— Oui, selon la valeur. C'est en effet relativement facile pour une femme de porter des bijoux sur elle en prenant l'avion, et vous ne déterminerez jamais vraiment s'ils ont été dérobés ou non.

— Je dirais que cela dépend du type de bijoux.

— Oui, et c'est exactement pour cette raison que j'ai besoin du dossier de cette affaire classée ! s'exclama-t-elle sur un air de triomphe.

— Dans ce cas, vous savez exactement à qui demander, hein ? lui dit-il avant de raccrocher.

Elle observa son téléphone, ébahie.

— Oh non, vous n'avez pas fait ça ! Pas vous aussi !

Elle fixait toujours son téléphone, mais d'un regard furieux cette fois, quand il se mit à sonner, alors qu'elle l'avait toujours en main. Et bien évidemment, c'était Mack.

— Quoi de neuf ? s'enquit-il, suspicieux.

— C'est vous qui m'appelez. Qu'entendez-vous par « quoi de neuf » ?

— Vous semblez bizarre…

— J'étais en train de parler avec votre frère, grommela-t-elle. Il est un peu trop à l'aise, comme vous.

— Ce qui signifie ?

— Il m'a raccroché au nez, se plaignit-elle.

Après un moment de silence, Mack se mit à rire.

— Vous avez dû l'agacer.

— Visiblement, j'agace n'importe qui, souffla-t-elle d'un ton morne. Est-ce que vous pouvez ressortir un dossier classé pour moi ?

— Non ! lança-t-il joyeusement.

— Elle est liée.

— J'en doute, lâcha-t-il aussi sec. Vous essayez simplement de mettre votre nez dans mes affaires.

— Et ça marche ?

— Non, pas du tout, dit-il une fois de plus de sa voix chaleureuse.

Puis Doreen se souvint de ce qu'il était en train de manigancer…

— Au fait, et mon ex ?

— Votre ex ? Il a décidé de rester en ville quelques jours.

— Oh… voilà qui est fascinant !

— Je ne sais pas bien si c'est *fascinant* ou potentiellement irritant, mais au moins, on le garde sous le coude. Il va revenir pour répondre à d'autres questions demain.

— Pourquoi l'avez-vous laissé partir aujourd'hui ?

— Parce que nous n'avions aucune bonne raison de le garder et qu'on ne veut pas l'inciter à deviner que nous le soupçonnons.

— D'accord, vous souhaitez qu'il coopère, grommela-t-elle. Mais cela signifie qu'il est toujours en ville et que je vais devoir le revoir.

— Pourquoi pensez-vous ça ? demanda Mack, curieux. Vous croyez qu'il va vous recontacter ?

— Oui. Il a déjà fouillé ma maison, mais ça ne veut pas dire qu'il a trouvé ce qu'il cherchait ou qu'il ne désire pas autre chose également. Ou peut-être qu'il craint que je lui cache quelque chose.

Et elle devait se demander si c'était le cas… Elle scruta autour d'elle.

— Avez-vous invité Robin à entrer dans votre maison ? questionna Mack.

— Non, pas vraiment. C'était principalement une grosse confrontation sur les marches à l'entrée de la maison. (Là, elle avança jusqu'à la porte, ouvrit la moustiquaire, fit un pas dehors et regarda autour d'elle.) Et vous avez son ordinateur de toute manière. Ne pouvez-vous pas y jeter un œil ?

— La brigade criminelle l'a en sa possession, répliqua-t-il sans hésiter. Et n'oubliez pas : je ne vous révélerai rien.

— Alors, revenons-en à l'affaire classée. Pourriez-vous m'obtenir le dossier sur les meurtres de Ralph et Jennifer Waldorf datant du 17 août 2000 ?

— Quelle différence ça ferait ?

— Je pense que ce sera intéressant.

— C'est lié ? Vous avez indiqué que ça l'était.

— Et vous avez rétorqué que non.

— Je vérifierai, mais il y a des chances pour que ça ne le soit pas.

Puis il lui raccrocha au nez.

Doreen soupira et retourna à l'intérieur. Comme elle reposait doucement son téléphone sur la table de la cuisine, ses yeux balayèrent la pièce, elle se passa les doigts dans les cheveux et déclara :

— Il me faut du café.

Elle s'approcha de la cafetière et la mit en route, se demandant ce que Mack déciderait. Elle n'eut pas à attendre longtemps. À peine avait-elle appuyé sur le bouton que son portable se mit à sonner. Elle s'en approcha, jeta un œil et commença à rire.

Chapitre 13

— HÉ, MACK ! s'écria Doreen, fière d'elle.

— Où avez-vous trouvé ça ? lui demanda-t-il abruptement.

— Eh bien, c'est pourquoi je requérais plus d'informations, car j'ai peiné à dénicher le moindre truc. Enfin, jusqu'à ce qu'on découvre vraiment un indice, on est ignare, n'est-ce pas ? C'est ainsi que vous voyez toujours les choses, non ?

— Où avez-vous eu ce renseignement ?

— Hmmm, vous allez seulement lui en vouloir, et je ne le souhaite pas.

— Mon frère ? déduisit Mack, incrédule.

— Eh bien, ce n'est pas tant votre frère que ça, puisque j'ai dû lui tirer les vers du nez.

Elle entendit Mack râler.

— Nick ignore comment vous êtes. Il n'avait aucune chance.

— Merci beaucoup. Vous me faites passer pour une petite fouine.

— Pas du tout une fouine, mais vous soustrayez les informations aux gens.

Elle souffla.

— N'est-ce pas la même chose ?!

— Non ! répliqua-t-il sèchement. Une fouine, c'est comme un rat, quelqu'un qui cafarde une autre personne.

— Oh, comme vous !

Silence.

Doreen ricana.

— Peu importe. Quelle est votre réponse ?

— C'est non. Vous n'allez pas vous mêler de ça. C'est lié à mon affaire en cours, donc la réponse est non.

— Mais nous ignorons de quelle façon c'est lié !

— Si vous êtes impliquée, il y a des chances pour que ça le soit vraiment, dit Mack en parlant rapidement. J'y jetterai un œil, mais si on ne trouve rien, on laissera tomber, OK ?

— C'est noté ! Mais pendant que vous y serez, marmonna Doreen, vous devriez vérifier si le fils et sa femme, Robin, ont payé leurs études de droit eux-mêmes ou s'ils ont dû souscrire un prêt étudiant. Bien sûr, ils auraient pu se servir de leur legs pour préparer leur avenir…

— Eh bien, s'ils avaient hérité de beaucoup d'argent, ils n'auraient pas eu à emprunter pour financer l'université.

— De toute évidence, acquiesça-t-elle, se demandant où Mack voulait en venir.

— De quoi parlez-vous ? questionna-t-il brutalement. Ne commencez pas à tourner en rond encore une fois !

— Je ne tourne pas en rond. Vous, oui.

— Arrêtez ça.

— Et s'ils avaient envisager d'aller en fac de droit, mais qu'ils n'avaient pu se le permettre, et que, peut-être, les parents n'avaient pas voulu les aider ?

— Vous pensez qu'ils les auraient assassinés afin de pouvoir intégrer l'université ?

— Je l'ignore. On a certainement rencontré des mobiles pires que ça.

Mack cessa de parler et réfléchit.

— Bon, je vous l'accorde. Dans le sens où, parfois, les gens commettent les pires horreurs pour les raisons les plus étranges.

— Exactement et, bien sûr, ils n'auraient pas pu dénoncer l'autre, car ils se seraient incriminés eux-mêmes.

— Je n'aurais pas cru qu'ils auraient divorcé dans ce cas…

— Non, je pense que ce sont des arrivistes tous les deux. Qui sait ? Ils ont peut-être continué de se fréquenter, mais ce qu'il faut retenir, c'est que ce sont des arrivistes.

— Que voulez-vous dire ?

— Je suppose que toutes leurs relations leur servaient à grimper les échelons.

— Comme votre ex ?

— Exactement. Peut-être qu'elle obtenait des infos ou souhaitait être l'un de ses nombreux avocats. Peut-être qu'elle était en quête de renseignements ou qu'elle voulait simplement améliorer un peu sa petite vie.

— Ou tout ça en même temps ?

— Précisément. Mais je ne sais rien de son mari.

— Et il n'a pas été sur le devant de la scène depuis un long moment.

— Oui… Mais pendant que j'étudiais les images en ligne, j'ai vu Robin avec un certain nombre d'hommes. J'ai sauvegardé ce que j'ai trouvé. Je crois que j'ai dénombré trente-six gars différents, là. Si nous avions la photo de son ex, ce serait intéressant de déterminer s'ils ont passé du temps ensemble ces dix dernières années, depuis leur séparation.

— Bien sûr que oui. Ils ont été mariés pendant trois ans.

— Oui, mais qu'en est-il des dix dernières années et même des cinq dernières ?

— Tous les divorces ne sont pas mauvais. Un tas de gens conservent des relations avec leurs anciens conjoints, vous savez.

— Hmmm, cependant, c'est une piste à explorer.

— Pas nécessairement.

— Vous avez autre chose ? le défia-t-elle.

— Je n'ai certainement pas à retourner dix ans en arrière dans une affaire classée pour trouver des suspects !

— Bien ! répondit sèchement Doreen. Le premier que vous avez mis en cause est probablement celui que vous surveillez, hein ? J'ai mieux à faire que d'être votre suspect, Mack.

— Je vous ai déjà dit que vous ne l'étiez plus. Je devais simplement m'assurer que vous étiez lavée de tout soupçon.

— Eh bien maintenant, assurez-vous que ces deux-là le soient également.

— Non. Je n'ai pas de temps à y consacrer.

— Et c'est pourquoi je vous ai demandé ces vieux dossiers ! Laissez-moi seulement y jeter un œil. Je déterminerai assez rapidement s'il y a quelque chose ou pas.

Mack ne répondit rien.

— Mack, allez ! Vous savez que j'ai du talent pour ça, l'amadoua-t-elle.

— Vous en avez peut-être, mais ça ne signifie pas que c'est de votre juridiction.

— Mais de la vôtre, oui ! rétorqua-t-elle avec entrain. Alors, je vais simplement parcourir les éléments, voir si j'y déniche quelque chose, vous transmettre ce que j'aurai découvert, et vous vous en attribuerez tout le mérite !

— Je me fiche de recevoir les lauriers ! lâcha-t-il sèchement. Vous devriez le savoir !

— J'en suis consciente. J'ai encore une seule case à cocher dans ce mobile potentiel que j'espérais mettre au jour pour que vous parveniez à le faire. Mais vous avez raison. Vous ne faites pas ça pour avoir bonne réputation. Mais cela ne signifie pas qu'ils n'ont pas tué ses parents afin de s'offrir une meilleure vie.

Elle faisait les cent pas tout en parlant, tentant d'attirer l'attention de Mack et de l'inciter à s'intéresser à cette enquête.

N'obtenant aucune réponse de sa part, elle poursuivit :

— Et puis ça paraît bizarre qu'ils soient allés à la fac. Car je ne pense pas qu'ils aient hérité d'une tonne d'argent. Si ça se trouve, quand ils ont cambriolé la maison, ils ont fait expertiser les bijoux et découvert qu'ils étaient faux. Peut-être que l'idée qu'ils avaient de la fortune qui les attendait était erronée. Probablement n'était-ce pas suffisant pour eux pour améliorer radicalement leur vie, et ainsi, en devenant avocats, ils pouvaient se tenir loin des problèmes.

— C'est plutôt sensé, mais tordu, admit Mack, mais qui tuerait ses propres parents uniquement pour avoir suffisamment d'argent pour poursuivre des études ?

— On ignore si c'était le but initial, le premier motif derrière tout ça ou si autre chose était en jeu, marmonna Doreen. Mais je ne parviendrai pas à oublier cette théorie tant qu'on n'en sera pas sûrs.

— Et comment allez-vous vérifier ça, maintenant que Robin est morte ?

— C'est justement pour cela qu'il faut que vous regardiez dans son ordinateur, son sac, ses poches et tout le reste, pour déterminer si quoi que ce soit correspond aux bijoux qui ont été dérobés, car elle en aurait probablement gardé un, ne serait-ce que pour une simple raison sentimentale ou en guise de trophée. Et cela aurait été facile pour elle de prétendre que sa belle-mère le lui avait offert et que, curieusement, il avait atterri sur la liste des objets volés.

— Vous savez que vous tenez là quelque chose de presque plausible… reconnut Mack, marmonnant dans sa barbe.

— Vous voyez ? Vous êtes au courant… À quel point il est aisé de perdre un bijou, à quel point il est facile pour l'assurance de – oh, laissez-moi y réfléchir – dédommager ? Mais… Et s'il n'y avait pas eu beaucoup d'argent finalement ? Et s'il n'y avait eu aucune assurance ? Peut-être que Robin et son mari ont cru qu'il y en aurait une et, en découvrant que non, ça n'a fait que les contrarier davantage ?

— Là encore, supposition, lança Mack automatiquement.

— C'est noté, maître, répondit-elle simplement.

Il commença à rire.

— Vous devenez vraiment douée avec ces répliques accrocheuses !

— Tant mieux, souffla Doreen, enjouée. Je ne pense pas que votre frère m'apprécie, toutefois.

— Non, mais c'est parce qu'il ne vous connaît pas, précisa Mack avec affection. Qu'avez-vous prévu pour le dîner ?

— C'est déjà l'heure du dîner ? s'étonna-t-elle avant que son ventre ne se mette à gargouiller. Oh, mon Dieu, à manger ! Maintenant que vous évoquez le sujet… (Elle grommela.) Je ne sais même pas quelle heure il est, mais je viens de préparer du café.

— Ça me va, du café. Peut-être que je vais venir.

— Ah… sauf que c'est l'heure du dîner.

— En effet. On pourrait cuisiner un rapide plat de pâtes,

avec du pesto peut-être ?

— Bien sûr, je suis partante pour n'importe quoi. Surtout si vous apportez les dossiers de l'affaire classée.

Puis elle lui raccrocha au nez.

Chapitre 14

UNE FOIS QUE Doreen eut mis fin à l'appel, elle se versa un café et sortit sur la terrasse. Elle s'assit, accompagnée de ses notes, et commença à lister tous les alibis et mobiles possibles qu'elle pouvait trouver. Il y avait évidemment l'éventualité de l'argent de l'assurance, celui de la maison et des biens, la possibilité de faire quelque chose de leur vie, celle d'affronter le monde et de le changer. Tout commençait avec l'argent ; son absence pouvait être l'un des plus grands obstacles pour les gens. Elle étudia la question autant qu'elle le put et, quand plus rien ne lui vint à l'esprit, elle se leva et se resservit du café. Alors qu'elle retournait à la table sur la terrasse, la sonnette retentit.

Immédiatement, Mugs commença à aboyer et aboyer encore. Elle se dirigea vers la porte de devant, car ce ne pouvait pas être Mack puisqu'il ne sonnait jamais. Comme elle s'avançait vers l'entrée, Mugs passa tout à coup de l'aboiement aux gémissements, et elle sut, le cœur lourd, de qui il s'agissait.

— Ouah ! lâcha-t-elle en ouvrant la porte. Je ne m'attendais pas à te revoir.

— Je t'avais prévenue que je reviendrais, répondit Mathew, en s'appuyant à l'aise contre la rambarde et en
affichant un grand rictus.

— J'ai su que tu étais au poste de police.

— Ouaip, mais il fallait s'y attendre. Je veux dire, Robin
et moi formions un couple.

— Oui, et on dit que le meurtrier le plus fréquent, c'est
l'époux.

— Alors, dans ce cas, ce sera toi et moi, lança-t-il tout
sourire. Je ne me suis jamais marié avec elle.

— Tu n'y as jamais songé ?

— Doux Jésus, non ! C'était une avocate. Il faut se mé-
fier de ces gens-là.

— Et pourtant, tu étais complètement partant pour
avoir une relation avec elle, s'étonna-t-elle.

Mathew la regarda avec surprise.

— Bien sûr ! Une pour la distraction et l'autre pour accomplir mon devoir.

Doreen grimaça à ces mots.

— Oh ! c'est comme ça que tu vois les choses… Intéressant.

— C'est pas un problème. Mais on s'est quand même
bien amusés pendant notre mariage.

— C'était le cas quand nous étions jeunes et stupides,
confirma Doreen avec le sourire.

— Absolument, enchaîna-t-il en lui retournant son rictus. Je venais t'inviter à sortir dîner.

Doreen s'immobilisa, hésitant quant à la réaction à
adopter.

— Oh ! s'exclama-t-elle avec étonnement, cependant
adoucie par l'invitation.

Que manigançait-il ?

— Je viens de refaire du café…

— Oublie ton café, on sort manger.

— Je suis un peu occupée en ce moment, poursuivit-elle, se demandant quoi répondre et considérant que Mack était en chemin.

— C'est bon, je peux revenir un peu plus tard.

Elle saisit cette opportunité.

— Ce serait mieux, approuva-t-elle avant de regarder sa montre et de constater qu'il était déjà six heures. Disons dans une heure ?

— Parfait, souffla-t-il en se retournant avec nonchalance pour descendre l'escalier de devant avant de se diriger vers la Jaguar.

— Belle voiture, réitéra-t-elle.

Elle se souvenait de l'époque où elle conduisait avec une telle classe. C'était un sentiment tellement agréable de posséder un véhicule de ce standing !

— Tu sais que j'aime voyager avec style, lui rappela-t-il avec un grand sourire. On se voit dans une heure, peut-être une heure et demie. Ça t'arrangerait ?

Elle y réfléchit et haussa les épaules.

— Une heure et demie.

— D'accord. Pendant ce temps, j'étudierai ce que cette ville propose comme restaurants. Pas sûr qu'il y en ait des tas.

— Pas certaine non plus, marmonna-t-elle en le regardant s'introduire dans le véhicule et partir.

Elle aurait dû lui demander de rester ici avec elle. Mais ensuite, Mack serait là, et qui savait comment ça allait finir.

Elle venait à peine d'entrer dans la cuisine qu'elle entendit Mack arriver en voiture. Soupirant et se demandant ce qu'elle était censée lui dire, elle retourna à la porte d'entrée.

Il se tenait là et observait fixement l'allée. Elle grimaça.

— Vous l'avez vu, hein ?

Il se retourna pour la considérer et plissa les yeux.

— Oui. Qu'est-ce qu'il voulait ?

— M'emmener dîner.

Les sourcils de Mack se haussèrent.

— Et vous avez accepté ?

— Oui… Je ne savais pas trop quoi faire.

Mack se contenta de soulever nonchalamment les épaules.

— Eh bien, allez-y, bien sûr. Je veux dire, après tout, c'est votre mari.

Elle lui lança un regard noir.

— Ex-mari, si ça ne vous dérange pas.

— Eh bien, vous êtes séparés, mais techniquement, vous n'êtes pas encore divorcés.

— Pourquoi compliquez-vous les choses ? le gronda-t-elle avant qu'il ne la dévisage froidement.

Puis elle comprit.

— Vous n'êtes pas jaloux, si ?

Ses yeux s'assombrirent.

— Je n'ai jamais prétendu cela, rétorqua-t-il avec raideur.

— Parce que je n'ai envie de rien avec lui. Vous le savez.

— Non, je l'ignore. Retourner à cette vie est assez tentant.

— Vous vous souvenez de la partie mentionnant la cage dorée ?

Il la fixait toujours aussi froidement.

— Écoutez, lança-t-elle. J'ai seulement l'impression qu'il en sait plus et qu'il cherche quelque chose.

Là, la colère de Mack se transforma en furie.

— Vous êtes sérieuse ? Parce que c'est vraiment le dernier scénario que nous souhaitons ! Si c'est lui le tueur, ajouta-t-il, ça vous met en danger !

— Il aurait chargé quelqu'un d'autre de faire le sale boulot pour lui. Et quand il désire quelque chose, ce n'est jamais très flagrant. Je pense qu'il va simplement essayer de me soutirer des informations.

— Pourquoi croirait-il que vous en ayez ?

— Je pense que ça vient du fait que j'ai discuté avec Robin. Je suppose qu'il craint qu'elle m'ait révélé quelque chose. Je ne sais seulement pas de quoi il a peur.

— Eh bien, ça doit être en rapport avec son meurtre très plausiblement, ce qui signifie que vous pourriez être en danger.

— Je vous indiquerai dans quel restaurant je me trouve, annonça-t-elle en souriant, et vous pourrez toujours venir vous y asseoir.

Cela fit rire Mack.

— Je pourrai, oui.

Doreen grimaça un rictus, contente que ça aille mieux entre eux.

— J'ai du café tout frais. Venez prendre une tasse.

— Eh bien, je pensais qu'on allait dîner, éluda-t-il en montrant les sacs de provisions.

Elle s'exclama et fit la moue.

— Et j'ai oublié… Je suis tellement désolée !

Il baissa les yeux sur les courses, haussa les épaules et dit :

— Eh bien, je présume qu'on peut reporter ça à un autre soir. Mais en attendant, ça me laisse sans repas pour la soirée.

— Je ne plaisantais pas. Je peux vous préciser dans quel établissement nous sommes. Si vous estimez que je suis en danger, vous pouvez toujours vous y rendre et garder un œil sur moi.

— Non, sinon il saura que je le surveille.

— Est-ce que c'est important ? Peut-être que ça l'inciterait à adopter sa meilleure attitude, s'il était au courant que vous êtes là.

— Non. Je ne sais pas…

Il paraissait un peu mécontent tandis qu'il se dirigeait vers la cuisine pour y déposer les cabas.

— On avait parlé de dîner, et ça m'est complètement sorti de la tête quand il s'est pointé sans prévenir.

Mack se contenta d'acquiescer.

— Non pas parce que je voulais être avec lui, précisa-t-elle, exaspérée et détestant le fait qu'on puisse imaginer qu'elle choisissait Mathew plutôt que Mack. Mais parce que ça m'a complètement sidérée qu'il revienne, et si tôt. Et alors, je n'ai été capable de songer qu'à un scénario : il désire quelque chose, et je dois découvrir quoi.

Là-dessus, il tourna sur lui-même pour la voir et déclara :

— Vous êtes tellement impliquée dans ces affaires que vous ne pensez pas une seule fois à votre sécurité.

— Non, je suppose que non. Vous avez raison, admit-elle, comprenant que cette crainte pour sa sécurité était la première préoccupation de Mack. Je n'y prête pas attention en général, ce qui explique pourquoi je finis par être blessée. J'en suis consciente… Et jusqu'à aujourd'hui, c'est vous qui êtes venu pour me sauver, à chaque fois. Vous n'avez pas idée à quel point je vous suis reconnaissante.

Il ricana.

Elle versa deux tasses de café et lui en tendit une.

— Et vous avez raison, répéta-t-elle. J'aurais dû y réfléchir cette fois. Mais c'était une invitation à dîner.

— Et un dîner d'un niveau que vous n'avez jamais connu auparavant, enfin, en tout cas, pas depuis longtemps.

— Nous avions pour habitude de manger à l'extérieur tout le temps…

— Mais Vancouver est un endroit bien différent en matière de sélection de restaurants par rapport à ici.

— Ça ne signifie pas que c'est moins bien pour autant. Ça me plaît, quand vous êtes jaloux.

Il s'immobilisa et la fixa des yeux, les sourcils levés. Elle haussa les épaules.

— Au moins, je sais que ça vous touche.

Là, le regard de Mack s'adoucit, et il souleva lui aussi les épaules.

— Bien sûr que ça me touche. Vous en êtes consciente. Nous sommes amis.

— Je sais que nous sommes amis, marmonna-t-elle, se dirigeant dehors vers la terrasse. Mais sommes-nous plus que ça ?

— Ouah… Je dirais non puisque vous avez dû poser cette question.

Elle rougit, car elle avait parlé suffisamment fort pour qu'il l'entende.

— Nous sommes amis, les amis les plus chers. C'est simplement que… je ne suis pas sûre d'être disposée à quoi que ce soit de plus.

— Non, de toute évidence, vous ne l'êtes pas puisque vous vous posez la question. C'est bien ma chance !

— Quoi ?

— Je trouve une femme fascinante, agaçante, vraiment unique, et elle n'est pas prête pour une relation.

— Je suis partante pour une amitié en revanche, répondit-elle calmement. Je n'en ai pas eu avant ça.

Il la dévisagea, surpris, puis tendit la main. Elle sourit quand elle le vit avec sa paume ouverte, les doigts dirigés vers elle. Elle posa immédiatement sa main sur la sienne.

— Sérieusement ? s'enquit-il.

— Sérieusement, confirma-t-elle avec un signe de tête. Vous devez vous rappeler la vie que j'ai menée. Je n'étais autorisée à fréquenter personne à part lui.

— Quelle folie, grommela-t-il en lui pressant gentiment les doigts. Je n'apprécie toujours pas que vous sortiez dîner avec lui.

— Non, mais comprenez pourquoi j'y vais, et peut-être que ça vous facilitera les choses.

— Non, répondit-il avec un rire moqueur. Bon sang, non ! Pensez-y, ça ne fera que vous placer dans sa zone-cible.

— Oui, eh bien, j'y suis déjà… (Un instant plus tard, Doreen le considéra et lui demanda :) Qu'en est-il de l'affaire classée ?

Il lui lança un regard noir. Elle lui adressa un grand sourire.

— Ça pourrait être lié, hein ?

— Non, je ne peux pas le garantir.

— Alors, dites-moi. Avaient-ils contracté des prêts étudiants ?

Il secoua la tête.

— Haha ! croassa-t-elle.

— Ça ne prouve rien. Ils ont hérité d'un paquet d'argent, alors ils s'en sont servis de façon utile. On peut difficilement qualifier ça d'acte criminel.

— Aurai-je une liste des bijoux volés ou des autres objets ?

— Il y en avait une en pièce jointe, indiqua-t-il pensivement. Elle était connue du public, je peux vous l'obtenir.

— Ce serait bien. Et aussi, qu'en est-il des alibis ?

— Ils ne vivaient pas dans la même maison que les parents. James et Robin étaient chez eux, ensemble. Ils passaient une agréable soirée en tant que couple marié. En d'autres termes, ils sont l'alibi l'un de l'autre. (Doreen opina du chef.) Mais souvenez-vous : cela ne les rend pas coupables.

— Non, mais ça ne signifie pas non plus qu'ils sont innocents. J'aime vraiment cette idée.

— Ça, c'est parce que vous émettez des suppositions. Vous souhaitez que ça coïncide parce que vous cherchez une raison d'en avoir après eux.

— Bien sûr ! J'en suis consciente et je l'accepte. Mais peut-être que vous devriez interroger le mari à ce sujet.

— Pour lui demander quoi ? Ce qu'il nous faut, c'est un accès à la vie de la victime.

— Mais c'est votre boulot, dit-elle avec un sourire lumineux. Vous pouvez vérifier les comptes en banque de Robin, ses capitaux, ses dettes... ses coffres-forts. Vous pouvez contrôler tout ça. Y compris si elle avait des dossiers secrets dans son ordinateur...

— Peut-être. J'attends la brigade criminelle pour ça.

— Ils ne sont pas revenus vers vous, encore ?

— Ils sont occupés, tout comme moi, indiqua-t-il en sortant son téléphone en train de vibrer.

Mais alors, il grimaça.

— J'ai reçu un message de mon collègue.

— Appelez-le, l'incita-t-elle. Plus tôt nous trouverons, mieux ce sera.

Il leva les yeux au ciel, prit sa tasse puis une gorgée de café, et contacta ensuite le numéro qui lui avait envoyé le SMS. Elle patientait, mais Mack l'observait. Elle fit mine de s'en moquer et sortit son portable pour paraître désintéressée par ce qui était en train de se dérouler. Robin avait été assassinée, et ensuite, elle avait appris que ses beaux-parents également : c'étaient deux cas de trop. La plupart des familles passaient une vie entière sans être confrontées la moindre fois à un meurtre.

— D'accord, prononça-t-il à voix basse. Oui, envoyez le rapport, s'il vous plaît.

Elle le regarda, surprise, quand il raccrocha.

— Ça a été rapide !

— Seulement parce que je vais avoir beaucoup d'éléments à étudier. On dirait bien que je vais retourner au poste… j'aurais dû annuler notre dîner quoi qu'il en soit.

— Quelque chose sur l'ordinateur ?

Son visage devint sinistre.

— Un paquet … Je suis même encore plus inquiet que vous sortiez avec votre ex ce soir.

Doreen hésita puis joua la nonchalance.

— Il a eu un tas d'occasions de me tuer, indiqua-t-elle calmement. Je pense qu'il cherche quelque chose et qu'il espère vraiment que je l'aie.

— Et qu'arrivera-t-il quand il s'apercevra que non ? Qu'adviendra-t-il quand il découvrira que vous ne détenez absolument rien ?

— Alors quoi ? Je suppose que j'aviserai le moment venu, mais je ne peux imaginer que ça se passe autrement ce soir.

— Il n'a rien eu à faire avec vous en huit mois. Sa maîtresse, qui vous a remplacée, vient ici et est assassinée. Maintenant, il se montre à l'improviste, et vous pensez que ça n'a aucun lien avec tout ça ?

— C'est simplement que je ne vois pas pourquoi, après toutes ces années de mariage où il aurait pu me faire facilement du mal, il aurait attendu aujourd'hui. J'ai été au courant de toutes sortes d'informations, et j'en détiens probablement encore. (Là, Mack s'immobilisa et la regarda fixement jusqu'à ce qu'elle hausse les épaules.) J'ai des clés USB pleines de renseignements. Je les avais emportées, mais en vérité je ne les ai retrouvées que récemment, dans l'un de mes vieux sacs à main.

— Quels renseignements ?

— Je n'en suis pas tout à fait sûre… Je ne les ai pas vraiment consultés.

Il lui lança une œillade perplexe.

— Vous êtes consciente que vous venez de lâcher une bombe, hein ?

Elle feignit de s'en moquer.

— Pour ce que j'en sais, ce sont simplement ses comptes. Vous voyez ? Factures d'eau, précisa-t-elle en riant. J'ignore vraiment de quoi il s'agit.

— Comment se fait-il que vous possédiez ces clés ?

— Il m'en a prêté plusieurs pour m'en servir à un moment donné. Je sais que certaines lui appartenaient et ont été mélangées, car j'en ai inséré une dans un ordinateur pour transférer des documents qui m'intéressaient, et elle était déjà pleine. À ce moment-là, je m'en fichais, alors je l'ai balancée avec le reste de mes affaires.

— Où sont ces clés USB maintenant ? demanda Mack, l'intensité dans son regard ayant grandi.

Doreen le fixa, surprise.

— En haut.

Il hocha la tête.

— Allez les chercher, s'il vous plaît.

Elle se rendit à l'étage et dit :

— Je continue de penser qu'il n'y a rien d'intéressant dessus en tout cas.

— Mais vous n'en serez jamais certaine si vous n'essayez pas, la railla-t-il en lui lançant un œil féroce. Ne serait-ce pas chouette si vous trouviez réellement un peu de saleté sur votre ex ?

— Peut-être, peut-être pas… Vous pourriez croire que ça le rendrait encore plus dangereux.

— Vous pourriez envisager d'y songer vous-même, éluda-t-il en posant ses yeux sur elle. Ce pourrait être l'objet de sa quête…

Elle immobilisa son regard sur Mack.

— Vous voulez dire, quand il a fait fouiller ma maison ?

Il acquiesça lentement.

— Oh non… ça se pourrait bien !

— Est-ce qu'il est au courant que vous les possédez ?

— Non, mais s'il les a cherchées après mon départ, il a dû supposer que je les avais.

— Exactement. Désormais, je n'ai vraiment pas envie que vous alliez dîner avec lui.

Chapitre 15

DOREEN SE RENDIT dans sa chambre en montant deux marches à la fois. Mugs courait devant elle, tout comme Goliath, mais s'arrêta tout à coup et s'étendit de toute sa longueur sur la marche du haut. Elle manqua de tomber.

— Goliath, pourquoi te sens-tu obligé de faire ça ?!

Bien sûr, il ne lui répondit pas ; il se contenta de la regarder. Elle se déplaça rapidement jusqu'à la chambre parentale. Sur place, elle se figea et s'interrogea, car les affaires de son placard avaient carrément été dérangées. Elle farfouilla à la recherche de sa vieille valise, la sortit et, de la poche intérieure, tira le petit sac qu'elle avait conservé en guise d'épargne quand elle avait déménagé. Il était rigide et de forme triangulaire au lieu de se replier sur lui-même. Elle ouvrit le fermoir en métal et déversa le contenu sur son lit. Quatre clés USB apparurent. Elle haussa les épaules, les prit pour les remettre dans le sac et descendit retrouver Mack pour le lui montrer.

— C'était dans ma valise. Je me demandais si j'aurais pu le vendre.

Il l'observa, dubitatif. Elle ajouta, avec le sourire :

— C'est un Prada, ça vaut environ 7 000 dollars. (Il la dévisagea, choqué, et elle afficha un air innocent.) C'était mon ancienne vie. Que ne ferais-je pas pour avoir cette somme aujourd'hui… marmonna-t-elle. Si je pouvais le revendre, je pourrais en tirer quelques centaines de dollars.

Mack la considéra de nouveau et lui indiqua :

— Vous savez qu'il y a quelques magasins de dépôt-vente haut de gamme en ville ? Certaines personnes dans le coin sont méga riches, alors ils acceptent pas mal d'objets auxquels vous ne vous attendriez peut-être pas.

— Vous voulez dire qu'il n'y a pas que Wendy ? questionna-t-elle, surprise.

Il hocha la tête.

— Je ne sais pas pourquoi je n'y ai pas pensé avant, mais il y a plusieurs boutiques du même genre.

— Eh bien, Wendy paraissait plutôt contente de récupérer plusieurs de mes affaires.

— Et elle pourrait écouler celui-là aussi, ajouta-t-il en désignant de la tête son sac Prada. Et celles qu'elle n'a pas vendues, que sont-elles devenues ?

Doreen le regarda avec étonnement.

— Vous savez quoi ? Je n'y avais même pas songé.

— Vous devriez peut-être la contacter et, si elle n'a pas vendu certaines choses, vous pourrez toujours essayer ces autres magasins.

— Je n'y avais jamais réfléchi, grommela-t-elle.

— Puis-je ? lui demanda-t-il pour obtenir l'accord de Doreen avant d'ouvrir le sac et de siffler. Trois !

— Il devrait y en avoir quatre…

Jetant un coup d'œil à l'intérieur, il les fit tomber sur la table et se corrigea :

— Oui, quatre. (Il lança un regard vers l'ordinateur de

Doreen et l'interrogea de nouveau :) Puis-je ?

Elle haussa les épaules et poussa l'ordinateur vers lui.

— Bien sûr, pourquoi pas. J'ignore ce qu'il y a dessus, en admettant qu'il y ait quelque chose.

— Eh bien, on va vérifier ça. (Il ouvrit la première.) Voyez : toutes sortes d'informations sur la manière de se débrouiller seule et de survivre au divorce.

Doreen rougit.

— Comme j'ai dit, je sauvegardais des trucs pour moi.

Il hocha la tête et son œillade se fit plus amicale.

— Personne ne vous en blâmerait. Ce n'est pas comme si vous aviez eu toutes les cartes en main pour surmonter ça, et pourtant vous vous en êtes mieux sortie que la plupart. De plus, un tas de gens auraient bénéficié d'une assistance. Même si vous aviez Nan, autrement vous auriez été seule, vous vous en êtes très bien tirée. Ne soyez pas si dure avec vous-même.

Sentant son cœur se réchauffer un peu, elle s'installa pendant qu'il passait en revue le contenu de la clé USB. Puis il la retira avant de la lui tendre. Elle la rangea dans son bureau en alcôve près de l'imprimante, en la laissant facilement visible. Au cas où quelqu'un reviendrait en quête d'une clé USB… celle-ci serait la première à être trouvée.

Mack inséra la deuxième et siffla.

— Je ne crois pas que vous vous rendiez compte de ce que vous aviez là…

— Même en regardant, je n'y parviens pas, marmonna-t-elle en observant par-dessus l'épaule de Mack.

— Ce sont tous des comptes, précisa-t-il, en ouvrant les dossiers les uns après les autres. Le problème, c'est que je n'ai pas assez de temps ni la connaissance requise pour analyser tout ceci maintenant.

— Même si ce sont des comptes, alors quoi ? Ça ne signifie pas qu'il y a quelque chose d'illégal là-dedans.

— Et vous avez raison, mais si c'était le cas, je pourrais comprendre qu'il veuille vraiment récupérer cette clé. Même si ce n'est pas ce qu'il recherche.

— Il ne l'a pas réclamée.

— C'est parce qu'il ignorait que vous l'aviez, lui précisa Mack en lui jetant un regard curieux.

— Et honnêtement, moi aussi. Ce n'est pas comme si j'avais vraiment eu l'occasion d'emballer mes affaires et de voler ces clés intentionnellement.

— Personne ne vous accuse d'avoir dérobé quoi que ce soit.

— Tant mieux, souffla-t-elle, se sentant horriblement mal, comme si elle avait commis un acte répréhensible.

— Je dois les embarquer au poste pour examiner ça plus attentivement. Nous avons des spécialistes.

— Certains dossiers devraient être assez évidents, supposa Doreen en se penchant pour mieux voir l'écran. Je veux dire, regardez ces factures d'aménagement paysager. (Elle haussa les épaules.) Comment ça pourrait être compliqué ?

— Oui… et ça date d'il y a quatre ans. Vous avez effectué de gros travaux à la maison ?

Elle fit non de la tête.

— Non, pas depuis longtemps.

— Eh bien ici, il est écrit qu'il a dépensé 175 000 dollars dans un aménagement paysager.

Elle le fixa, choquée.

— Autant ?!

— Seulement pour une année.

— J'ignore combien il possède de propriétés, donc si c'était le total combiné de ses factures de travaux, ça aurait plus de sens.

— Oui, un autre bon point pour vous. Je pense qu'on aura besoin de quelqu'un qui sait de quoi il parle pour approfondir tout ça.

— D'accord, dans ce cas, jetons un œil aux autres clés.

La suivante contenait des comptes similaires, mais il y en avait affreusement plus. Et ils remontaient à quelques années. Ils étaient situés dans l'un des dossiers que Mack avait ouverts, car il était nommé « Intim ».

— Pourquoi aurait-on envie de consulter un truc appelé « Intim », s'interrogea Doreen en secouant la tête. Me concernant, ce serait la dernière chose que j'aurais envie de parcourir !

— Parce que contrairement à ce que vous croyez, mon esprit a immédiatement pensé à *intimidation*.

Doreen retint son souffle.

— Vous ne pensez pas qu'il faisait du chantage à des gens, si ?

— Il faisait chanter ou alors on le faisait chanter. Les gens de pouvoir y sont souvent confrontés.

— C'est tellement mal… souffla Doreen, choquée. S'ils ont gagné leur argent de façon honnête, ils devraient avoir le droit de le conserver.

Mack éclata de rire.

— Oh, je suis d'accord avec vous ! lança-t-il en continuant de rire et en s'inclinant davantage pour lire les listes. Mais ça ne signifie pas que ça se passe comme ça. (Il marqua une pause et fronça les sourcils.) Quel était le nom de l'ex-mari de votre avocate ?

— James, il me semble, pourquoi ?

— Parce qu'il apparaît, là.

— Oh ! intéressant… Et pourquoi s'y trouve-t-il ? (Elle

étudia de nouveau l'écran.) Ça ne dit pas grand-chose, si ?

— Non, pas du tout. Mais on y voit des paiements réguliers, ici, de cinq mille par mois.

— Mais cinq mille, pour mon ex, ce n'est rien ! s'exclama-t-elle. Pour moi, c'est un monde, mais pour lui, non.

— Mais cinq mille par mois, tous les mois pendant… (Il fit défiler l'écran.) Un paquet d'années !

— Je ne l'imagine pas s'impliquer avec elle s'il était au courant qu'elle avait fréquenté quelqu'un qu'il faisait chanter, exprima Doreen.

— Ou qu'il subissait le chantage de quelqu'un. Je ne peux pas déterminer à ce stade si c'est de l'argent qui rentre ou qui sort.

— Ils ont utilisé un code, remarqua Doreen. Je me demande si c'est pour ça qu'ils se sont fâchés. Peut-être que l'avocate est tombée là-dessus.

— Ou il est possible que James ait découvert que Robin était compromise dans autre chose, suggéra Mack, sinon pourquoi Mathew irait payer James ? Et à l'inverse, pourquoi James verserait des fonds à Mathew ?

— Hmmm, la seule raison qui me vient à l'esprit, comme ça, sans réfléchir… serait le meurtre de ses parents.

Mack grogna, se rassit et regarda Doreen.

— Vous êtes pénible parfois, vous le savez ?

Elle afficha un grand sourire.

— Merci !

Elle se leva et se versa une autre tasse de café. Comme elle revenait, Mack tendit sa tasse. Elle rouspéta.

— Vous êtes conscient que j'aurais du café tous les jours si vous cessiez de me le voler ?

— Êtes-vous à ce point à court ? s'étonna-t-il en la fixant

avec un pli soucieux.

— Non, pas vraiment. C'est seulement un truc avec lequel je peux vous taquiner.

Il se mit à rire.

— Alors, vous feriez mieux de trouver un autre sujet ! Car je n'abandonnerai pas plus mon café que vous.

— Bien, grommela-t-elle les dents serrées. Je ne renoncerai certainement pas à mon café.

— Exact. (Il parcourut d'autres dossiers.) Je ne sais pas trop ce que c'est, mais c'est bien détaillé…

Il retourna au dossier « Intim » et prit des photos de l'écran.

Elle attendit qu'il ait fini puis lui demanda :

— Et les deux autres ?

— Je m'en occupe.

Et il inséra la troisième clé USB, qui contenait un tas de comptes également, puis la dernière qui renfermait des photos. Mack siffla.

— Oh, ça explique pas mal de choses !

— Ça explique quoi ?

— C'est *lui* qui faisait du chantage ! (Doreen le regarda, étonnée, et il désigna des personnes sur les clichés.) Ils baignaient tous dans un truc qui semble vraiment louche…

— Intéressant, marmonna-t-elle. Ça expliquerait pourquoi il embauchait toujours des détectives privés. Je n'ai jamais compris dans quel but.

— Quels détectives ?

— Il m'avait raconté qu'il gardait toute une équipe de détectives sous la main, au cas où.

— Personne ne fait ça, sauf si vous enquêtez activement, lui dit-il en la fixant dans les yeux.

— Vous vous souvenez que je vous ai expliqué que je

n'avais rien à voir avec ses affaires ?

— Bien sûr, sauf si vous étiez consciente que vous ne pouviez pas être arrêtée en témoignant contre lui.

— Je n'ai rien à dire, lâcha-t-elle en levant les bras au ciel. Je ne suis vraiment au courant de rien !

— Et c'était la meilleure stratégie à adopter, reconnut Mack en hochant la tête. Moins vous en savez, moins vous pouvez parler.

— Et maintenant, il a décidé quoi ? Que j'étais jetable ?

— Je pense que vous l'avez toujours été, mon amie. La question a ressurgi maintenant que l'avocate a été tuée. Et cela nous ramène à ce qu'a fait ou pas Mathew.

— Alors, dans ce cas, il faut vraiment que je sorte dîner avec lui.

— Vraiment pas, grommela Mack en la fixant. C'est d'autant plus important maintenant que vous n'avez rien à faire avec lui.

— Et pourtant, c'est impossible, répliqua-t-elle avec calme. Et ce n'est également pas très futé de ne pas exploiter une source d'informations qui est là et qu'on pourrait utiliser.

Il la regarda, perplexe, ne comprenant pas. Il secoua la tête.

— Et c'est là que vous avez tort. Je veux que vous soyez en sécurité, pas que vous soyez agressée par ce gars. Il est encore à la recherche de quelque chose.

— Pourquoi ne lui tendrions-nous pas un piège ?

— Quel genre de piège ?

— Je lui raconterai que j'ai quelques affaires que je n'avais pas encore triées et que j'ai retrouvé des clés USB qui pourraient lui appartenir. Je veux dire, dans l'idée d'être une épouse agréable qui veut peut-être retourner avec lui, bien sûr.

— Et ensuite, quoi ? Vous laisser à sa merci pour qu'il puisse revenir dans votre maison pour vous attaquer ?

— Ou il demandera à son petit sbire de descendre par ici et de fouiller pendant mon absence.

Mack étudia Doreen un moment.

— Et tout ce que nous obtiendrions alors, c'est quelqu'un qui – potentiellement – entrerait par effraction.

— Peut-être, mais cela vous amènerait à Mathew, non ?

— Difficile d'en être certain, ça dépend. Si le cambrioleur parle, il pourrait aisément plonger pour ce délit mineur.

Doreen plissa le front.

— Vous savez quoi ? Se rendre dans ma maison sans ma permission alors que je suis absente ne devrait pas constituer un délit mineur.

— Sur l'échelle des faits de ce genre, il s'agit d'un délit mineur, en particulier si c'est une première infraction.

— Et s'il a été engagé dans ce but ?

— Il vous faudra le prouver, donc on doit trouver une transaction financière ou obtenir des aveux de sa part.

Doreen opina du chef.

— Vous pouvez placer un mouchard sur moi ?

Il la dévisagea, perplexe.

— Comment ça ?

— Comme à la télé, équipez-moi d'un mouchard, et peut-être que j'arriverai à le faire parler pendant que nous dînerons.

Mack cacha son sourire moqueur.

— Vous croyez vraiment qu'il va vous raconter toutes les vilaines choses qu'il a commises à ce stade ?

— Je l'ignore ! répondit-elle avec colère. Je cherche des idées ! Et vous n'aidez pas !

— C'est parce que je n'ai pas envie que vous vous engagiez sur ce terrain-là, lança Mack en secouant la tête.

— Eh bien, je n'ai pas beaucoup de temps pour prendre une décision, rétorqua-t-elle en vérifiant l'heure sur son téléphone mobile. Je veux le rejoindre, car j'ai besoin de découvrir ce qu'il manigance. Alors, la meilleure chose que vous puissiez envisager ensuite est de vous rendre dans le même restaurant.

— Et ça non plus, ce ne sera pas facile, car je ne sais pas où il se situe.

— En effet, et je dois me renseigner là-dessus également, n'est-ce pas ?

— De toute évidence. Et rapidement.

Elle fronça les sourcils, baissa les yeux sur son téléphone et déclara :

— Je pourrais l'appeler. Il m'a laissé son nouveau numéro.

— Je n'ai pas vraiment envie que son numéro apparaisse dans votre portable. La dernière chose dont on a besoin, c'est que vous soyez la dernière personne à l'avoir contacté, s'il doit être pris dans un piège.

— Je ne pense pas comme un criminel ! s'exclama-t-elle.

— Non. (Il soupira.) Je déteste vraiment vous voir y aller.

— Suivez-nous. Je prétendrai que vous êtes jaloux. (Il lui lança un regard noir, et elle haussa les épaules.) Que voulez-vous que je dise ?

— Je ne veux pas que vous vous retrouviez au milieu d'une confrontation.

— Eh bien, vous n'avez pas beaucoup de temps, car je dois monter me préparer très rapidement. Alors, qu'est-ce que vous décidez ? De plus, vous devez vous rendre au poste.

(Elle se leva et annonça :) Je vais me changer tout de suite.

Les sourcils de Mack se levèrent.

— Qu'est-ce qui ne va pas avec ce que vous portez ?

— C'est mon ex-mari, vous vous souvenez ? demanda-t-elle en le dévisageant sévèrement. Je ne veux pas paraître trop éloignée de celle qu'il a connue.

— À votre place, j'irais comme je suis. Ce n'est jamais le mauvais moment pour commencer à être soi.

Elle s'arrêta, le fixa et se laissa tomber sur son siège.

— Vous savez quoi ? Vous marquez un point.

— Oui, et un bon. Il doit voir qui vous êtes aujourd'hui, pas qui vous étiez.

— Mais ne devrais-je pas paraître toujours aussi docile ?

— Pourquoi ? Ce n'est plus vous. Je pense que ce serait bien mieux si vous étiez naturelle.

Elle sourit et déclara :

— Vous savez quoi ? Ce n'est probablement pas une mauvaise idée. (Elle baissa les yeux sur son jean et son tee-shirt.) Il se sentira quelque peu offensé.

— Tant mieux. Peut-être qu'il annulera le dîner dans ce cas.

Elle rit.

— Je me dis… Un bon test pour vérifier à quel point il est sincère.

— Non, corrigea gentiment Mack. Ce serait un test montrant à quel point il est désespéré.

— Oh ! marmonna-t-elle. Ça me plaît.

Pile à cet instant, la sonnette retentit. Mugs courut vers la porte, aboyant comme un fou. Elle regarda Mack, se leva et lança :

— Quand faut y aller… (Il fronça les sourcils, et elle secoua la tête.) Tout se passera bien.

— Les fameuses dernières paroles…, grommela-t-il.

Elle marcha jusqu'à la porte d'entrée, l'ouvrit et s'écria :

— Hé, synchronisation parfaite ! Je viens de finir.

Mathew opina du chef d'une façon enjouée et chaleureuse et répondit :

— Je vais t'attendre pendant que tu te changes.

Tellement typique de sa part de ne pas la considérer acceptable comme elle était !

— Où dînons-nous ? J'ignorais si ce serait une friterie ou si nous nous rendions dans un restaurant chic.

— Eh bien, le *Capri* est censé être un bon restaurant. Il y a aussi le *Yellow House* en ville… mais je n'étais pas sûr pour celui-là.

Doreen hocha la tête.

— L'un ou l'autre, ce sera très bien. Je vais m'habiller.

Parce qu'en réalité, elle se serait changée pour manger dans l'un comme dans l'autre, et ce serait toujours une bonne soirée passée dehors… Hormis la mauvaise compagnie. Elle monta rapidement à l'étage, enfila une robe simple, se brossa les cheveux et mit du rouge à lèvres. Elle fut redescendue au bout de quelques minutes. Après ça, elle saisit le petit sac qu'elle avait montré à Mack, sans les clés USB, y rangea ses clés et son téléphone, puis remarqua les deux hommes qui se tenaient et se fixaient tels des pitbulls.

— Oh, vous avez fait connaissance ? s'enquit-elle.

Mathew la regarda et la questionna sèchement :

— Qu'est-ce qu'il fiche ici ?

— Il passait dans le coin, et je lui ai demandé s'il pouvait nourrir les animaux et s'occuper d'eux pendant mon absence. Il partira dans quelques minutes. (Elle sourit à Mack, lui adressa le signe des scouts et lui lança :) Un grand merci.

Puis elle se tourna et se dirigea vers la porte d'entrée. Elle pouvait presque l'entendre grincer des dents derrière elle. Mais son ex la rattrapa rapidement, ils sortirent de la maison puis descendirent les marches du porche vers la Jaguar. En s'approchant, elle murmura :

— J'avais oublié à quel point j'aime ces voitures…

— C'est ça, la vie avec moi, tu te rappelles ?

Elle garda sa réponse pour elle, mais elle ne voulait absolument pas se souvenir des aspects de sa relation avec lui. Elle s'installa sur le siège avant et s'autorisa un moment pour savourer le fait d'être simplement assise et de se trémousser de joie dans un habitacle en cuir luxueux.

— Alors, qu'as-tu fait de ta journée ?

— Je te l'ai dit, lâcha-t-il d'un ton mordant, j'étais au poste.

— C'est l'une des caractéristiques de Mack, il ne parle jamais de son boulot. Il n'en a pas le droit.

Mathew l'interrogea des yeux puis finit par se relaxer légèrement.

— Je ne sais rien de l'affaire. Mais tu te trouves en ville alors que quelqu'un a été tué. Tu étais la dernière personne parmi ses proches, alors je suppose qu'un petit interrogatoire est normal.

— Peut-être, concéda-t-il en s'installant un peu mieux dans son siège. C'est simplement que, croiser des flics comme ça, ça me rend irritable.

— Eh bien, je n'ai jamais eu de raison de les voir d'un mauvais œil, indiqua Doreen, et il est toujours très prévenant avec moi.

— C'est parce qu'il te veut, répliqua Mathew sèchement.

Elle le regarda avec étonnement.

— Je ne crois pas.

Enfin, elle l'espérait, mais elle n'était pas encore tout à

fait prête, et cela ne contribuait qu'à l'embarquer sur la voie de la confusion.

— N'importe quel mec peut s'en rendre compte. C'est la seule raison pour laquelle il traîne dans le coin.

— En tout cas, ça reste gentil de sa part. Me retrouver seule ici a été une épreuve.

— Oui, mais, comme j'ai dit, c'est quelque chose que tu n'as plus à subir désormais.

— Eh bien, c'est romantique, lâcha-t-elle d'un ton sec.

Mathew gloussa.

— Je pense qu'on a dépassé ce stade.

— Je ne sais pas, marmonna-t-elle. Ça ne me paraît pas être une bonne idée, alors que tu as été hors de ma vie pendant si longtemps et que ton ex a été assassinée.

— Je ne l'ai pas tuée, grogna-t-il.

Doreen poussa un soupir, se tassa légèrement dans son siège et répondit :

— Je n'ai jamais prétendu le contraire.

Il se gara devant le *Capri*.

— Cela te convient ?

— Bien sûr !

En vérité, c'était préférable, puisqu'elle supposait qu'ils n'auraient pas pu entrer au *Yellow House* sans réservation. C'était plus une sorte de traiteur là-bas, où ils proposaient beaucoup de banquets pour un grand groupe de personnes en soirée. Elle était passée une fois devant, s'était arrêtée pour étudier le menu et s'était demandé à quoi ça pouvait bien ressembler.

Mais le *Capri* serait tout aussi bien. Comme elle se dirigeait vers l'entrée du restaurant, Mathew se précipita à l'avant et lui tint la porte. Elle le remercia d'un rictus, s'interrogeant sur la portée de ses gestes. Il avait accompli des actions de ce genre au début de leur séduction, mais il avait rapidement cessé. Comme s'il avait estimé l'avoir obtenue. Alors, pourquoi s'embarrasser de politesses ?! Elle avait toujours trouvé ça difficile. Désormais, c'était encore plus compliqué de le laisser faire. Il attendait quelque chose... Il avait également été perturbé par la présence de Mack chez elle. Elle devait admettre qu'elle en tirait une certaine joie.

On leur proposa une table avec vue. Mathew sourit.

— C'est chouette. Enfin, je veux dire, c'est une petite ville de péquenauds, alors on ne peut pas en attendre trop.

— Non, c'est sûr, concéda-t-elle, d'accord avec lui.

— J'ignore pourquoi tu n'as pas pu rester sur la côte.

— Je ne le souhaitais pas, répondit-elle simplement. Ce n'était plus la vie dont je rêvais.

— Alors, tu voulais emménager dans cette petite bourgade de ploucs et devenir une fille de la campagne ?

— Eh bien, ce n'est pas vraiment une vie de fille de la campagne que je mène... Je suis en ville, pas en train d'élever des poulets dans une ferme.

— Ce sera sûrement l'étape suivante ! la railla-t-il, faisant un geste de la main. Je crois même que je suis passé devant des vaches sur l'une des routes. Quelque part près de Benvoulin ou un truc du genre... Des *vaches* ! répéta-t-il en la regardant avec insistance. Tu m'as entendu ? Genre, ils ont vraiment du bétail, ici !

Elle éclata de rire.

— Alors, tu vas sans doute commander un steak pour le dîner, pour que ça donne du sens à tes observations.

— Ce serait mal, ça, en revanche. La place du steak est sur la table, mais celle des vaches n'est pas dans le champ à côté de chez moi.

— Tout le monde préfère que sa nourriture vienne

d'ailleurs plutôt que de chez soi, rétorqua Doreen avec simplicité.

— Bien sûr, et heureusement que c'est ici, car ainsi, ce n'est pas chez moi, marmonna-t-il.

Doreen ricana.

— Je me moque de croiser des vaches, et les chevaux sont une joie, tout comme le reste de la vie sauvage. J'ai vu pas mal de choses depuis que je suis ici.

C'était une façon de le dire gentiment.

— J'en suis sûr, acquiesça Mathew en hochant la tête. Enfin, ce n'est pas comme si tu étais restée dans le même cercle social, avec le même train de vie.

— Oui, comment aurais-je pu ? Je n'avais pas d'argent, tu t'en souviens ? Tous nos *amis* m'ont laissée tomber, quand ils ont su ça.

Mathew afficha un sourire narquois.

— Eh bien… tu pourrais les retrouver.

Elle ne lui répondit pas. Pourquoi faisait-il miroiter une telle perspective alors qu'il était évident qu'il se fichait d'elle ? C'était quoi, tout ce cinéma ?

Le maître d'hôtel vint à eux et leur apporta la carte des boissons ainsi que celle des plats. Doreen les lut brièvement et opta pour un mets qu'elle n'avait pas mangé depuis très longtemps : du thon frais. Pour l'accompagner, elle avait envie d'un verre de vin blanc et, quand la serveuse arriva, elle passa sa commande. Son mari approuva.

— C'est toujours un bon choix, n'est-ce pas ?

— À vrai dire, je n'ai pas mangé de plats de ce genre ces derniers temps. Alors, je vais l'apprécier.

— Très bien. Tout ce qui pourra te rappeler le type de vie que nous avions ensemble est une bonne chose.

Une fois de plus, elle ne réagit pas. Quand tout fut apporté, et que le personnel les laissa relativement en paix, Mathew l'interrogea :

— Alors… que se passe-t-il entre toi et le détective ?

— Rien, répondit-elle, surprise par la question. Nous sommes amis.

— Oui… amis… répéta-t-il, sarcastique.

— Il est possible d'être amis…

— Pas vraiment. Il veut quelque chose de toi.

Elle le regarda fixement.

— Eh bien, je suis sûre qu'il dirait probablement la même chose de toi.

Là, les sourcils de Mathew se levèrent.

— Je ne t'ai pas caché que j'espérais que tu reviennes à la maison, là où est ta place.

— Robin est à peine décédée, chuchota Doreen. N'est-ce pas un peu rapide ?

— Nous avions déjà rompu. Heureusement ! Autrement, les flics m'auraient considéré plus attentivement.

— En tout cas, je ne crois pas que Mack désire quoi que ce soit de moi. Je suis plutôt une épine dans son pied.

Mathew rit.

— Oui, c'est ça le truc dans les relations, tu sais ? Que ça aille dans ton sens ou dans le sens opposé, on n'a pas envie de fournir trop d'efforts.

Doreen fronça les sourcils.

— C'est une opinion plutôt sévère.

— Je connais les gens et je connais très bien les hommes. Et je ne doute pas de ce qu'il veut.

— Je pense que tu as tort.

— C'est parce que tu as toujours été naïve. Il désire clairement une relation avec toi.

— Eh bien, l'amitié, c'est une relation.

— Et voilà que tu es de nouveau naïve ! Et stupide. Tu n'as jamais été stupide…

Le regard de Doreen se rétrécit.

— Tu faisais des choses stupides, continua-t-il. Mais j'ai toujours pu avoir confiance en ton jugement sur les gens.

— Et c'est pourquoi je t'affirme que Mack est un bon gars.

— C'est peut-être un bon gars, et c'est pourquoi il est probablement un bon flic, concéda-t-il avec un sourire de mépris. Les gens qui traitent avec des criminels ne sont pas le genre de personnes avec qui on s'associe.

Cela la fit grimacer. Elle avait été souvent associée à Mack et son équipe. Sans mentionner que Mathew était loin d'être un ange.

— Cette petite bicoque qui est la tienne est plutôt en ruine, non ?

Elle se hérissa.

— C'est la maison de Nan, et je l'aime vraiment beaucoup.

— Je voulais dire, si tu l'abandonnais et bâtissais quelque chose de neuf, peut-être, rétorqua-t-il en frémissant. Mais autrement, c'est seulement un vilain tas de boue qui aurait été démoli il y a des années de ça.

— Eh bien, par chance, ça n'a pas été le cas, répliqua-t-elle sèchement en le dévisageant furieusement.

Il leva une main.

— J'avais oublié à quel point tu étais sur la défensive dès qu'il s'agissait de cette vieille dame.

— C'est ma grand-mère, et elle est spéciale pour moi, lâcha Doreen en ressentant cette envie grandissante de se lever de table pour lui en coller une.

Elle serait probablement accusée d'agression. Ou peut-être que la police serait trop occupée à la féliciter, une fois mise au courant de ce que Doreen aurait fait, au lieu de l'inculper. Mais en même temps, elle n'oserait rien entreprendre qui pourrait causer un remue-ménage.

Il était là pour une raison, et elle avait déjà dépassé le stade de la croyance en son envie qu'elle revienne. Il souhaitait obtenir quelque chose d'elle, mais il devait encore jouer son va-tout et la laisser comprendre exactement ce dont il s'agissait.

Chapitre 16

AU MOMENT DE terminer leur dîner, Doreen n'en savait pas plus sur ce que manigançait Mathew. À la fin, quand elle commanda du café et une part de tarte – ce qu'elle s'offrait rarement –, elle le questionna :

— Donc pourquoi es-tu vraiment ici ?

Il se pencha en avant et répondit :

— Tu ne crois pas que je sois là pour toi ?

— Tu te souviens quand tu disais que j'étais fiable pour juger les gens et les comprendre ? Non, je ne crois rien de tout ça.

Il haussa les épaules.

— Ça se tentait.

— Pas vraiment. Alors, dans quel but ?

— Tu as quelque chose qui m'appartient.

Elle s'immobilisa et le regarda, surprise.

— Sérieusement, quoi ? Et pourquoi ne l'as-tu simplement pas demandé, au lieu d'élaborer cette ruse ?

— Parce que je me suis dit que tu ne me la donnerais pas.

— Je ne sais même pas de quoi il s'agit, gronda-t-elle en tournant les mains paumes vers le haut.

— Il me manque une clé USB.

— Une clé USB ? (Mentalement, elle songea : quoi, seulement une ? Mais dans ce cas, c'était parfait.) Je n'en ai qu'une. Quand j'ai compris que tu demandais le divorce, j'ai rassemblé des infos et des témoignages sur la façon d'y survivre.

— Oh, ma pauvre, ça a dû être bien difficile, ironisa-t-il en lui adressant un petit sourire qui avait presque l'air d'être un plaisir contenu d'imaginer sa souffrance.

Plus elle l'observait, plus elle pouvait voir le masque de son visage se craquer. Elle ignorait totalement comment elle avait pu succomber à ce type en premier lieu et pourquoi elle était restée. Mais c'était l'un des mystères qui nécessitaient une vie entière pour être résolus.

— Cette clé, tu peux l'avoir volontiers, mais je ne pense pas qu'elle contienne quoi que ce soit qui t'appartienne.

— Eh bien, je veux y jeter un œil.

— Bien sûr. Elle est à la maison. Je n'ai aucun problème avec ça.

— Bien. Alors, nous pouvons partir.

Elle ricana.

— Tu veux dire, maintenant que tu dévoiles la vérité, tu souhaites t'en aller d'ici ?

— Évidemment, confirma-t-il tout en restant assis cependant.

— Toi et Robin vous ressembliez plus que je ne l'admettais, marmonna-t-elle en mangeant sa part de tarte. (Ils étaient toujours pressés.) Ça me met encore en colère de ne pas vous avoir vus comploter dans mon dos.

— Ah, c'était plutôt facile. On se retrouvait au travail la plupart du temps.

— Et évidemment, je n'ai jamais rien su à propos de ton

boulot, car tu n'en parlais jamais.

— Non, et elle n'est jamais venue à la maison avant que toi et moi en ayons plus ou moins fini.

— Bien, souffla Doreen, n'ayant pas envie d'entendre plus de détails.

Cela n'avait pas d'importance que la femme soit morte ou que ça se soit passé longtemps avant. C'était encore son mariage, et elle souhaitait conserver l'illusion que, par chance, ils ne s'étaient pas amusés dans son propre lit. Le fait que Doreen et son mari n'avaient jamais partagé un lit l'avait toujours rendue perplexe. Mais c'était comme ça qu'il voulait que ça se passe, et ce fut seulement avec le temps qu'elle l'avait accepté.

— Tant que vous étiez heureux… railla-t-elle.

— Pas même cinq minutes ! répliqua-t-il. Dès l'instant où elle a emménagé, elle est devenue cette sorcière geignarde et exigeante.

Doreen le dévisagea avec étonnement et commença à glousser pour finir par rire à gorge déployée.

— Chuuut, lâcha-t-il en lui lançant un regard noir. Ce n'est pas si drôle.

— En fait, si, contredit-elle en pouffant encore. Non mais vraiment ? Après tout ce que tu m'as fait subir, j'ai le droit d'avoir un peu de satisfaction en sachant que vous n'étiez pas heureux après ça.

— Évidemment qu'on ne l'était pas, confirma-t-il calmement. Je ne voulais pas du tout qu'elle soit là, mais il fallait que je la garde près de moi.

Doreen cessa de remuer et le regarda intensément.

— Quoi ? Pourquoi ?

— Parce qu'elle essayait de me faire du chantage, avoua-t-il dans un murmure colérique.

Elle continua de le fixer. Enfin, tout ça menait quelque part…

— C'est horrible. Je ne vois pas pour quelle raison… Ce n'est pas comme si tu avais commis un crime.

Oh, comme elle méritait une récompense pour sa performance !

— Tout à fait ! Et comme je refusais de jouer à son petit jeu, elle s'est bien mise en colère. Mais alors, j'ai trouvé quelque chose sur elle, puis elle a déniché un truc sur moi, et ça a empiré.

— Je suis désolée, car vous auriez pu être plutôt heureux ensemble. Si vous aviez fourni des efforts.

— Non, pas vraiment, contesta-t-il en secouant la tête. Pas du tout.

— Tu n'en sais rien. Vous étiez tous les deux des personnalités de type A, tous deux guidés par le besoin de réussir, tous deux le même genre de personnes à manipuler les autres pour que les choses se passent comme vous le désiriez.

— C'est ça, et donc aucun de nous deux ne pouvait être dans la même pièce trop longtemps.

— Mais tu y es parvenu pendant quelques mois…

— Oui. J'ai pris ce qui m'était offert et j'en ai profité à fond, mais je n'étais pas stupide au point de m'y embourber.

Doreen hocha lentement la tête.

— Et puisqu'elle te faisait du chantage, tu as réussi à l'arrêter ?

— Bien sûr. En jouant fair-play, j'ai découvert quelque chose sur elle. (Il se mit à rire.) Ça a été une grande conversation ! Mais aussi grande que la partie de jambes en l'air qui s'est ensuivie. Se réconcilier sur l'oreiller, c'est merveilleux.

Elle branla du chef.

— Je ne crois pas avoir vraiment vécu dans ton monde…

— En effet, jamais, confirma-t-il avec un geste de la main. Allez, dépêche-toi de finir. Il me faut cette clé.

— Bien, dit-elle avant d'introduire le dernier morceau de tarte aux pommes dans sa bouche.

Il se leva immédiatement, jeta de l'argent sur la table et intima :

— Allons-y.

Chapitre 17

MATHEW FIT SORTIR Doreen du restaurant pour la mener jusqu'à la voiture, un peu trop rapidement pour qu'elle se sente à l'aise. Elle protesta quand il claqua la portière plus fort que nécessaire. Il monta dans le véhicule à ses côtés, et elle lui demanda :

— Qu'est-ce qui est si pressant ?

— Je veux cette clé USB, lâcha-t-il dans un grognement.

Elle hocha la tête.

— Et tu peux l'avoir, dès que je rentrerai chez moi, mais je ne crois pas que quoi que ce soit dessus t'appartienne.

— On verra. Cette garce en a pris.

Elle s'immobilisa et le regarda, perplexe.

— A pris quoi ?

— Plusieurs clés USB dans mon bureau.

Il lui jeta un coup d'œil avant de laisser échapper un rire amer.

— Absolument, elle a fait ça ! C'est ça le problème quand tu tolères certaines choses de plein gré… Dans un moment de faiblesse, un requin comme elle va se servir davantage. Je suppose qu'une nuit, pendant que je dormais, elle s'est faufilée jusqu'à mon bureau et a volé mes affaires.

— C'est horrible ! s'exclama Doreen.

Et en vérité, il y avait énormément de sincérité dans cette horreur qu'elle éprouvait, car on ne pouvait pas infliger ça à une autre personne, surtout si elle comptait pour nous. Mais il semblait que son mari et son avocate entretenaient plutôt une relation similaire à celle d'un requin contre un autre requin…

— Je suis désolée, exprima-t-elle avec franchise. On dirait qu'elle était encore plus désagréable que je ne le pensais.

— Tu n'as pas idée ! Et je dois admettre que, pendant un petit moment, c'était plutôt attirant.

Doreen le dévisagea fixement, les sourcils haussés et les yeux grands ouverts.

Il opina du chef.

— Quand tu es habitué au goût du miel et du sucre… Au bout d'un moment, tu as envie du goût plus amer du citron pour couper.

Elle se laissa tomber contre son siège et se tourna pour observer un point au loin.

— Oh ! je n'avais pas vu les choses comme ça…

De plus, elle avait l'impression que son âme avait un peu tourné au vinaigre également…

— Non… et j'étais surpris de la vitesse avec laquelle je m'en suis lassé.

Doreen feignit l'indifférence.

Rapidement, ils arrivèrent chez elle. Une fois sur place, il déclara :

— Les lumières sont allumées.

— Mack ne les a probablement pas éteintes, dit-elle sans réfléchir.

— Tu as un système d'alarme ?

— Ouaip. Pas sûre qu'il l'ait mis en route cependant.

— Mais quel genre de ville de bouseux est-ce donc si on ne s'inquiète même pas de sa sécurité ? demanda-t-il avec dégoût.

— Une ville dans laquelle il y a peu de crimes.

Puis elle afficha une grimace, car elle avait prouvé que c'était absolument faux. Elle sortit du véhicule et marcha rapidement vers les marches de l'entrée, prétendant s'occuper du système anti-intrusion via son téléphone. Ensuite, quand elle fut à l'intérieur, Mack ayant bien enclenché l'alarme, elle l'éteignit rapidement. Elle n'était pas certaine que ce soit la chose la plus intelligente à faire, avec Mathew dans le coin. Elle se dirigea vers la cuisine, espérant que Mack avait embarqué les autres clés USB. Elle posa son sac à main et lança :

— Je vais monter dans la chambre la chercher… Oh, attends ! (Elle s'arrêta puis reprit :) Je crois que je l'ai mise sur le bureau.

Elle pivota puis se dirigea vers la petite alcôve qui lui servait de bureau. Mathew se tenait immobile et jugeait l'endroit.

— Bon Dieu, tu n'as même pas deux chaises !

— C'est pourquoi c'est un bureau. Ce n'est pas comme si j'en avais besoin de toute façon.

Elle tendit le bras, prit la clé qu'elle avait trouvée et la lui tendit. Il la saisit sans ménagement de sa main et la dévisagea avidement. Doreen haussa les épaules.

— Comme j'ai dit, j'ignore s'il y a quoi que ce soit dessus.

— C'est très bien. Je vais retourner à l'hôtel.

— À l'hôtel ?

— Oui, tu te souviens ? J'ai décidé de rester une nuit.

— OK. Passe une bonne nuit.

Sortant de la maison, il ne lui répondit même pas. Elle le regarda se précipiter pour descendre les escaliers, monter dans la Jaguar et parcourir son allée puis l'impasse. Elle ferma immédiatement la porte et la verrouilla, puis remit l'alarme. Elle ne savait pas ce qu'il ferait quand la vérité s'afficherait. Intéressant de découvrir qu'il avait fini par se rendre compte que toutes les clés USB n'étaient pas dans sa maison, mais il y avait des chances pour que celles qui lui manquaient soient au poste de police, pas avec Robin.

Elle envoya rapidement un SMS à Mack : **Appelez-moi.**

Quand son téléphone sonna, il lui demanda curieusement :

— Vous appeler pourquoi ?

— Parce que j'ai un tas de choses à vous raconter, lança-t-elle avant de relayer tout ce qui s'était passé au restaurant.

— Ouah… Quel genre de relation c'est, ça ?

— Une relation dans laquelle ils se servaient l'un de l'autre, indiqua-t-elle avec aisance. Pas mon style du tout. Mais l'important, c'est que je lui ai donné la clé USB qui contenait mes infos sur le divorce et qu'il est occupé à chercher du côté de celles que possédait l'avocate. Ou qu'il imagine qu'elle avait.

— Et vous croyez que ce sont celles que vous aviez depuis le début ?

— Il est possible qu'il y en ait d'autres, alors peut-être que l'avocate en possédait quelques-unes aussi. Je veux dire, il s'occupe de pas mal d'affaires, donc il doit avoir un certain nombre de clés USB.

— C'est vrai. Je ne pense pas qu'on en ait retrouvé sur elle, mais je vérifierai dans la matinée.

— Et est-ce qu'elle est allée ailleurs, qu'elle a rencontré quelqu'un d'autre et qu'elle aurait pu les déposer quelque part ?

— Était-elle seule chez vous ? A-t-elle été hors de vue pendant un moment ?

— Il ne me semble pas… Elle était occupée à me balancer son accès de colère sur les marches du perron, elle était légèrement déchaînée et faisait plein de gestes, mais je ne crois pas qu'elle avait quoi que ce soit avec elle… (Doreen s'immobilisa, plissa le front et reprit :) Mais peut-être que…

— Oui ?

— Je ne sais pas… Je veux dire, je n'ai pas du tout vérifié le jardin de devant.

— Vous pensez qu'elle a pu y enterrer quelque chose ? demanda Mack, incrédule.

— Non, mais si elle avait eu un objet dans son sac à main, il est possible qu'elle l'ait jeté ou laissé échapper, étant donné qu'elle était assez énervée. Je suis certaine qu'elle frappait la porte avec son sac. Qui sait ce qui a pu en tomber ?

— Est-ce qu'elle a retiré son manteau ? A-t-elle lâché son sac ou quoi que ce soit ?

— Les deux. Mais je n'ai rien vu en tomber.

— Ce n'est pas important. Ça pourrait se trouver n'importe où.

— En tout cas, je ne distinguerai rien ce soir, marmonna-t-elle, il fait noir.

— Je serai là à la première heure demain matin. Maintenant, assurez-vous de bien verrouiller, restez à l'intérieur et, si vous recevez la moindre visite indésirable, appelez la police.

— Je n'y manquerai pas. Vous serez le premier que je préviendrai.

— Je serai probablement le premier à arriver sur place de toute manière, souffla-t-il d'une voix résignée.

Puis elle redevint considérablement plus grave, et il ajouta, avant de raccrocher :

— Passez une bonne nuit.

Elle sourit en fixant le téléphone.

— Bonne nuit, Mack.

Elle se demanda enfin si elle aurait dû l'interroger sur ses préférences entre la limonade et le miel… avant de se dire que c'était une question tellement stupide qu'elle la sortit délibérément de son esprit et qu'elle se rendit au lit.

Chapitre 18

Mardi matin…

L E MATIN SUIVANT, elle fut réveillée par des bruits de coups sur la porte d'entrée. Elle s'habilla dans la précipitation et descendit en courant les escaliers pour y découvrir son ex qui se tenait sur le seuil. Elle chassa le sommeil de ses yeux.

— Hé ! s'écria-t-elle, confuse. Que se passe-t-il ? C'est quoi, cette panique ?

— Tu es sûre de ne pas avoir d'autres clés USB ? demanda-t-il, presque désespéré.

Elle regarda celle qu'elle lui avait donnée et secoua la tête.

— Non, c'est la seule. Pourquoi ?

— Parce qu'il n'y a rien dessus, expliqua-t-il, écœuré, avant de la lui rendre. Tu as vraiment besoin d'assistance si tu crois que ces conneries là-dessus vont t'aider.

— Eh bien, j'y croyais à l'époque. Contrairement à toi, je n'étais pas vraiment prête pour le divorce.

— Non, admit-il de sa voix adoucie. Je suppose que ça a été un choc, hein ?

— Ce n'est pas comme si ça t'intéressait, éluda-t-elle

d'un ton pincé. Maintenant, si tu le veux bien, il faut que j'aille me préparer un café.

— Bien. J'en prendrai une tasse, déclara-t-il en avançant d'un pas à l'intérieur.

Instinctivement, elle recula, se sentant bousculée.

— Pourquoi ? s'insurgea-t-elle. Je n'ai rien d'autre pour toi.

— Je n'en suis pas si sûr… contredit Mathew, les yeux tournés vers elle. Tu es vachement attirante, à moitié endormie.

Elle rougit dans la seconde.

— Ne t'engage même pas sur ce terrain-là, répliqua-t-elle sèchement. Tu peux rester boire un café et ensuite, tu reprendras ton chemin. Je dois sortir aujourd'hui.

— Ah oui ? Tu vas faire quoi ? demanda-t-il en ricanant.

— Postuler à des emplois, indiqua-t-elle, raide. Ce n'est pas facile d'obtenir un boulot quand tu n'as pas les compétences.

— En tout cas, tu avais celles qu'il fallait pour travailler avec moi. Tu étais géniale pour ce qui était de mettre les autres à l'aise.

— Peut-être…

— Tu les incitais également à s'ouvrir, à obtenir des informations à une vitesse impressionnante. Les gens aiment discuter avec toi. C'est une aptitude qui me manque beaucoup… (Et soudain, il la regarda :) Je pourrais t'embaucher dans ce but !

Doreen secoua la tête.

— Non. La seule raison pour laquelle ça fonctionnait, c'est parce que j'étais ta femme, et que je croyais en ton affaire et en ce que nous réalisions. Je n'avais simplement pas compris que c'était *ton* entreprise et qu'il n'y avait rien pour moi, même après m'avoir jetée.

— On pourrait changer ça, suggéra-t-il en lui souriant. Tu te rappelles ?

— Non… tu ne songeais à rien de tout ça. Tu essaies seulement de retrouver ce que ta maîtresse t'a pris.

Il branla du chef.

— Est-ce qu'elle s'était fait des amis parmi les membres du personnel ? Aurait-elle caché tes affaires quelque part dans la maison ? Aurait-elle payé quelqu'un pour les déplacer ?

— Elle n'aurait pas osé, répondit-il avant d'assombrir davantage le ton de sa voix, ils n'auraient pas osé.

Doreen hocha la tête, distinguant de nouveau clairement l'homme qu'elle avait connu.

— En d'autres termes, tu les payais pour leur discrétion.

— Et leur loyauté. N'oublie pas ça, c'est tout pour moi.

— J'ai pigé. Et détenait-elle un coffre-fort ?

— On a vérifié. Et non.

— Hmmm, peut-être qu'elle n'en avait pas un sous son nom véritable, mais sous un autre… ?

— Lequel ça serait ?

Elle haussa les épaules.

— Je sais qu'elle était encore amie avec son ex-mari.

Mathew s'immobilisa et la fixa des yeux un certain temps.

— Je me le demande…

— C'était seulement une idée.

— Et une bonne, concéda-t-il en tapant la table pendant qu'il s'asseyait lourdement sur une chaise, avant de poser le menton sur son autre main tout en continuant à tambouriner la table avec la première.

Thaddeus bondit tout à coup sur la table, faisant les cent pas en remuant la tête. « Thaddeus est là ! Thaddeus est là ! »

Mathew le considéra avec dégoût.

— Vraiment, tu as un oiseau ?! Et tu le laisses déambuler sur la table ?

— C'est Thaddeus, annonça Doreen, et sois gentil avec lui. Sans quoi, tu vas heurter sa sensibilité.

Mathew se tourna pour la regarder, une expression incrédule sur le visage.

— Sérieusement ?

— Oui, sérieusement. (Elle ricana.) Hé ! C'est vraiment important ! Je suis proche de mes amis, même ceux qui ont des plumes !

— Ouah… Je n'avais pas compris que c'était vilain à ce point-là…

— Et sois gentil avec le chien et le chat également, pendant que tu y es.

— Eh bien, Mugs, oui, c'est sûr, acquiesça Mathew en se penchant pour gratouiller le basset derrière l'oreille, même s'il a clairement besoin d'un bain. (Il observa ses doigts et grimaça.) Je veux dire, il est sacrément sale.

Il se leva, s'approcha de l'évier de cuisine et se nettoya les mains.

— Il est temps de l'emmener à la rivière alors ! s'exclama-t-elle gaiement. (Mathew baissa les yeux sur Mugs puis dévisagea de nouveau Doreen qui afficha un air innocent.) Il adore y aller.

— L'eau est sale, dit Mathew comme s'il expliquait un truc simple à un enfant. Tu ne peux pas simplement mettre un chien sale dans la rivière sale et t'attendre à ce qu'il en ressorte propre.

— Eh bien, c'est ce que je fais en vérité. Il y a pas mal d'eau fraîche et pure qui coule par là-bas. Et si je parviens à le maintenir hors de la boue, après ça, il sent plutôt le frais.

— Oh, mon Dieu !... (Il jeta un œil au café qu'elle préparait.) Je suis surpris de constater que tu sais quand même préparer du café !

— J'ai appris un tas de choses ces derniers mois, répliqua-t-elle, refusant avec assurance de se laisser agacer par Mathew.

Il avait été très doué pour la laisser croire qu'elle n'avait absolument aucune valeur et l'avait complètement rabaissée en public. La compétence de Doreen avait été de sourire et de continuer ce qui lui avait valu le plus de respect, mais, derrière son dos, tout le monde riait d'elle. Ce n'est que plus tard qu'elle avait trouvé que son comportement n'était pas du tout inhabituel parmi les riches et les bien nantis.

Elle alla à un placard, en sortit une tasse, lui versa du café et le lui tendit.

— Voilà. Du café frais.

Il prit la tasse avec précaution, comme s'il n'était pas sûr que ce soit buvable.

— Tu as du lait ou du sucre ?

— J'ai un peu des deux, acquiesça-t-elle en sortant un paquet de sucre et la brique de lait. (Il les observa, puis Doreen.) Désolée, pas de joli service luxueux ici, railla-t-elle.

— Ouah ! commenta-t-il dans sa barbe, ajoutant volontairement deux bonnes cuillères de sucre à son noir.

— Oh ! je n'ai pas souvenir que tu ajoutais autant de sucre avant...

— Oui, mais à la maison, c'est toujours servi comme j'aime.

Elle hocha la tête sans prononcer un mot, puis ouvrit la porte donnant sur la terrasse et sortit.

— Tu veux t'asseoir dehors ?

Il la rejoignit.

Elle s'installa immédiatement à son endroit favori sur les marches, s'adossant contre la rambarde.

— Je sais que ça ne paraît pas énorme encore, mais j'ai abattu une tonne de boulot dans ce jardin.

— On ne dirait pas. Il y a de la mauvaise herbe partout.

Elle se rappela à quel point il était incommodé par les mauvaises herbes. Les jardiniers devaient s'occuper constamment des allées et des bordures pour s'assurer qu'il n'y en avait pas une seule.

— Tu sais quoi ? Je suis contente de m'accorder avec la nature plutôt que d'être contre elle, éluda Doreen avec le sourire. Il faut que j'y revienne et que je m'en occupe davantage, mais tu peux constater tout ce que j'ai déjà accompli.

— Oui, c'est évident, admit-il en pointant le doigt sur la ligne distinctive où différentes tailles d'herbes avaient été clairement réalisées. Et puis il semble que tu n'as pas jardiné depuis des semaines.

— Sans doute. (Elle tendit le bras et se frotta l'épaule, grimaçant à l'élancement qu'elle ressentait de temps en temps, presque comme un avertissement.) Mais je finirai par m'en occuper.

Mathew opina du chef, prit une gorgée de café et grimaça. Il avala une autre goulée, frémit et posa la tasse sur la terrasse.

— Il est bon, n'est-ce pas ? se vanta Doreen avec gaieté, ingurgitant une grosse lampée du sien. (Elle sourit au surplus de caféine qui atteignait son système et augmentait la puissance de sa vue sur le monde.) Dur de commencer le matin sans ça.

— C'est comme remplacer l'essence par de la boue épaisse. Tu as oublié ? Je conduis une voiture luxueuse et ne consomme que du premium.

— Pas de premium ici, clama-t-elle, détestant la suffisance dans la voix de Mathew.

Il se leva et dit :

— Je vais te rendre la clé USB. Si tu penses à autre chose…

Elle secoua immédiatement la tête.

— En dehors d'une discussion qu'elle aurait pu avoir avec quelqu'un sur la propriété, comme l'un de tes gardes ou une personne du genre, je n'ai aucune idée de ce qu'elle a pu en faire.

— Oui, je vérifierai auprès de mon personnel, mais je les paie grassement pour qu'ils soient loyaux.

— Oui… mais n'oublie pas qu'elle dispose d'un *équipement spécial*, et, pendant que tu en tirais avantage et que tu t'amusais, ça ne signifie pas que quelqu'un d'autre n'en profitait pas également.

Il regarda fixement Doreen, une ombre assombrissant ses traits avant qu'il ne tourne ses yeux vers la rivière.

— Elle a intérêt que non…

— Le seul moyen de le savoir serait de vérifier ça avec tes employés.

Il acquiesça.

— Je vais me rendre au poste de police ce matin pour m'assurer qu'ils n'ont besoin de rien d'autre, marmonna-t-il, puis je m'en irai.

— Bien. C'était bon de te voir.

Il la dévisagea, momentanément surpris, puis se mit à sourire.

— Tu es la seule femme que je connaisse qui ne garde pas rancune. Toujours à sourire, à être heureuse… Pendant très longtemps, j'ai détesté ça. Maintenant, je me rends compte à quel point c'est apaisant pour mes nerfs…

— Tellement dommage alors, répondit-elle. Comme tu as dit, tu voulais ce soupçon de citron et tu l'as eu.

— Oui, mais maintenant elle est morte, et c'est arrivé avant que je mette la main sur elle. (Il secoua la tête.) J'aimerais trouver le gars qui l'a tuée.

— Je suis sûre que les flics aussi, alors, si tu as la moindre idée…

— Non, je n'en ai pas, indiqua-t-il en secouant la tête. Mais j'aimerais. (Puis il lui sourit et ajouta :) Jusqu'à notre prochaine rencontre !

Puis il franchit le jardin à grandes enjambées et contourna la maison.

— Tu pourrais toujours me laisser de l'argent… je suis sûre que tu n'as pas envie de voir ta femme souffrir.

Il rit.

— Tu as l'air de très bien t'en tirer toute seule.

Sur ce, il descendit vivement le trottoir et se dirigea vers sa voiture. Doreen traversa la maison via la terrasse, se posta sur le porche de devant et regarda Mathew, attendant délibérément qu'il parte avant de partir à la recherche d'un truc scintillant sous le ciel clair. La lumière du début de matinée avait frappé quelque chose dans son parterre, mais elle ne voulait pas suggérer à Mathew qu'elle inspectait. Il descendit, puis fit le tour de l'impasse et s'en alla. Quelques secondes plus tard, elle entendit le pick-up de Mack cliqueter en haut de la rue. Elle resta sur les marches de devant, les animaux avec elle. Thaddeus montait et descendait la rambarde, s'exclamant : « Thaddeus aime Doreen ! Thaddeus aime Doreen ! »

Richard ouvrit sa porte et s'écria :

— Pourquoi vous faites autant de boucan si tôt le matin ?!

— Il n'y avait aucun vacarme jusqu'à ce que vous commenciez à hurler ! (Elle désigna Mack.) Tenez, la police est là, vous pouvez toujours vous plaindre, si vous le désirez.

Mack sortit vivement de son véhicule, interrogea Doreen des yeux puis fixa Richard et s'enquit :

— Il y a un problème ?

Richard s'offusqua puis retourna à l'intérieur en claquant la porte.

— Il était sur le point de protester à cause du bruit, indiqua-t-elle gentiment.

Mack leva les yeux au ciel.

— Bon, vous avez des ennuis encore ?

— Pas délibérément, précisa-t-elle avec honnêteté.

Il rit à ces mots.

— C'est vous qui le dites.

— Mon ex vient de partir.

Il cessa de remuer puis verrouilla lentement son regard sur son visage.

— Pourquoi est-ce qu'il était là ? (Puis il déglutit avec difficulté.) Ou alors, il a passé la nuit ici ?

Les sourcils de Doreen se haussèrent.

— Ça, ça n'arrivera jamais ! contesta-t-elle avant de secouer la tête. Il m'a réveillée, à frapper sur la porte, il y a environ vingt-cinq minutes de ça.

— Pourquoi est-il venu ?

— Il voulait me rendre la clé USB, expliqua-t-elle, l'objet en main. Comme je venais de préparer du café, il s'est invité le temps d'en boire une tasse, mais il ne l'a pas vraiment apprécié.

— Et pourquoi ça ?

— Parce que je l'ai fait aussi noir que son âme,

l'informa-t-elle, un rictus mauvais aux lèvres. Et même ses deux très grosses cuillerées de sucre ne l'ont pas aidé à le boire.

Mack commença à rigoler.

— Ah, donc vous appréciez le café noir maintenant ?

— Ça a toujours été le cas et c'est un peu fort, mais jamais je ne lui aurais montré que je n'aimais pas.

Mack tendit le bras, prit la tasse des mains de Doreen et en but une gorgée.

— Ouah, il est bon ! marmonna-t-il en le fixant avant de la considérer. Vous vous améliorez de plus en plus dans ce domaine.

— Eh bien, il n'a pas fini sa tasse, et il y en a encore dans la cafetière.

Mack hocha la tête.

— Je vais aller m'en servir un peu.

Doreen sourit.

— Faites donc ça, et pendant ce temps-là, je vais aller récupérer ce truc que je peux apercevoir d'ici, dans l'herbe.

Mack s'immobilisa immédiatement, revint et demanda :

— De quoi parlez-vous ?

Elle pointa un objet qui brillait dans le jardin, pris entre les soucis et le paillis d'écorces derrière. Il parcourut sans attendre la distance depuis le haut du porche jusqu'aux soucis. Après avoir creusé, il déterra quelque chose.

— Ah ah !

— Hé, regardez ça ! Une autre clé USB ! C'est bien ça ? Ça a une drôle de forme, non ? s'écria-t-elle en fronçant les sourcils, car c'était un simple morceau lisse et fin de métal.

— C'est plus cher, mais ces trucs-là peuvent contenir plus de données !

— Eh bien, j'ignore d'où ça sort, mais…

— Mais, la coupa Mack avec un grand rictus, espérons que cela concerne la bonne personne !

— Je l'espère, oui. Je patientais le temps que Mathew s'en aille avant d'enquêter sur cet objet. Puis j'ai entendu arriver votre véhicule, alors je me suis dit que, si je vous attendais, ça n'aurait pas eu l'air d'une preuve que j'aurais plantée !

— Ou vous auriez pu l'enterrer et ensuite me demander d'aller la chercher.

Elle le considéra d'un air furieux, et il se mit à rire.

— Allez, resservons-nous du café et voyons ce qu'on a là. De plus, vous avez déjà les autres clés, déclara Doreen.

Il confirma d'un signe de tête.

— Absolument. Elles sont parties à la brigade criminelle. Mais maintenant, on va vérifier ce qu'il y a là-dessus. (Il poussa gentiment Doreen à la porte, les animaux se bousculant pour rentrer également.) Apportons-la dans la cuisine.

Assis à la table, il tira l'ordinateur de Doreen vers lui en lui jetant un coup d'œil, et elle lui sourit avant d'opiner du chef. C'était ça le truc avec Mack : il était toujours respectueux. Enfin, il l'était toujours sauf quand il ne l'était pas, comme quand il lui raccrochait au nez. Mais dans ces cas-là, elle le méritait probablement, tout comme lui. Il inséra la clé USB et la consulta rapidement pour y trouver un seul dossier. Et c'était tout... Il l'ouvrit et, dans la foulée, ce fut affiché : une lettre d'une page, même si Doreen pouvait remarquer que le document en contenait plusieurs.

— C'est quoi, cette lettre ? questionna-t-elle.

Mack parcourut le texte.

— Oh, ouah, regardez ça ! s'exclama-t-il. Ce sont ses dernières volontés et son testament !

— Ah ! réagit-elle en fixant l'écran. Pourquoi est-ce que

ça se trouve sur cette clé ?

— Bah, c'était une avocate, alors sans doute qu'elle savait qu'elle en aurait besoin. Si quoi que ce soit lui arrivait, le document aurait été sur elle.

— Ce qui signifie, commença Doreen en pointant ses yeux sur Mack, qu'elle pensait que sa vie était en danger ?

Il opina lentement du chef.

— J'en ai bien peur. Et si vous lisez la lettre, vous remarquerez qu'elle avait une idée de son futur assassin.

Chapitre 19

Mardi, milieu de matinée...

DOREEN LUT À voix haute à partir du début.

« *À qui de droit, si je suis morte, vous devrez regarder du côté de Mathew. Il fut ma dernière relation ainsi qu'un grand narcissique, le plus grand que j'ai rencontré. Il est dangereux. Il est sombre et impliqué dans plusieurs activités criminelles dont le chantage n'est qu'une petite partie. Je croyais marcher parmi les ténèbres avant de le connaître... Mais quelque chose d'obscur et de moche nous a attirés l'un vers l'autre. Et comme tout, c'était combustible au point qu'on ne pouvait pas l'éteindre. Désormais, je fuis pour ma vie et je suis certaine qu'il m'a prise en chasse, et sans doute pour de bonnes raisons.*

Un des avantages à être dans les ombres des activités crimi-nelles, c'est que je peux chercher des renseignements que je suis en mesure de revendre. Ensuite, je les cède à quelqu'un d'autre qui s'en charge, et j'obtiens une petite contrepartie. Je ne vous dirai pas qui. Cela n'a pas d'importance, car de toute évidence, je ne transmettrai plus aucune information si je suis morte.

Mais vous devez vous orienter vers Mathew. C'est lui qui m'aura tuée, et son ex-femme est sûrement sa prochaine cible. Et ça, c'est possiblement ma faute également. Si je me rends à Dieu pour rendre des comptes pour mes péchés, alors je me dois d'être honnête. Je serai responsable si Mathew s'en prend à Doreen. Quand il m'a plusieurs fois accusée de chercher des renseignements et de les lui dérober, j'ai désigné Doreen comme la véritable voleuse...

J'étais aussi l'instrument de leur divorce et ai fait en sorte que Doreen n'obtienne rien à la fin de la procédure. Et je me sens mal vis-à-vis de ça. Le problème, c'est qu'elle est l'un de ces joyeux oiseaux chanteurs, chaleureuse comme le soleil, et que je suis l'un des corbeaux de la nuit. J'aurais pu en faire mon repas et, en toute honnêteté, je l'ai plus ou moins bouffée. Je n'avais aucun remords jusqu'à ce que je comprenne ce que c'était, d'être prise en chasse. Et aujourd'hui, je sais à quel point c'est mal, ce que j'ai infligé à Doreen. Si je parviens à survivre et que personne ne lit ceci, j'essaierai de tourner la page et de devenir une meilleure personne. Mais si vous prenez connaissance de ces lignes, il est déjà trop tard. Souvenez-vous : visez Mathew. »

Doreen s'assit lentement et dévisagea Mack.

— Oh, mon Dieu ! murmura-t-elle.

Il hocha la tête.

— C'est plutôt une lettre de confession. Elle n'explique pas vraiment ce qu'elle vous a fait, excepté qu'elle vous a escroquée pendant votre divorce et sur les droits matrimoniaux.

— Exact, approuva Doreen en fixant le message. Rien d'étonnant à ce que Mathew veuille récupérer cette clé... Ça le désigne directement comme un tueur. (Elle cessa de parler puis branla du chef avant de reprendre :) Mais ce n'est pas ça... Ce n'était pas lui.

— Vous ne le croyez vraiment pas ?

Elle secoua encore la tête.

— Non, je ne le crois vraiment pas. Je veux dire, il est déconcerté et en colère, et il veut découvrir qui l'a tuée afin de pouvoir se charger du gars lui-même. Plus ou moins pour savoir s'il détient la moindre info de la part de Robin avant de l'éliminer.

— Intéressant… Alors, quelqu'un est arrivé auprès d'elle en premier.

— Et je me demande si ce n'était pas la personne à qui elle transmettait les éléments du chantage.

Mack regarda Doreen avec étonnement.

— Et pourquoi cette personne aurait-elle commis ce meurtre ? Ce serait comme tuer la poule aux œufs d'or.

Elle se pencha en avant et tapota les dernières lignes de la lettre sur l'écran.

— Mais ici, elle écrit qu'elle essaiera de se racheter une conduite. Et si elle avait refusé plus d'infos ? Et si soudain, elle avait gagné une conscience ?

— Est-ce qu'elle avait l'air d'avoir gagné une conscience quand elle vous menaçait du poing sur votre porche ?

— Elle paraissait terrifiée. Elle était en colère, frustrée et vraiment apeurée.

— Eh bien, elle avait une bonne raison de l'être. Car huit heures après vous avoir vue, elle était morte.

— Et nous ne savons toujours pas qui l'a assassinée.

— Non…

— Hé, il y a quoi dans le testament ?

Mack fit défiler rapidement le document, sans lui donner la chance de pouvoir lire quoi que ce soit. Quand il arriva aux dernières pages, il déclara :

— C'est très simple en réalité.

Mais le ton de sa voix était étrange…

— Alors, qu'est-ce ça raconte ? Allez ! Voici une théorie

différente pour vous : celui qui est désigné pour hériter est probablement celui qui l'a tuée !

Mack la considéra, et ses lèvres se tordirent.

— Vous devriez sans doute faire attention à ce que vous affirmez…

— Pourquoi ça ?

— Car elle vous lègue tout, répondit-il avec calme.

Doreen éclata de rire à cette blague, mais l'expression sur le visage de Mack ne changea pas. Elle l'observa puis tira l'ordinateur vers elle afin de pouvoir vérifier les pages elle-même, et voilà ce qu'elle lut :

« Je laisse tous les contenus de mes comptes bancaires, ma propriété et l'intégralité de ma fortune à la femme qui était mon amie et que j'ai entubée à la toute fin. Je suis pleinement responsable du fait qu'elle n'ait reçu aucun des biens matrimoniaux. Aucune pension alimentaire ni rien d'autre sur le montant de plus de cent millions de dollars qu'a engendré son mari pendant leur mariage. Cela me paraissait juste à l'époque de l'inciter à renoncer à ses droits, mais ensuite j'ai compris quel fou était Mathew et ce que j'avais fait, et pour cela, je suis vraiment navrée. La seule chose que je puisse entreprendre est de réparer tout ce mal de cette manière. »

Doreen arrêta la lecture et regarda Mack.

— Vous savez que le tribunal pensera que je suis coupable, souffla-t-elle, impuissante.

Mack confirma d'un signe de tête.

— Mais j'ai trouvé la clé. Ce n'est pas comme si vous l'aviez mise là-bas, précisa-t-il en la fixant, un sourcil levé.

Elle branla immédiatement du chef.

— Non, en effet. Et si mon ex l'avait trouvée ? C'est insupportable rien que d'y penser !

Mack montra son accord.

— Ce que j'ignore, c'est si cette version de son testament a été déposée.

— Vous voulez dire qu'il ne serait pas légal ?

— C'est ce qu'on devra déterminer. Mais il a été attesté par des témoins, même si j'ignore qui ils sont… (Il s'esclaffa et poursuivit :) En réalité, il a été signé numériquement en ligne, ici à Kelowna. C'est une copie de l'original, alors nous découvrirons qui sont ces témoins.

— Et à Kelowna ?

— Vous voulez parier sur la personne qu'elle devait rencontrer ?

Doreen secoua la tête.

— Mais c'est simplement trop incroyable…

— Étant donné que je suis en train de chercher ses propriétés en ligne, ce que vous n'allez pas croire, c'est la somme qu'elle vous lègue…

— C'est-à-dire ? (Comme il ne répondit pas, elle ajouta :) Est-ce que ça signifie que je vais devoir distribuer les milliers de CV que j'ai imprimés hier ?

Mack la considéra, puis la pile de papier qu'elle pointait sur son bureau, et il se mit à rire.

— Qu'est-ce que ça veut dire ? Pourquoi vous vous marrez ?

— Eh bien, gageons que vous n'aurez plus à vous inquiéter pour vos finances.

— Était-elle riche ?

— En aucun cas de la même façon que votre mari, mais elle avait vraiment de l'argent sur son compte, en plus des actions, des obligations et un appartement à Vancouver. Ça va vous rapporter un bon petit paquet.

Doreen continuait de le fixer des yeux.

— Sérieusement ?

Mack opina du chef d'un air solennel.

— Maintenant, je ne suis pas sûr de savoir comment ça fonctionne, mais il semblerait que vous ayez atterri sur un lit de roses.

— Non… Dans les soucis.

— Les soucis ?

Elle posa de nouveau le regard sur Mack et lui lança :

— Attendez une minute. N'a-t-elle pas été retrouvée dans un parterre de soucis également ? C'est pour ça que vous aviez surnommé l'affaire « Meurtre dans les soucis », vous vous souvenez ?

Il hocha lentement la tête.

— Mais quand même, trouver la clé dans les soucis dans le jardin devant la maison… (Elle branla du chef.) Et si elle y avait été mise délibérément ?

— Mais pourquoi quelqu'un s'amuserait-il à ça ?

— Et si ce quelqu'un était Robin ? Et si elle l'avait jetée avant sa petite crise ? Et si elle l'avait fait exprès ?

— Si c'est le cas, elle voulait être retrouvée et pardonnée. Elle ignorait simplement comment.

— Ou alors, elle voulait pointer du doigt Mathew et moi, nous faire accuser tous les deux de son meurtre.

Chapitre 20

DANS UN MOUVEMENT soudain, Mack se leva, retira la clé USB et annonça en la glissant dans sa poche :

— Je pars.

Doreen le regarda, étonnée.

— Où allez-vous ?

— J'emmène ça au poste avant que quoi que ce soit lui arrive. Je le mettrai avec les preuves. Vous n'avez pas oublié ? Elle est sur une table d'autopsie de la morgue.

Doreen grimaça.

— Chouette façon de me le rappeler. (Elle observa la clé.) Une chance que je puisse obtenir une copie de ce qui se trouve là-dessus ?

— Je verrai.

— Hé ! protesta-t-elle. Si je l'avais trouvée sans vous montrer ce qu'elle contenait, j'en aurais forcément gardé une copie !

— Je sais, et j'en ai pris une photo.

— Évidemment, mais vous n'avez pas pris en photo ce qu'elle contenait, si ? Et c'est important, ça aussi.

Il fronça les sourcils, y réfléchit et s'exclama :

— D'accord !

Il retourna à sa place, inséra la clé dans l'ordinateur et créa rapidement une copie pour Doreen. Puis il dit :

— Bon, maintenant, souvenez-vous ! Ceci est une preuve. La seule raison pour laquelle je viens de faire ça, c'est parce que c'est un testament et que vous en êtes l'héritière. Mais nous ne sommes pas sûrs que ce soient ses *dernières* volontés et que le testament soit parfaitement légal.

— Mais si ce sont ses *dernières* volontés, réagit-elle avec un large sourire, peut-être qu'elle s'est bel et bien racheté une conduite. Même si j'ignore ce qui aurait pu en être la cause…

— Selon la lettre, elle avait un sacré paquet de raisons. Vous pouvez la relire de votre côté, mais je veux apporter la clé au poste.

Il se leva et hésita. Alors, elle s'enquit :

— Quel est le problème ?

Il haussa les épaules.

— Je n'aurais pas dû vous en laisser une copie.

— Je promets, déclara-t-elle avec calme, que je n'en ferai rien jusqu'à ce que vous m'en donniez l'autorisation.

Il la fixa bien dans les yeux.

— Ça pourrait me coûter ma place, vous en êtes consciente ?

— Je ne risquerai jamais ça, le rassura-t-elle gentiment. Je suis parfaitement heureuse ici, dans la maison de Nan. Ce n'est pas comme si un potentiel héritage allait me changer.

Le regard de Mack chercha le sien, puis il hocha lentement la tête.

— J'irai le faire authentifier, et vous ne l'aurez pas avant un long moment de toute façon.

— Un long moment, c'est-à-dire ?

— Neuf mois pour l'authentification, une fois que c'est

lancé, puis l'exécuteur testamentaire s'en chargera. Alors, potentiellement… attendez-vous à une année.

Elle s'adossa contre sa chaise de cuisine et leva les deux mains.

— Vous voyez ? Ce n'est pas comme si j'allais pouvoir me payer des courses avec ça cette semaine de toute manière !

Il éclata de rire.

— Un pas à la fois ! (Il marcha rapidement jusqu'à la porte d'entrée, se retourna pour considérer Doreen et lui lança :) Bon, maintenant, rappelez-vous : ne dites rien à personne.

— Je saurai me taire.

— Et assurez-vous de ne pas passer le mot…

Elle le dévisagea avec étonnement et haussa les épaules.

— Cela ne me paraît pas suffisant pour expliquer pourquoi Mathew la voulait. Des accusations, mais pas des faits. Je n'ai simplement pas l'impression que ce soit ce après quoi il en avait.

Mack regarda la clé dans sa main et hocha la tête.

— J'ai quelques idées qui me viennent à l'esprit, et aucune n'est bonne.

— Comme quoi ?

— Il pourrait avoir été au courant au sujet du testament. Et de sa lettre de confession. Il pourrait penser qu'il y a d'autres secrets qui ne sont pas ici. Ce n'est peut-être pas ce qu'il cherche, mais ce pourrait toujours être quelque chose dont il pourrait se servir.

— Peut-être, souffla-t-elle, dubitative, en suivant Mack jusqu'à la porte. Mais je ne vois pas pourquoi ça l'intéresse.

À cela, Mack s'arrêta et la fixa.

— Vous êtes encore tellement innocente…

Elle se raidit et le considéra d'un air furieux. Il sourit.

— C'est vraiment mignon.

— Oh, je vous en prie ! gronda-t-elle en levant les yeux au ciel. Pourquoi vous imaginez-vous que je suis à côté de la plaque ?

— Parce que c'est un truc vraiment énorme et que je refuse d'y songer.

— Et maintenant, quoi ?

— Et si vous n'étiez pas là ? Si vous n'étiez pas là pour hériter ?

Elle haussa les épaules.

— Alors, je suis certaine que ça reviendrait à un membre de sa famille.

Il acquiesça.

— OK, d'accord, et si vous êtes là alors ? Et si vous héritez et qu'ensuite vous mourez ?

Pendant un instant, il n'y eut que le silence, pendant lequel Doreen observait Mack.

— Vous croyez que Mathew serait capable de me tuer afin de mettre la main sur… quoi donc ? Cet argent, ce sont des miettes pour lui.

— Je ne crois pas que ce soient tant les miettes, contredit lentement Mack, mais peut-être n'importe quoi en possession de Robin, comme son coffre-fort, quelque chose caché chez elle ou dans lequel elle aurait pu planquer les affaires, qu'il convoite. Il a été bien patient. Regardez donc le jeu auquel il joue actuellement.

Doreen grimaça.

— OK, je peux comprendre ça. Y a-t-il un moyen pour lui d'obtenir rapidement une authentification afin de pouvoir hériter plus tôt ?

— Non, pas nécessairement. Mais je ne connais rien en droit des successions, et il a certainement avec lui une équipe d'avocats, donc je suppose que la réponse à cette question est : peut-être. Mais s'il se montrait amical, revenait dans votre vie à un certain degré et souhaitait vous aider à organiser tout ce bazar. Et là, il découvre où se trouve la cachette de Robin, puis il s'y rend lui-même, car c'est la véritable raison de sa présence ici.

— Alors, nous revoilà à penser qu'il est là à cause d'elle et qu'il ne traîne autour de moi que parce qu'il imagine qu'elle m'a donné quelque chose.

Mack agita la clé USB.

— C'est ce qu'elle a fait.

Elle croisa les bras sur sa poitrine tout en la contemplant.

— Je suppose… concéda-t-elle calmement. Il y a une autre réponse facile également : et s'il pouvait rédiger un autre testament, daté après celui-ci, avec son nom dessus ? En utilisant le même document et en changeant uniquement les détails ?

Il sourit, avec bonté.

— Et je peux affirmer qu'il serait en mesure de vouloir, a minima, essayer de modifier cette lettre afin que votre nom n'apparaisse pas dessus. Ce serait certainement assez simple à réaliser. Ça dépend si elle a eu l'occasion de le déposer ou pas.

— Et pourrait-il trafiquer celui-ci ?

— Il en créerait seulement un entre le moment où elle a déposé celui-ci et sa mort.

— Comme si elle avait rapidement changé d'avis et en avait enregistré un autre ?

— Ça arrive, acquiesça Mack, debout sur les marches du devant de la maison, regardant le voisinage. Les familles peuvent être bizarres, et, quand elles découvrent qu'elles figurent ou pas sur un testament, elles peuvent se transformer. Des gens ont corrigé leur testament en un clin d'œil, simplement après avoir découvert un truc sur un bénéficiaire ou ce que quelqu'un avait pu infliger à un autre. Alors, je ne serais pas surpris qu'il fasse de même.

— En d'autres termes, on a encore beaucoup à creuser. Et maintenant, je suis encore plus apeurée par mon ex par votre faute.

— Vous devriez, confirma sérieusement Mack. Je n'ai pas aimé que vous sortiez avec lui la nuit dernière. Et je n'apprécie vraiment pas de savoir qu'il est venu ce matin, alors désormais, après avoir découvert ça ? Je pense que vous courez encore plus de danger.

— Et qu'en est-il de l'ex-mari de Robin ?

— C'est une autre raison pour laquelle je me rends au poste, dit-il en mettant dans sa poche la dernière clé USB. Je prendrai contact avec Vancouver et je verrai si je peux obtenir ce dossier ainsi qu'un suivi pour chercher toute information récente le concernant.

— Bonne idée, marmonna-t-elle avant d'arborer un grand sourire puis de reprendre : Et bien évidemment, vous me raconterez tout ce que vous découvrirez, n'est-ce pas ?

— Dans vos rêves, rétorqua-t-il chaleureusement en descendant rapidement les marches en trottinant pour rejoindre son pick-up.

— Je vous ai aidé ! s'écria-t-elle.

— Et je suis en train de vous rendre la pareille. (Il avança jusqu'au siège conducteur, grimpa dans son véhicule puis, se penchant par sa vitre ouverte, il lança :) N'oubliez pas de rester prudente.

Il démarra ensuite le moteur et fit marche arrière dans l'allée, sous le regard de Doreen. Dès qu'il fut hors de vue, elle descendit immédiatement l'escalier et, avec les animaux à ses côtés qui reniflaient parmi les hautes herbes, elle chercha au milieu des plantes.

Presque immédiatement, Richard sortit et l'interpella :

— Qu'est-ce que vous faites ?

Elle s'assit sur ses talons, leva les yeux vers lui et répondit :

— Je vérifie les soucis… Pourquoi ?

Il croisa les bras et fronça les sourcils.

— Je l'ai entendu… Il a bien dit de rester en dehors des ennuis.

— Éliminer les mauvaises herbes de mes soucis n'est pas vraiment une source d'ennuis…

Il la dévisagea avec suspicion.

— Tout ce qui est de la famille des plantes semble vous causer des problèmes…

Elle éclata de rire.

— Hé ! J'ai beaucoup œuvré pour les fleurs par ici !

— Oui, c'est vrai, ronchonna-t-il. N'oubliez pas : restez prudente.

Puis il recula à l'intérieur de sa maison et claqua la porte. Assise sur ses talons, à s'interroger sur la folie de son voisinage, elle dut se demander s'il souhaitait qu'elle reste éloignée des ennuis pour son bien à elle ou pour le sien.

— Je parie que c'est seulement parce qu'il n'a pas envie que les touristes japonais reviennent, murmura-t-elle à Mugs.

Mugs aboya et aboya encore, se roulant dans les hautes herbes juste à côté d'elle. Elle tendit le bras, gratouilla son ventre et ensuite, submergée par l'émotion et appréciant qu'il soit si proche d'elle, elle lui fit un gros câlin. Il gémit et s'agaça, finissant par se libérer de son emprise, et il commença à bondir et à courir dans le jardin de devant. Elle restait assise et elle riait, jusqu'à ce qu'il finisse par se laisser tomber à côté d'elle, haletant. Goliath, bien trop supérieur pour de tels étalages, était simplement affalé sur la pelouse à côté d'elle. Quand Mugs s'effondra tout près, le gros chat tendit la patte avec ses longues griffes et donna un grand coup sur le front de Mugs. Ce dernier jappa et recula immédiatement, hors de portée. Et Goliath s'étira encore plus de toute sa longueur, comme s'il revendiquait la place.

Doreen souriait, les yeux posés sur ces deux-là ; Thaddeus ne se trouvait pas ici. Elle se mit sur pied et héla :

— Thaddeus ? Thaddeus !

Son cri lui parvint de l'autre bout du jardin : « Thaddeus est ici ! Thaddeus est ici ! »

Elle s'approcha de lui pour voir ce qu'il fabriquait.

— Est-ce que tu te plonges dans les ennuis ? le gronda-t-elle.

« Est-ce que tu te plonges dans les ennuis ? » répéta-t-il en retour.

Elle grommela, se laissa tomber sur les genoux et dit :

— Non, je n'ai pas d'ennuis. C'est toi qui as eu des ennuis récemment.

« Tu as des ennuis ? Tu as des ennuis ? Tu as des ennuis ? »

— Non, lui répondit-elle.

Elle tendit le bras, et il bondit immédiatement sur le dos de sa main avant de grimper le long de son bras. Quand il s'installa sur son épaule, il chantonna contre sa joue : « Thaddeus aime beaucoup Doreen. »

Elle sourit et se blottit davantage contre lui.

— Je suis contente d'entendre ça. Car Doreen aime beaucoup Thaddeus.

Ils étaient assis sur l'herbe, comme une famille, et elle profita pleinement de ce moment. Pile à cet instant, son téléphone sonna. Elle le sortit de sa poche et afficha un rictus.

— Bonjour, Nan !

— Bonjour, ma chérie. J'ai des croissants chauds et de la crème caillée !

— Oh, de la crème caillée ! Je n'en ai pas mangé depuis… (Elle marqua une pause.) Eh bien, disons, depuis une éternité !

— Si tu descends ici avec les animaux, je suis sûre qu'il y en aura pour toi…

— Une autre raison pour te rendre visite ?

— Eh bien, j'ai enquêté un peu dans les alentours, et il y a assurément du commérage intéressant.

— Je serai là dans une minute, annonça Doreen en riant.

Elle se leva, traversa la maison, verrouilla et choisit cette fois de passer par l'impasse. Peut-être était-ce à cause de la visite de Mathew ou parce qu'elle avait trouvé la clé USB devant sa maison. Elle ne pouvait pas passer par le jardin sans vérifier s'il n'y avait pas autre chose. Cela la stupéfiait de penser que Robin aurait pu la jeter dans son jardin.

Est-ce que Mack avait raison ? Est-ce que ça avait été plus que des excuses de la part de Robin, car elle ignorait comment réparer ce qu'elle avait fait ? Cela paraissait étrange, étant donné la personnalité de cette femme, en tout cas le côté qu'elle avait montré à Doreen quand elle s'était pointée ici. Mais avant cela, elles avaient été amies, et cela la faisait halluciner. Cette visite brutale n'avait pas évoqué le comportement d'une amie non plus. Cependant, Doreen pourrait difficilement blâmer une femme décédée, et de toute évidence, Robin avait changé d'avis quelque part en chemin.

— Merci, Robin, prononça à voix haute Doreen. Je ne sais pas encore comment tout cela va finir, mais si ce testament est bien le tien et qu'il est légal, merci d'avoir pensé à moi et d'essayer de faire amende honorable.

Un souffle d'air chaud dériva vers elle juste à ce moment-là. Elle sourit, et des mèches de ses cheveux se soulevèrent sur ses épaules.

— Peut-être que c'est un message de toi, Robin ? Non ?

Au loin, un klaxon retentit, puis un autre, et des sirènes rugirent. Alors, Doreen se mit à sourire.

— Non, seulement un autre jour de travail, comme d'habitude. J'espère que tu vas bien où que tu sois. Désolée que tout cela soit arrivé si tôt.

Chapitre 21

Mardi, fin de matinée…

DOREEN TRAVERSA LA pelouse, regardant Mugs l'imiter en courant pour se diriger droit vers Nan, les oreilles claquant dans le vent, avant de la saluer d'un sauvage enthousiasme. Nan se pencha et câlina le chien, et Goliath, pour ne pas être en reste, flânait comme s'il était une star de cinéma. Cela incita Nan à rigoler puis à dire :

— N'est-il pas magnifique ?

— Il l'est assurément ! confirma Doreen. Il fait passer Mugs pour un chiot impatient.

— Il y a un truc dans la façon dont les deux interagissent, ajouta sa grand-mère, souriant de toutes ses dents, avant de tendre les bras pour embrasser Doreen. Comme tu es jolie ce matin !

Doreen la regarda avec surprise.

— Merci ! La matinée a été vraiment étrange !

— Dans ce cas, tu peux t'asseoir et me raconter tout ça.

À ce moment, Thaddeus sortit la tête de sous les cheveux de Doreen, où il était assis dans le creux de son cou.

« Thaddeus est ici ! Thaddeus est ici ! »

— Et bonjour à toi aussi, monsieur Thaddeus.

Nan tendit le bras, et le perroquet changea immédiatement de perchoir pour grimper jusqu'à son épaule afin de s'y blottir. Doreen s'apprêtait à commenter quand Thaddeus la devança : « Thaddeus aime Nan. »

Nan posa une main sur son cœur et se blottit davantage contre lui.

— N'est-ce pas incroyablement adorable d'entendre ça ?

— Ça l'est en effet, acquiesça Doreen. Le truc, c'est que je suis quasi sûre qu'il a les yeux rivés sur les croissants sur la table, et ça pourrait en expliquer la raison…

Sa grand-mère éclata de rire.

— Tu sais quoi ? Je ne serais pas tellement surprise ! Mais peut-on l'en blâmer ? Ils sont divins.

— Si tu le dis… Je me demande alors : combien en as-tu déjà mangé ?

— Un seul. Un seul, répéta-t-elle en désignant la chaise à côté de sa petite-fille. Assieds-toi donc ! C'est tellement bon de te voir !

— C'est bon de te voir aussi. Avoir Mathew en ville m'a simplement rappelé tout ce que j'ai pu manquer toutes ces années où j'étais mariée avec lui.

— Tu as raté un tas de choses, lança Nan en hochant lentement la tête. Mais tu as aussi fait l'expérience d'un tas de choses que d'autres n'ont jamais connues.

— Je suppose… Mais elles étaient fondées sur une richesse qui existait à un tel niveau de superficialité… Je n'ai peut-être pas autant d'argent ni ne me rends dans des endroits et des fêtes luxueux, mais je suis tellement plus vivante. Je veux dire par là que je rayonne à l'intérieur, et que ça se voit à l'extérieur.

— C'est une jolie façon de l'exprimer, reconnut Nan en considérant Doreen avec étonnement.

— Eh bien, dernièrement, j'ai vécu des événements qui m'ont ouvert les yeux. Quand on repense à ma plongée dans la rivière et que j'ai reçu une balle dans l'épaule… J'y ai vraiment beaucoup réfléchi.

— Oh, ma chérie, pitié, ne me dis pas que tu vas t'en aller…

Doreen regarda Nan avec horreur.

— Bien sûr que non ! Pourquoi je ferais ça ? Ce serait horrible ! C'est en partie pour toi que je suis ici, et je viens de te retrouver. Je ne veux pas te perdre maintenant.

— Oh, bien, alors, souffla Nan, s'installant plus confortablement dans sa chaise. Comme je l'ai précisé, c'est tellement merveilleux de t'avoir ici. Je n'aimerais vraiment pas que tu partes. Une autre raison pour laquelle toi et Mack devriez vous fréquenter ; au moins, je sais qu'il n'ira nulle part.

— Ce n'est pas vraiment une bonne excuse pour que moi et Mack nous… fréquentions, Nan. Franchement, qu'est-ce que je vais faire de toi ?

— Oh, ne sois pas si prude ! lâcha sa grand-mère, effrontée, avant de désigner l'assiette de croissants. Les deux plus gros sont pour toi.

Doreen ne pouvait pas la contredire. Elle tendit la main pour en attraper un premier, et il était encore chaud.

— Oh la la ! s'exclama-t-elle en séparant le croissant doucement en deux, avant de s'approcher du petit pot de ce qui ressemblait à de la crème fouettée. C'est du beurre ou de la crème ?

— Tu sais, à ce stade, il y a vraiment très peu de différence entre la crème caillée et le beurre. Ce n'est qu'une question de consistance.

Doreen afficha un large rictus.

— Je n'y avais jamais pensé de cette façon.

Elle plongea le couteau dans le pot de délice crémeux et l'étala doucement sur le croissant. La crème fondait sur-le-champ. Elle beurra lentement l'autre moitié puis l'attira à sa bouche pour en prendre une bouchée. Elle s'adossa, ferma les yeux et savoura tout simplement l'expérience, son palais se réveillant pour s'écrier :

— Bonté divine ! C'est absolument délicieux, Nan ! Où les as-tu eus ?

— L'un des résidents est allé en ville, dans la boulangerie qui fait tout le coin. Et ils sont divins. Ils ont les plus gros beignets à la pomme du monde, et ces croissants absolument merveilleux sont frais, façonnés chaque matin.

— Alors, c'est une boulangerie dans laquelle ils confectionnent leurs propres pâtisseries ?

Nan acquiesça.

— Mon ami en a acheté plusieurs douzaines, suffisamment pour tout le monde. J'en ai donc récupéré quelques-uns et je t'ai appelée.

— Et la crème ?

— Il l'a eue là-bas également. Un grand pot pour tout le monde. J'en ai pris seulement un peu. Il faut vraiment en manger avec ces croissants. Ils ont aussi un tas de croissants recouverts de chocolat, si tu arrives à imaginer ça, déplora-t-elle en reniflant. Qui oserait une chose pareille ? Croissant ou pain au chocolat, il faut choisir.

Doreen trouvait que c'était une idée merveilleuse d'avoir du chocolat partout sur son croissant, mais elle comprenait la réticence de Nan.

— Je crois que ça le fait plutôt ressembler à un donut ou à un dessert, marmonna-t-elle avant de croquer une autre bouchée.

Nan opina.

— Et personne ne devrait commencer sa journée par un dessert.

— Eh bien, j'ai commencé la mienne par un restant de pizza, et ces derniers temps, plutôt par de drôles de trucs, raconta-t-elle en souriant. Des choses que je n'aurais jamais cru manger au petit-déjeuner.

— Ça, c'est parce que tu avais pour habitude de toujours avoir des œufs à la coque parfaits et une tranche de toast ou du yaourt avec des fruits rouges. Un œuf et une moitié de toast ne sont pas suffisants pour garder un oiseau en vie. Tu as l'air en meilleure forme aujourd'hui.

— Eh bien, je mangeais juste assez pour conserver ma ligne. Après le divorce, j'ai perdu un peu de poids et maintenant je crois que je commence à en récupérer. (Elle baissa les yeux sur son ventre plat et haussa les épaules.) Le truc bien, c'est que je n'y songe même pas désormais, marmonna-t-elle. Et je ne veux pas y penser.

— Comment s'est passé ton dîner d'hier soir ?

Doreen fixa sa grand-mère, surprise, puis sourit.

— Qui t'en a parlé ?

Nan haussa simplement les épaules de façon évasive, mais ses yeux scintillaient.

— Tu sais qu'il n'y a pas de secrets dans une ville de cette taille.

— Non, il semblerait que non, grommela-t-elle.

Il y eut un long moment de silence, pendant lequel Doreen savourait son croissant. Revenant d'elle-même à la conversation, elle afficha un rictus.

— C'était bien. Je veux dire, le dîner en lui-même était absolument chouette. La compagnie, quant à elle, pas trop. J'ai trouvé que c'était une expérience vraiment étrange, presque surréaliste, d'être assise là, à partager de nouveau un repas avec lui.

— Mais j'espère que tu n'as pas tant apprécié que ça ? s'enquit Nan, regardant Doreen attentivement.

Elle secoua la tête.

— Nope ! Une fois que je lui ai révélé que j'avais une clé USB lui appartenant, il est devenu très prompt à quitter le restaurant pour me ramener à la maison, afin de la récupérer.

La mâchoire de Nan en tomba.

— Tu as une de ses clés USB ?

— Je l'ai trouvée dans mon vieux sac, expliqua Doreen, refusant de mentionner les autres clés que Mack avait prises avec lui. Il s'est cependant avéré qu'il n'y avait que des documents à moi dessus. Mais il ne m'a pas crue… Alors, j'imagine qu'il avait peur et, honnêtement, après un bon temps de réflexion et de conversation avec Mack, je pense que Mathew est ici parce qu'il craint que Robin m'ait transmis quelque chose avant d'être assassinée.

Nan se pencha davantage.

— Vraiment ? Dis-m'en plus.

— Et quand j'ai donné la clé USB à Mathew, il s'en est allé vraiment vite, poursuivit Doreen avec un mouvement nonchalant, et il m'a laissée bêtement là, sur le seuil de la porte.

— A-t-il essayé de t'embrasser ? demanda brusquement Nan.

— Bien sûr que non ! répliqua Doreen, ébahie. Nous n'entretenons plus ce type de relation.

— Je n'ai jamais compris ce que tu avais pu trouver à ce crapaud en tout cas. Clairement pas le genre à embrasser, si tu veux mon avis. Il ne se transformera jamais en prince.

Doreen esquissa un sourire, mais cette image l'amusa, et

elle commença à glousser. Rapidement, elle fut intensément en train de rire au commentaire de Nan. Quand elle parvint enfin à se calmer suffisamment et qu'elle eut essuyé les larmes de ses yeux, elle se sentait plutôt bien.

— Tu as vraiment une chouette façon de décrire les choses, dit-elle à sa grand-mère.

— Parfois, répondit comiquement Nan, parfois…

— Bon, revenons-en à toi, lança Doreen dès qu'elle le put, lorgnant le dernier bout de croissant dans son assiette… qu'elle prit rapidement pour le mettre dans sa bouche. C'est quoi les rumeurs du moment, ici ?

— Alors, tout le monde sait que ton ex se trouve en ville. (À cela, Doreen s'immobilisa et regarda sa grand-mère avec horreur, et cette dernière confirma d'un signe de tête.) Il a été vu partout, et les gens ont parlé. Ils sont également au courant que Mack l'a embarqué au poste de police pour l'interroger, ricana-t-elle. Ils étaient tous en effervescence, à essayer de deviner quelles charges Mack pourrait avoir contre lui pour le mettre en prison.

— Je ne pense pas que Mack essayait de concocter la moindre charge, s'insurgea Doreen, étonnée.

— Alors, c'est que tu ne comprends vraiment pas Mack…

— Eh bien, évidemment, il se montrerait juste et ne persécuterait personne abusivement.

— Tu plaisantes ? Mack s'acharnerait sur ce bon à rien en un clin d'œil ! corrigea Nan. Et moi aussi ! C'est pour ça qu'il n'ose pas se montrer par ici.

— Eh bien, il l'a déjà fait une fois, déclara Doreen en levant les yeux au ciel.

— Ça ne compte pas. Mais puisque Mack l'a laissé partir, tout le monde essaie de prédire combien de temps ça prendra avant qu'il ne quitte la ville. En réalité, ils essaient tous de devi...

— Oh, Nan ! s'exclama Doreen en se penchant en avant et en fixant sa grand-mère. S'il te plaît, dis-moi que tu n'as pas parié là-dessus...

— Pourquoi est-ce que je ne parierais pas sur un truc qui, j'en suis certaine, arrivera ? C'est exactement comme... tu sais, avoir de l'argent à la banque.

Elle fixait sa grand-mère, tentant de comprendre.

— Oh, bon Dieu, c'est toi qui as initié ce pari, c'est ça ?

Le rire de Nan ressemblait à un gazouillis.

— Évidemment que c'est moi. Cet homme est une menace. Plus tôt il partira, mieux ce sera. D'ailleurs, la meilleure solution serait son inculpation pour le meurtre de Robin. Ça leur irait bien à ces deux-là, et ils ne l'auraient pas volé.

— Eh bien, Robin est morte, dit Doreen, ressentant un peu plus de gratitude envers cette femme après avoir vu ce que contenait la dernière clé USB.

— Mais toujours est-il qu'ils t'ont fait du mal tous les deux.

— Oh, il ne m'a pas demandé pardon ! Ne t'inquiète pas. Il continue de parler de me ramener auprès de lui, même si on se demande bien pourquoi il imagine que j'accepterais une chose pareille. Et il ne propose certainement pas d'argent.

— Bien sûr que non. L'argent, c'est le pouvoir à ses yeux. Et tu ne veux être exposée à aucun des deux.

Doreen remua la tête.

— Non, c'est évident. Mais revenons-en à toi et à ce petit pari que tu as mis en place... Si Mack découvre que tu joues de nouveau, il n'en sera pas content.

— Mack le sait, éluda Nan en balayant les propos de

Doreen d'un geste de la main. En plus, Ritchie a parlé à son petit-fils tout ce temps. Je suis sûre que quelqu'un au poste est au courant.

— Tu ne pourras pas t'en sortir comme ça à chaque fois, Nan. Tu dois arrêter ça. Tu dois songer au fait que ça met leurs places en danger aussi.

— Balivernes ! contesta sa grand-mère avec un autre signe de la main. Ces gars sont au parfum depuis des années.

— Tu veux dire que tu n'as pas commencé en arrivant ici ?

— Quand j'ai emménagé à Rosemoor ? Non, bien sûr que non ! s'exclama-t-elle, les yeux grands ouverts. On parie sur tout et n'importe quoi ici depuis des années. J'ai toujours eu des amis en ces lieux. J'en ai simplement plus maintenant.

— Je suis surprise qu'ils t'aient laissée entrer, si tu es l'instigatrice de tous ces paris, marmonna Doreen en attrapant le second croissant.

Nan se rassit avec un air satisfait sur le visage alors qu'elle regardait Doreen ouvrir le croissant et badigeonner cette divinité crémeuse dessus. Elle gronda :

— Il faut que tu manges plus. Tu n'es pas si ronde que ça.

— Je n'essaie pas d'être ronde, merci, protesta Doreen en observant sa grand-mère avec horreur. Je pense que maintenir simplement mon poids actuel serait bien.

— Oui, enfin, tu ne peux pas y parvenir si tu ne te nourris pas.

— J'ai dîné hier soir, et c'était plutôt bon, rétorqua Doreen.

Elle hocha la tête.

— Encore heureux que tu n'aies pas fini avec une indigestion, vu la compagnie…

— En tout cas, ça m'a donné beaucoup à réfléchir par la suite.

— Tu as dormi ?

— Comme un bébé ! répondit joyeusement Doreen. Seulement, il m'a réveillée ce matin.

— Je t'en prie, ne me dis pas que Mathew a passé la nuit chez toi ? s'insurgea Nan, l'air irrité.

Doreen la fixa, horrifiée.

— Non, bien sûr que non ! Je t'ai expliqué que ce n'était pas ce genre de relation.

— Peut-être pas, mais je ne laisserais pas passer le fait que ce gars essaie de se frayer un chemin jusqu'à ton lit.

— Eh bien, ça n'a pas été le cas, lâcha fermement Doreen, en mordant le croissant avant de le mâcher.

Nan opina sagement du chef.

— Bien. Parce que c'est le lit de Mack.

Doreen manqua de respirer et de s'étrangler en même temps.

— Ce n'est pas le lit de Mack, répliqua-t-elle en se penchant en avant, pestant dans sa barbe à l'intention de sa grand-mère.

— Bien sûr que si. Tu n'y es simplement pas encore préparée.

En grommelant, Doreen se rassit dans son siège.

— Je ne suis pas prête.

— Bien, contente de l'entendre. Ça signifie que tu sais ce que tu veux.

— Évidemment que je le sais, je ne suis pas stupide, mais j'ai l'impression de ne pas encore pouvoir me fier à mon propre jugement. Repense à celui que j'avais choisi…

— Ma puce, tu n'es pas la même personne qu'autrefois. Tu n'es plus cette jeune fille naïve. Et Mack est un homme bon.

— Il l'est. Oui, je suis au courant…

— Ne me dis pas *mais*, la coupa Nan.

— Je n'ai pas dit *mais*, protesta Doreen.

— Bien. Parfait.

Nan prit son thé avec un air satisfait et le but à petites gorgées.

Peu certaine de ce qu'exprimaient ses traits, Doreen s'empressa de finir son croissant et déclara :

— Sinon, je crois que Mathew quitte la ville ce matin.

Nan s'inclina immédiatement vers l'avant.

— Quel vol ?

— Je l'ignore. Il a simplement annoncé qu'il devait partir ce matin.

— Il désirait savoir s'il y avait autre chose, je suppose ?

— Bien sûr. Il semblait encore penser que Robin m'avait laissé je ne sais quoi. Il n'a pas compris qu'elle a piqué une crise quand elle était chez moi, et que, pour cette raison, elle ne m'a absolument rien donné.

— Non, je peux imaginer, dit Nan calmement. Eh bien, plus tôt il sera parti, mieux ce sera.

— Je ne te contredirai pas sur ce point. (Puis Doreen remarqua que sa grand-mère prenait quelques notes.) Tu te sers de nos conversations pour tes paris ?

— Évidemment ! Tous les coups sont permis en amour comme à la guerre, mais dès qu'il s'agit de paris, c'est la guerre ! s'écria-t-elle avec un sourire effronté.

— C'est aussi illégal, Nan.

— Ne sois pas rabat-joie. Tu continues de mettre ton nez dans les affaires de Mack, et je suis quasi sûre qu'il estime que ça, c'est illégal.

— Pas autant que ce que tu fais.

Sur ce, sa grand-mère leva les yeux grands ouverts et la railla :

— Tu veux dire qu'il y a des degrés d'illégalité ?

— Tu sais ce que j'entends par là ! protesta Doreen.

— Non… pas sûre du tout. Et je doute que tu puisses l'expliquer.

Sidérée, Doreen se pencha avec le dernier bout de croissant dans la main. Elle le posa sur ses genoux en soupirant, et Mugs le lui prit directement des doigts.

— Mugs ! Que fais-tu ? cria-t-elle. Ce dernier morceau était pour moi !

Sa queue se balançait comme une folle alors qu'il était campé là, à la regarder, espérant en avoir plus. Thaddeus sautilla de l'épaule de Nan, puis traversa la table jusqu'aux deux derniers croissants et commença sans hésiter à donner des coups de bec dans l'un d'eux.

Doreen tendit le bras, récupéra les croissants et prévint :

— Oh non ! Tu ne feras pas ça !

Mais l'un des croissants tomba de l'assiette et atterrit sur le sol. Immédiatement, Thaddeus vola jusqu'à lui, mais Mugs arriva en premier, et, tandis qu'ils luttaient pour le manger, Doreen regardait le chaos avec consternation.

Nan était trop occupée à rire pour se mettre en colère. Elle dit :

— Vas-y, ramène le dernier chez toi. Mais cette fois, assure-toi de ne pas le partager avec les autres.

— Je n'avais pas l'intention de leur en donner, lâcha-t-elle avec véhémence. Et cela signifie simplement qu'ils n'auront pas de friandises en rentrant à la maison vu qu'ils ont volé la mienne. (Puis elle se mit debout et appela les animaux.) Bon, il est temps de rentrer, vous deux.

Le croissant désormais terminé, ils étaient cette fois-ci contents de lui obéir.

Chapitre 22

AVEC LE DERNIER croissant en main, Doreen mena à pied les bestioles à la maison, encore contrariée qu'ils lui aient volé le dernier morceau de sa viennoiserie et l'aient devancée avec celle qu'ils avaient entamée dans le patio de Nan. Doreen savait qu'elle ne pouvait pas vraiment les blâmer ; tout comme elle avait adoré les croissants, ils avaient clairement apprécié également. Cependant, cela aurait été agréable de l'avoir pour elle en rentrant à la maison. Au moins, il lui en restait un. Mugs se dandinait à côté d'elle, de toute évidence d'humeur insolente et content de lui.

— Oui, tu peux, marmonna-t-elle. Tu as mangé quelque chose qui m'était destiné.

Puis elle haussa les épaules et abandonna. Après tout, c'était elle qui l'avait laissé tomber, et, bien qu'il fût pour elle, elle l'aurait partagé de toute manière.

— Et maintenant, qu'est-ce qu'on va faire ?

Elle aurait souhaité savoir où était morte Robin exactement, même si cela ne l'aurait pas beaucoup avancée… Cependant, rien que de voir la scène du crime, cela l'aiderait à la visualiser. Elle sortit son téléphone et envoya un message à Mack. Au lieu de répondre par le même procédé, il l'appela.

— Pourquoi ?

— Je sais que vous l'avez retrouvée près du panneau de bienvenue, dans les soucis, où le meurtrier avait laissé son corps, mais je viens de me demander où elle a vraiment été tuée. Je suis consciente que ça ne veut pas dire grand-chose, mais avoir accès à la scène du crime m'aiderait simplement à comprendre là où elle a rendu son dernier souffle.

Il bafouilla puis finit par répondre :

— On a retrouvé son sang à l'arrière du petit café.

Elle y réfléchit.

— Oh ! d'accord, je connais celui-là, marmonna-t-elle. Son véhicule s'y trouvait ?

— Oui, les traces de sang commençaient pile au niveau de sa voiture. Comme si elle y entrait ou en sortait, quelque chose du genre. On attend encore la scientifique.

— Est-ce que ça leur prend toujours autant de temps ? se plaignit-elle.

— Non, il leur en faut davantage en général, corrigea-t-il en riant, comme vous le savez.

— En effet… mais peu importe. Peut-être que j'irai y jeter un œil.

— Vous devriez. Si vous pensez à quoi que ce soit ou que vous voyez un truc, faites-le-moi savoir.

— Je n'y manquerai pas, grommela-t-elle avant de mettre fin à l'appel. C'est trop loin pour y aller à pied, indiqua-t-elle aux animaux.

Immédiatement, Mugs aboya, et elle se dit que cela signifiait qu'il aimerait faire un tour en voiture.

— Je vais commencer à avoir l'air d'une vieille folle si je continue d'interpréter tes façons d'aboyer. Tu veux sans doute simplement rentrer chez toi et avoir le reste de mon croissant, grommela-t-elle.

Quand ils furent à la maison, elle posa le croissant sur le comptoir et marcha jusqu'au jardin de devant, où elle monta dans son véhicule en laissant les animaux l'accompagner. Une fois tout le monde à bord et installé, elle descendit jusqu'au café où Robin avait été vue pour la dernière fois. Enfin, là ou au restaurant. Puis elle songea aux témoins du testament de Robin. Avec cette pensée en tête, elle changea rapidement de direction pour se rendre au restaurant chinois où elle avait récupéré la mallette de Robin. La même serveuse s'y trouvait, et elle reconnut Doreen.

— Oh, salut ! Est-ce que tout va bien ?

— Oui, absolument. J'ai seulement une autre question à vous poser.

La serveuse fronça immédiatement les sourcils.

— Ne vous inquiétez pas, la rassura Doreen. J'ai rendu la mallette et le reste aux policiers.

Le soulagement recouvrit le visage de la femme.

— Depuis que je vous l'ai donnée, je me sens affreusement mal, car je me rends compte que j'aurais dû me présenter au poste.

— Dans tous les cas, elle y a atterri de toute manière. Je collabore étroitement avec Mack, le détective.

La serveuse hocha la tête avec enthousiasme.

— J'ai eu affaire à vous deux, donc j'espérais que tout allait bien.

Doreen voulait lui en demander plus à ce sujet, mais demeura silencieuse un moment.

— Aviez-vous autre chose à voir avec Robin ? Est-ce que par hasard vous auriez signé un document ?

— Eh bien, oui, moi et Mendy, l'autre serveuse, nous étions les témoins de la signature de Robin.

— Vous savez pour quoi ?

— Elle a dit qu'elle venait de réécrire son testament et avait besoin de deux témoins pour signer. Elle était une femme si gentille, et il était évident qu'elle était trop jeune pour mourir… Nous n'en savions pas plus… et n'est-ce pas affreux ? expliqua-t-elle avec une soudaine perspicacité. Elle devait avoir le pressentiment qu'elle allait être tuée ! s'exclama-t-elle.

— Je pense que c'est probablement vrai. Mais elle était aussi avocate et était connue pour garder son testament à jour. Je suppose qu'elle le modifiait régulièrement. (Doreen n'en était pas certaine, mais ça avait du sens, telle qu'elle la connaissait.) J'imagine que c'était simplement une autre itération. Tellement dommage qu'on ignore qui elle est allée retrouver ensuite…

— Oui. Elle a semblé assez contrariée qu'il ne se montre pas.

— Eh bien, ça arrive souvent, ça dépend s'ils viennent de loin. Ça aurait pu représenter un sacré trajet en voiture.

— Le trafic peut vraiment être éprouvant aussi parfois, abonda la serveuse en hochant la tête. Elle avait indiqué clairement qu'elle avait conduit longtemps, alors je pense que vous avez raison.

— Oui, c'est logique. Donc elle a précisé que c'était un homme ?

— Oh, c'était bien un homme, et elle paraissait assez excitée de le voir ! J'espère vraiment qu'ils se sont retrouvés… J'aimerais croire qu'elle est morte heureuse, au moins.

La serveuse ne semblait pas se rendre compte que la personne que Robin devait rencontrer était très probablement le meurtrier, alors Doreen acquiesça simplement et répondit :

— C'est bien vrai… Aucun de nous ne veut penser à sa

propre fin, mais ce serait bien de se dire que nous pourrions être heureux juste avant que cela n'arrive.

— Exactement, approuva la serveuse avec un sourire chaleureux et lumineux.

— Comme un beau conte de fées.

— Ça aurait pu, mais je n'en suis pas certaine. Je crois qu'il faut s'accrocher suffisamment, déclara la jeune femme sérieusement. La vie est ce qu'on en fait. (Et là, elle afficha un rictus radieux comme si on lui avait attribué une graine de sagesse absolue que Doreen devait saisir et utiliser.) Bref, si vous voulez commander quelque chose, demandez-le-moi.

— Merci. J'espérais simplement que vous vous seriez souvenu de quelque chose.

— En dehors du fait que c'était un gars et... oh, elle a mentionné un truc à propos de son pick-up ! Elle ignorait pourquoi il en avait un nouveau.

— Oh, alors il conduisait un pick-up ?

— Oui, elle a évoqué un élément comme des suspensions pneumatiques, précisant que c'était un véhicule de jeune homme. Qu'il semblait que c'était un truc qu'il avait eu pendant longtemps, mais ensuite, elle n'a plus rien dit. Et bon, bien sûr, ce n'est pas comme si j'avais vraiment compris de qui ou de quoi elle parlait, puisque je ne connaissais pas ce type.

— Bien. C'est quand même important, merci.

Et là-dessus, Doreen sortit du restaurant. Dès qu'elle fut dans son véhicule, les animaux s'attroupèrent contre elle.

— Je sais, je ne vous ai pas laissés venir avec moi. J'aurais dû pourtant, non ? Peut-être que ça lui aurait délié un peu plus la langue.

Mais honnêtement, elle ne pensait pas que la serveuse en savait davantage. Comme Doreen était assise là, à se demander quoi faire ensuite, elle décida qu'elle devait en parler à Mack. Ça ne représentait pas beaucoup d'informations, mais c'était mieux que rien et ça pouvait être important.

Quand il répondit au téléphone, elle raconta :

— Je viens de parler à la serveuse ; au fait, elle et une de ses collègues ont signé le testament.

— Vraiment ? demanda-t-il, surpris.

Elle confirma avant d'expliquer le peu qu'elle avait appris.

— Robin attendait un homme qui conduisait un pick-up surélevé, comme ceux pour jeunes adultes, en suggérant qu'il avait sans doute dépassé l'âge requis pour ce type de fantaisie.

— Intéressant, mais elle n'a rien pu vous raconter d'autre ?

— Non, bien que je sois tentée de retourner à l'intérieur et de lui demander de nouveau.

— Peut-être pas maintenant. Laissez courir, et on verra si sa mémoire revient.

— Et puis quoi ? Vous l'interrogerez ensuite ?

— Eh bien, ce serait la meilleure façon d'agir, lâcha-t-il sèchement.

— Peut-être… Je ne me suis toujours pas rendue là où elle a été tuée.

— Oui, mais ce n'est pas comme si vous vous attendiez à trouver quelque chose sur place, si ? C'est seulement une tâche, à un endroit. Son véhicule n'y est plus. Pas de preuve.

— Je sais. C'est simplement que… eh bien… c'était quelqu'un que je connaissais, et je me sens bizarre avec toute cette histoire.

— Dans ce cas, allez-y. Restez simplement en dehors des ennuis.

— Je ne prévoyais pas d'en avoir, éluda-t-elle chaleureusement. De plus, j'ai les animaux avec moi.

— Oui, ce n'est pas comme s'ils vous avaient sauvée à chaque fois, marmonna-t-il.

— Mais vous devez admettre qu'ils font du chouette boulot quand ils se chargent de me secourir, dit-elle en riant.

— Bon, ils ont été d'une grande aide, mais vous ne pourrez pas tout le temps compter sur eux. Et pensez à ce qui est arrivé à Thaddeus l'autre fois.

— Je sais, grogna-t-elle. Donnez-lui quelques centimètres de corde, et cet oiseau serait capable de se pendre lui-même !

Chapitre 23

Mardi, vers midi...

D OREEN DÉMARRA LA voiture et retourna au café. Sur place, elle sortit du véhicule et erra dans les alentours, au lieu précis où Robin avait pu être tuée avant que son corps ne soit déplacé au panneau de Kelowna. Son tueur voulait probablement qu'on la retrouve rapidement. Il y avait de la tristesse dans l'âme de Doreen en pensant à une vie si jeune, éteinte comme ça.

— Ça nous fait vraiment prendre conscience qu'il n'y a absolument aucun moyen de savoir quand notre heure est venue.

Quelqu'un derrière elle l'interpella :

— À qui parlez-vous ?

Elle se tourna pour regarder l'inconnu.

— À moi-même, répondit-elle en l'observant.

Il avait quelque chose de presque familier... Elle fronça les sourcils, étudiant l'homme en costume noir trois-pièces.

— Est-ce que je vous connais ? le questionna-t-elle.

Il lui adressa un étrange sourire.

— Je me demandais si vous vous souviendriez de moi. J'étais assis à l'intérieur, en train de boire un café, et j'ai été assez surpris de vous voir débarquer.

Elle secoua la tête.

— D'où je vous connais ?

Il rit.

— D'un temps que, j'en suis sûr, vous êtes bien heureuse d'avoir quitté.

Elle s'immobilisa et le regarda fixement.

— Rex ?

Il opina du chef.

— Absolument. Je suis étonné que vous vous souveniez même de moi !

— Eh bien, ce n'est pas difficile… Vous viviez à la maison avec moi, plus ou moins.

— Et pourtant, vous ne m'avez pas reconnu tout de suite.

Elle l'étudia un long moment puis lui dit :

— Vous avez rasé votre barbe.

Il s'esclaffa.

— Oui, en effet.

— Eh bien, ça a certainement changé votre allure. Vous avez également les cheveux plus longs.

Elle ne comprenait pas trop pourquoi il s'était rasé pour se laisser pousser les cheveux. Ça paraissait plus logique pour elle de couper les deux ou de laisser pousser les deux. Elle fronça de nouveau les sourcils.

— Simplement un look différent, déclara-t-il avec aisance.

— Vous travaillez toujours pour mon ex ?

— Oui, en tout cas pour le moment.

— Oui, vous n'avez jamais eu l'air de vouloir partir…

— Vous aviez remarqué ?

Elle grimaça.

— Je vous avouerai que je ne me rendais pas réellement compte de beaucoup de choses qui se passaient autour de moi, mais j'aime à croire que je connaissais vraiment un tas de gens qui travaillaient là-bas à l'époque.

— J'en suis sûr, mais dans l'ensemble, vous ne devriez pas en être affectée non plus. On nous a toujours demandé de rester éloignés de vous et de vous laisser dans un calme absolu. Après tout, vous êtes d'une nature délicate.

Elle le dévisagea, stupéfaite.

— Je suis quoi ?

Il ricana.

— Je n'ai jamais trop compris ce raisonnement moi-même. Mais je me disais que c'était seulement le moyen qu'avait Mathew de s'assurer que les employés ne vous parlaient pas.

— Oui, la confidentialité a toujours été son truc, marmonna-t-elle, le regard perdu au loin.

Mathew avait-il vraiment raconté qu'elle était délicate ?

— C'est assez insultant de découvrir que *délicate* faisait partie de son vocabulaire en parlant de moi.

— Je ne m'inquiéterais pas pour ça. Je ne sais pas si, depuis, vous avez compris comment il fonctionnait, mais il avait tendance à ne pas mâcher ses mots afin de suivre ses intérêts.

— J'ai tout naturellement appris ça, répondit-elle avec calme. Je suis surprise de découvrir que vous travaillez toujours avec lui, si vous vous étiez rendu compte de ça vous aussi.

— Il rémunère bien, lança-t-il en haussant les épaules.

Elle hocha lentement la tête.

— Je n'en doute pas. Tout était question de loyauté pour lui. (Il l'observa d'un air interrogateur, et elle haussa les épaules.) Je ne suis pas aveugle à ce qu'il est, mais j'avoue l'avoir plutôt été à ce qu'il se passait à cette époque. Je pense que j'étais en mode autopilote, au lieu de vivre pour de vrai.

— En tout cas, vous avez l'air bel et bien vivante aujourd'hui, déclara-t-il avec intérêt. Un peu moins parfaite.

Elle grimaça.

— J'ignore si c'est un compliment ou une insulte, souffla-t-elle dans un ricanement ironique, mais n'oubliez pas, être parfait était l'exigence journalière en ce temps-là.

— Ça l'était pour vous, n'est-ce pas ? demanda-t-il, l'air amusé. Ressembler davantage à une poupée de porcelaine.

— Bête et muette ! s'exclama-t-elle joyeusement. Je devais rester calme, car j'aurais toujours dit quelque chose qu'il ne fallait pas, selon lui.

— Je ne crois que c'était tant une question de prononcer une mauvaise parole, mais plutôt qu'il ne voulait pas que vous découvriez ce qu'il se passait.

— Eh bien, je ne me suis jamais efforcée de le découvrir. Quelle erreur !

Il haussa les épaules.

— Ça arrive.

— Que faites-vous à Kelowna ?

— Eh bien, j'ai amené votre mari ici, mais il est en direction de Vancouver maintenant.

— Sérieusement ? Je suis surprise qu'il soit parti aussi tôt.

— Il avait à faire.

— Comme toujours. Vous ne nous avez pas conduits au restaurant hier soir.

— Non, il m'a expliqué qu'il sortait dîner, mais je ne m'étais pas rendu compte que c'était avec vous, précisa-t-il, les yeux encore plus curieux.

— Oui, j'essayais de le comprendre moi-même.

— Si vous le dites. Je ne vois pas pourquoi, cependant… (Il cessa de parler puis haussa les épaules avant de reprendre :) Mais ce sont vos affaires.

— Je suis sortie principalement parce que j'étais curieuse de découvrir ce qu'il voulait, raconta-t-elle en souriant à moitié. Il ne fait jamais les choses sans raison, et je ne saisissais pas trop celle pour laquelle il était venu me chercher.

Il hocha la tête pensivement.

— C'était probablement à cause de Robin.

— J'imagine, oui.

— Je pense qu'il croyait qu'elle m'avait donné quelque chose.

Il la regarda, surpris.

— C'est le cas ?

— Non, pas du tout, répondit-elle.

Ce qui n'était pas un mensonge puisque Robin ne lui avait rien laissé ; elle l'avait jeté dans son jardin.

— J'avais une clé USB du temps où je vivais avec lui, dans l'un de mes vieux sacs. Alors, il m'a poussée à retourner chez moi pour que je la lui cède.

Cela fit rire Rex.

— C'est tout lui, ça…

Doreen haussa les épaules.

— Je lui ai précisé qu'il n'y avait rien à lui dessus, mais il ne m'a pas crue.

— Il devait s'en assurer, dit-il, à l'aise.

Doreen regarda le parking.

— C'est là qu'elle est morte, hein ?

— Apparemment, acquiesça-t-il, mais elle entendit une note étrange dans sa voix.

Elle se tourna pour lui faire face.

— C'est pour ça que vous êtes là ?

Il l'observa et secoua la tête.

— Non, pas du tout.

— C'est pour ça que, moi, je suis là. Elle était mon amie avant de devenir sa maîtresse, vous savez ?

— Hmmm, elle n'a jamais été votre amie si elle est devenue sa maîtresse… Il était votre époux.

— Vous marquez un point. Mais j'ignorais quel salopard était mon mari en ce temps-là.

— Non, je crois que c'est l'une de ses aptitudes : être ce que vous souhaitez qu'il soit au bon moment.

Doreen y réfléchit un instant.

— Vous savez quoi ? Ce n'est pas une mauvaise analyse… Il y avait simplement toujours une différence entre la façon dont il m'apparaissait et celle dont il se montrait aux yeux des autres.

— Et c'était là toute l'étendue de son talent.

— Vous le respectez, de toute évidence, puisque vous avez travaillé pour lui très longtemps.

— J'ignore si c'est du *respect* à ce stade, mais c'est presque comme si je le connaissais trop bien pour le quitter.

Elle s'exclama.

— C'est ça ! Ça dépend quel genre d'homme il est vraiment, mais vous pourriez avoir raison. (Elle se tourna vers le café puis vers le coin où Robin avait été poignardée, avec les taches de sang encore visibles.) On pourrait imaginer que quelqu'un a pu être témoin de ce meurtre quand il a été commis.

— On pourrait, oui, mais apparemment non. Et c'est bien dans le fond, face au buisson, alors…

— Je suppose que je n'y avais pas songé… alors, peut-être que c'était délibéré, après tout.

— En général, un crime est délibéré, railla-t-il en riant.

Et une fois encore, elle décela une étrange tonalité dans sa voix. Elle l'observa calmement.

— Vous n'avez jamais eu de famille, n'est-ce pas ?

— Nope, mon métier n'y était pas favorable.

— Non, il aurait fallu vous en aller et échapper à mon ex pour ça. Il n'aurait pas vraiment toléré que vous ayez une compagne. La compétition ne se serait probablement pas bien déroulée.

— La compétition ?

— Je veux dire qu'il n'aurait pas apprécié que vous soyez occupé avec une autre personne. Il vous voulait à sa disposition, pas à celle de quelqu'un d'autre.

Il la regarda un moment puis acquiesça lentement.

— Vous savez quoi ? Ça aurait pu être aussi simple que ça…

— Quoi donc ? le questionna Doreen, confuse.

Il secoua la tête.

— Rien. Ne vous en faites pas.

Il pivota pour regagner le café.

— C'était bon de vous revoir, lui déclara-t-elle.

Il se retourna pour la considérer, sourit et répondit :

— Idem.

Puis il entra. Elle ne savait pas quoi faire à ce stade, et c'était encore un autre étrange événement dans sa vie de folie en ce moment. Elle ne savait même pas comment réagir. Ce dont elle était sûre, c'est qu'elle se sentait encore plus perturbée. Et elle en ignorait la raison.

Chapitre 24

D OREEN RETOURNA À son véhicule et salua de nouveau ses bestioles ; seul Mugs grognait contre la vitre. Elle se tourna, et Rex était encore là, debout, à l'observer. Elle lui adressa un demi-rictus et un salut à trois doigts puis démarra le moteur.

— Tu ne l'aimes pas, hein, Mugs ?

Elle ne parvenait pas à se rappeler s'il avait déjà agi ainsi auparavant. Il aurait certainement dû reconnaître Rex.

— Tu le connais, marmonna-t-elle. Alors, je ne sais pas bien pourquoi tu réagis comme ça.

Mais le fait était que Mugs n'était pas du tout content. Elle abaissa sa vitre en passant devant Rex.

— On dirait que Mugs ne se souvient pas de vous.

Il sourit.

— Oh, c'est pas un problème ! Passez une bonne journée ! lança-t-il en levant une main, tout en marchant jusqu'à son véhicule à l'autre bout du parking.

Passant devant lui et se dirigeant vers la sortie, elle remarqua une voiture verte, comme la Jaguar. Ce serait également logique, car Rex la ramènerait sûrement lui-même, ce qui conviendrait aussi à son mari. Mathew ne récupérait jamais les voitures de location ni ne les ramenait. Il ne s'occuperait pas de la paperasse nécessaire non plus, alors il confiait toujours ça à quelqu'un d'autre histoire de se faciliter la vie. De plus, il commandait toujours des Jaguar vertes, si possible. Était-ce pour ça que Robin avait un véhicule similaire ? Pour revenir à lui ? Ou avait-elle curieusement réquisitionné les relations de Mathew et automatiquement reçu le même genre de voiture ?

Elle y réfléchit tout en conduisant lentement jusque chez elle. Serait-ce Rex qui aurait fouillé sa maison ? Elle n'avait pas tilté quand elle était en train de lui parler, mais en réalité, c'était probablement lui. Qui d'autre serait ici avec son ex ? Qui d'autre serait venu fureter ? Au moins, elle avait parlé à Rex de la clé USB et mentionné qu'elle l'avait donnée à Mathew, mais ce n'était peut-être pas un problème. Elle n'en savait rien, mais elle était soucieuse en revenant chez elle.

Se sentant toujours un peu troublée, elle s'arrêta à l'un des parcs et sortit avec les animaux pour marcher un peu. Ils étaient plus que ravis de la suivre, tandis qu'elle se dirigeait vers la plage. Elle s'assit sur un banc, près d'un grand panneau interdisant la présence d'animaux sauf s'ils étaient en laisse, alors elle sut qu'elle devait les surveiller ou elle aurait des ennuis, car ni Goliath ni Mugs n'étaient attachés. Elle avait les laisses avec elle, mais Goliath n'était pas emballé par la sienne. Il l'avait supportée les premières semaines, mais depuis, il se montrait assez fâché quand elle essayait de la lui remettre.

Elle siffla à l'intention de Mugs et le ramena de la plage où il était en train d'aboyer contre les vagues causées par les hors-bord sur le lac.

— Viens ici, Mugs !

Dès qu'il fut revenu vers elle, elle mit rapidement sa

laisse et s'assit. Elle avait Thaddeus sur son épaule, et sa petite bande semblait apprécier l'air frais.

— Ça a vraiment été une journée bizarre, marmonna-t-elle.

Elle sortit son téléphone, vérifia ses courriels et ses SMS, mais ne découvrit rien. Mais alors qu'elle regardait encore, un message de Mack arriva.

Alors ?

Elle sourit et envoya un message à son tour.

Rien.

Ce qui n'était pas exactement la vérité. Elle lui renvoya donc un autre texto, lui indiquant qu'elle avait croisé l'employé de longue date de son mari, Rex, et que c'était probablement lui qui avait fouillé sa maison. Son portable se mit à sonner immédiatement. En riant, elle répondit.

— Je ne sous-entendais pas que vous deviez m'appeler.

— Après un commentaire pareil, comment aurais-je pu ne pas le faire ?

Elle haussa les épaules, mais bien évidemment, il ne pouvait pas le voir.

— Je voulais simplement que vous soyez au courant. Vous êtes toujours contrarié quand je ne vous donne qu'une partie des informations.

— À raison.

— Il s'est montré très courtois, et en vérité, je ne l'avais pas reconnu au premier abord. Il portait une barbe et avait les cheveux courts avant, mais aujourd'hui, ils sont longs, et il n'a plus de barbe.

— Pourquoi ce déguisement ?

Elle se figea et fronça les sourcils.

— Ai-je parlé de déguisement ?

— Non, mais vous n'avez pas dit le contraire non plus.

— Je n'en sais rien… Je suppose qu'il est possible que c'en soit un, mais ça me paraît un peu étrange, même si ça m'a pris quelques secondes pour le reconnaître.

— Vous pensez qu'il est venu ici avec votre mari ?

— Il a affirmé qu'il avait conduit Mathew jusqu'ici, dans une Jaguar verte, alors je présume qu'il a la responsabilité de la rapporter. Mon ex a cette manie de ne pas récupérer les voitures de location ni de les rendre. Il n'aime pas s'embarrasser avec toute la paperasse.

— Comme c'est agréable de vivre comme ça, railla Mack, sarcastique.

— Il a ses manies, comme tout le monde. Je ne crois pas que ce soit différent des autres gens.

— Peut-être pas, approuva Mack, modulant le ton de sa voix.

Elle n'était toujours pas persuadée que Rex avait quelque chose à voir là-dedans.

— Il a confirmé que mon ex était déjà parti.

— Apparemment, oui. J'ai su que son vol était prévu ce matin. J'ignore s'il s'est montré ou pas.

— Ça, ce serait une tout autre histoire, non ? Il y a un nombre affreux de meurtres et pas mal de chaos dans le coin, donc il n'y a aucun moyen de vérifier qu'il a dit la vérité.

— Avez-vous la moindre raison de penser qu'il est incapable de partir ?

— Vous voulez dire de ne pas se rendre à l'aéroport ? Aucune idée… J'aurais préféré que la question ne se pose pas.

— Moi aussi, acquiesça lentement Mack, mais nous n'en sommes pas sûrs. Je vérifierai peut-être auprès de l'aéroport pour voir s'il a vraiment embarqué.

— Ce serait sans doute une bonne idée. Vous devriez, juste pour être sûr, marmonna-t-elle, soucieuse. Je crois vraiment que c'est Rex qui a fouillé ma maison, mais je n'ai aucune preuve. Je le suppose simplement, car il était ici avec Mathew et donc, pendant que mon ex-mari me maintenait occupée, il aurait pu entrer et fureter.

— C'est possible, mais ce serait bien si on en avait la confirmation.

— Et ça aurait été bien aussi si j'avais eu un moyen de lui faire savoir qu'il n'y avait rien ici. Je lui ai raconté que j'avais trouvé une clé USB et que je l'avais ensuite donnée à mon ex.

— Et qu'a-t-il répondu ?

— Pas grand-chose. Ça ne semblait pas vraiment l'intéresser en vérité. J'ai également relevé quelques réactions troublantes quand il mentionnait Robin. Il a dit deux, trois trucs, et à chaque fois, sa voix changeait.

— De quelle façon ?

— J'ai essayé de mettre le doigt dessus. Elle a seulement… changé. Ce n'est pas comme s'il s'était adouci ou avait adopté un ton rieur, moqueur, ou autre. Ou qu'il s'était écrié : « Ha ha ! Cette vilaine sorcière est morte ! » C'était presque comme s'il était triste, mais essayait de ne pas le montrer.

— Vous pensez qu'ils auraient pu avoir une relation ?

— Si c'était le cas, mon ex-mari aurait pris plaisir à virer Rex.

— Ce qui pourrait expliquer pourquoi il essaie de le cacher, suggéra Mack. Serait-ce lui qu'elle tentait de rencontrer ?

— J'ignore s'il aurait réussi de toute manière. Mathew a toujours tenu fermement les gens en bride.

— Quelle vie agréable…

— Non, pas vraiment, et Rex a émis un commentaire

sur le fait qu'il n'avait pas de famille et que c'était quelque chose que mon ex n'aurait pas toléré. Car alors, Rex serait rentré chez lui auprès de quelqu'un d'important pour lui chaque soir, et par conséquent, sa loyauté envers Mathew en aurait été amoindrie.

— Je m'efforce d'oublier, jusqu'à ce que vous me le rappeliez, à quel point votre ex est un sombre abruti.

— J'essaie de tourner la page également, jusqu'à me souvenir de bribes par-ci, par-là, enchérit-elle tristement. Et alors, ça revient avec fracas. Rex a exprimé plusieurs fois que je ne comprenais pas tout ce qu'il se passait quand je vivais là-bas et que personne n'était autorisé à me parler de certaines choses, car j'étais *délicate*, s'insurgea-t-elle d'un ton cinglant. Je n'étais pas ravie d'entendre ça.

Mack commença à rire.

— Oui, eh bien, je suppose que Rex ne vous a pas vue ces derniers temps, si ?

— C'est plus que ça, je crois que c'était un stratagème pour que personne ne m'inclue dans le moindre problème à la maison. Mathew me maintenait dans cette petite chambre forte, complètement isolée. (Elle fit un geste pour montrer qu'elle s'en fichait.) Mais j'en suis sortie aujourd'hui et je n'y retournerai jamais.

— Ravi d'entendre ça, s'extasia Mack.

Et effectivement, on entendait un ton chaleureux dans sa voix.

— Je suppose que j'y suis allée un peu fort en disant ça, non ?

— Et c'est très bien ! Cette fois au moins, je vous crois. Et maintenant, si vous rentriez chez vous et que vous restiez loin des ennuis ?

— Comment savez-vous que je ne suis pas chez moi ?

— Je l'ignore… J'ai pensé que vous étiez toujours au parking du café.

— Non, je me suis arrêtée à la plage de Kinsmen. Je suis simplement assise avec les animaux.

— Bien. Exactement ce que le médecin a ordonné.

— Oui, il a probablement prescrit ça il y a un moment, acquiesça-t-elle en riant. J'essaie seulement de réarranger toutes les pièces de puzzle dans ma vie.

— J'entends bien. Vous voulez préparer à dîner ce soir ?

— Absolument ! Surtout qu'on a dû annuler hier.

— Je ne suis pas forcément d'accord sur le fait qu'on *ait dû annuler*, et finalement, vous avez eu raison de sortir, car au moins, vous, vous avez mangé. Moi, de mon côté, je n'ai pas eu de chouette repas dans un restau.

— Non, c'est vrai, mais j'ai payé le prix fort pour ce dîner et j'ai dû endurer la compagnie.

— Et vous pouvez garder ça en tête à tout moment ! s'exclama-t-il en riant. J'arriverai quand j'aurai fini le boulot. Nous avons un repas à préparer.

— Bien ! J'ai hâte de passer à table !

Puis elle raccrocha. Continuant de sourire, elle appela les animaux :

— Allez, les gars ! On y va !

Une fois tout le monde sain et sauf, et de retour dans la voiture, elle conduisit jusque chez elle. Sur un coup de tête, elle ouvrit la porte du garage et se gara à l'intérieur.

— Je ne sais pas pourquoi je ne fais pas ça à chaque fois… dit-elle aux animaux en manipulant la portière.

Elle laissa Mugs sortir, puis Goliath se glissa en dehors du véhicule également. Le chien commença immédiatement à aboyer. Elle se tourna et aperçut un homme de grande taille avec une cagoule sur la tête.

Le choc lui coupa le souffle.

— Que faites-vous ici ? s'exclama-t-elle, avant de froncer les sourcils quand il se mit à marmonner. Je ne vous comprends pas.

Il secoua simplement la tête et tendit le bras pour l'attraper. Elle se recula immédiatement et entreprit d'opérer un demi-tour en courant vers la porte de la cuisine. Désormais, parce qu'elle avait stationné dans le garage, la place était limitée. Mugs sauta immédiatement et essaya de mordre l'inconnu qui avait saisi Doreen. Puis Goliath grimpa à l'arrière de la voiture et bondit sur les épaules du type. Celui-ci se débarrassa rapidement du chat qui alla frapper le toit de la Honda et glissa sur le côté. Doreen grimaça en entendant le chat tomber.

Mais cela lui donna une chance de s'approcher de Mugs qui était toujours en train d'aboyer et d'essayer de sauter sur l'agresseur. Elle contourna l'avant de sa voiture en courant et, au lieu de se diriger vers la maison, elle tenta la porte latérale. Juste au moment où elle l'ouvrit, l'homme la claqua violemment devant elle, sa main vint se poser sur le nez de Doreen, et elle se sentit soulevée. Elle luttait, frappait et hurlait. À cause de cette prise qu'il avait sur elle, Thaddeus ne pouvait se libérer, car il était blotti tout contre son cou.

Très rapidement, une cagoule fut enfilée sur sa tête et nouée. Elle entendit Mugs japper quand il se prit un coup. Elle cria, mais une main lui cogna durement la tête, et ce fut la dernière chose qu'elle vécut avant de perdre connaissance.

Chapitre 25

Mardi après-midi…

DOREEN SE RÉVEILLA dans l'obscurité d'un véhicule en train de rouler. Elle pouvait respirer, mais difficilement. La cagoule était toujours sur sa tête, et il lui fallut un moment pour comprendre ce qu'il se passait. Elle devait être dans sa propre voiture. Elle pouvait suffisamment bouger pour comprendre que ses jambes butaient contre le passage de roue. Elle entendait un gémissement dans le fond. Elle essaya de crier, mais sa voix était au mieux assourdie par la cagoule.

— Mugs ? Tout va bien, Mugs.

Un petit aboiement excité se fit entendre, puis des grattements. Elle devait être dans le coffre, et le véhicule roulait à vive allure. Son assaillant l'avait mise dans sa Honda puis la conduisait. Comme c'était injuste ! Elle se déplaça légèrement, contente de constater qu'elle avait les mains libres et qu'elle pouvait retirer la cagoule de sa tête. Elle entendit chantonner contre son oreille : « Thaddeus est là. Thaddeus est là. » Son cœur se gonfla, et elle tendit une main pour caresser tendrement l'oiseau.

— J'aurais préféré que tu sois en sécurité à la maison,

murmura-t-elle. J'aurais vraiment préféré que tu ne te retrouves pas dans cette situation avec moi.

Elle voulait asséner un coup contre le coffre, mais elle n'avait pas envie que son agresseur sache qu'elle était réveillée. Câlinant Thaddeus, elle explora rapidement le petit espace. Elle était à l'arrière de sa propre voiture, ce qui la rendait dingue. Ce qu'il lui fallait, c'était que le véhicule ralentisse. Et aussi un moyen d'attirer l'attention. Mais en pensant qu'elle devrait payer les réparations du moindre dommage qu'elle causerait à son auto, elle hésita. Toutefois, tandis qu'elle étudiait les deux feux arrière, elle se demanda s'il était possible d'en éjecter un. C'était une vieille voiture, alors, peut-être qu'il y aurait moins de résistance si elle en tapait un. Puis elle devrait y insérer un objet pour attirer l'attention.

D'un autre côté, il y avait de grandes chances pour qu'elle finisse par se faire mal au pied. Et c'était la dernière chose dont elle avait besoin ! Juste à cet instant, le véhicule amorça un virage serré sur la droite, et elle fut projetée d'un côté puis de l'autre. Et elle avait conscience qu'ils se dirigeaient rapidement vers le moment crucial.

Elle ignorait totalement combien de temps elle était restée évanouie, et sa tête était douloureuse, encore plus quand elle tâtonna la zone en question. Son doigt devint rapidement collant de sang. C'était le noir total dans l'obscurité du coffre, mais d'après l'odeur et la texture, elle pouvait affirmer qu'il s'agissait de sang. Cela ne contribua qu'à la rendre plus dingue encore, car elle ne méritait absolument pas d'être frappée et blessée de nouveau. Elle avait déjà suffisamment connu ça.

Mais elle continuait de douter, sachant que le véhicule avait pris une courbe serrée. Ainsi, encore maintenant, tandis qu'elle rebondissait, elle craignait d'être emmenée dans un coin très éloigné, dans lequel il avait prévu de l'éliminer. Et elle ne savait même pas pourquoi. Ça ne finirait jamais bien. Le fait qu'elle avait également Thaddeus, et fort probablement les autres animaux, à l'intérieur de la voiture avec son kidnappeur la terrifiait. Ils n'avaient rien commis de répréhensible et ne méritaient certainement pas d'être traités ainsi.

Doreen voulait désespérément trouver un moyen de sortir d'ici, mais s'ils ne circulaient pas parmi d'autres véhicules, personne ne le remarquerait, même si elle brisait quelque chose et essayait d'attirer l'attention. L'auto continuait tandis qu'elle luttait pour élaborer un plan d'évasion, tout en souhaitant avoir laissé un objet quelconque dans sa voiture. Elle parvint à détacher le feu arrière près de sa tête. Mais il faudrait qu'elle le casse pour simplement glisser sa main à l'extérieur. Elle aurait aimé avoir de plus amples connaissances sur les automobiles… et sur un tas de choses.

C'est alors que l'agresseur ralentit de nouveau et amorça un autre virage. Elle fut bousculée à l'arrière, et Thaddeus poussa un cri quand elle fut déplacée. Mugs commença à aboyer, et un miaulement parvint de l'avant. Tous les animaux étaient là.

En réaction, une voix dans l'habitacle commença à leur brailler dessus.

— Calmez-vous ! Cessez votre boucan ! Je n'arrive même pas à m'entendre réfléchir !

Elle reconnut immédiatement la voix de Rex, l'homme de main de son ex. Cela la surprit suffisamment pour ne pas savoir quoi penser pendant un moment. Il fallait qu'elle le dise à Mack. Cela la réveilla pour de bon, et elle chercha immédiatement son téléphone ; son kidnappeur ne lui en avait même pas privée ! Elle le sortit de sa poche, l'alluma et remarqua qu'il lui restait la moitié de la batterie. Elle avait assez de lumière pour envoyer un message à Mack. Elle s'exécuta sur-le-champ, le volume au plus bas, et l'avertit qu'elle avait été kidnappée dans son garage et qu'elle était dans le coffre de sa voiture qui roulait sur une route cahoteuse après une suite de virages serrés. Tous les animaux étaient avec elle.

QUOI ?!

J'ignore où nous sommes. Je sais seulement que je suis dans le coffre et qu'il ne m'a pas attachée. Il avait placé une cagoule sur ma tête que j'ai retirée depuis, principalement grâce à Thaddeus.

Elle allait déployer une armée en contactant Mack. Elle ne comprenait pas pourquoi le kidnappeur ne lui avait pas pris son portable, mais il avait dû penser qu'elle était suffisamment maîtrisée pour ne provoquer aucun dégât.

Ce qui signifiait qu'il n'avait entendu ni elle ni Thaddeus. Même maintenant, Thaddeus donnait des coups de bec aux lacets de la cagoule. Mais elle en était libérée, donc c'était inutile. Elle le délivra gentiment de cette tâche et chuchota :

— Regarde si tu vois comment sortir d'ici, Thaddeus. Trouve une sortie.

Alors, Thaddeus fit le tour du coffre, assénant des coups de bec et plongeant la tête dans tous les coins. Elle n'était pas certaine qu'il soit conscient de ses actes, mais elle appréciait sa tentative.

Ses singeries la faisaient sourire, mais elle se demandait combien de temps cela prendrait à Mack pour la retrouver. Elle reçut un autre SMS, l'informant qu'une alerte sur sa voiture avait été diffusée et que tout le monde la recherchait. Mais ils avaient besoin de savoir depuis quand elle était partie. Elle répondit tout de suite qu'elle avait été inconsciente un moment et qu'elle n'en avait aucune idée, mais qu'elle était désormais réveillée et que Rex allait regrettait de ne pas lui avoir confisqué son téléphone ni attaché les mains.

Mack envoya un message en retour : **Restez calme. On s'en occupe.**

Elle savait ce que cela signifiait, mais également que, s'ils n'étaient pas assez rapides, cela ne se terminerait pas bien pour elle. Elle se déplaça jusqu'au fond et essaya de repousser la banquette vers l'avant. Elle bougea légèrement, mais elle ne pouvait lever les mains pour la déverrouiller. Quelque chose la bloquait, car normalement, elle pouvait basculer. Puis elle se souvint que le côté gauche n'avait jamais fonctionné correctement. Elle se glissa à l'opposé, grimaçant et se retenant difficilement de crier lorsqu'elle heurta un objet dur avec le dos.

Mugs recommença immédiatement à aboyer. Et une fois de plus, Rex gronda sur lui pour qu'il la ferme. Puis il se mit à parler.

— Je serai ravi quand j'en aurai fini avec ce boulot stupide. Tais-toi ! Bon Dieu, saletés d'animaux ! Je vous détestais quand vous viviez à la maison et je vous déteste encore plus maintenant ! leur lança-t-il d'un ton agressif.

Elle s'interrogea sur cet homme capable de haïr un chien… Quel genre de personne était-ce donc ?

Chapitre 26

DOREEN ÉCOUTAIT REX marmonner dans sa barbe, mais cela n'avait aucun sens ou, en tout cas, elle n'était pas en mesure de le comprendre. Elle essaya comme elle put de déchiffrer ses propos, mais ce n'était pas assez clair. Certains mots étaient baragouinés. Elle entendit seulement quelque chose comme : « Cette femme l'a trop accaparé, et maintenant, il a de sérieux problèmes. »

Là, elle s'affala, sous le choc. Peut-être que Doreen avait tort… Elle envoya tout de même rapidement un SMS à Mack à propos des paroles qu'avait prononcées Rex. **Je crois que Rex sortait avec Robin et qu'il a pu la tuer. Peut-être parce qu'il pensait que Mathew le découvrirait.**

Elle ne reçut pas de réponse sur le moment, alors elle continua d'écouter les paroles de Rex et envoya à Mack les bribes qu'elle pouvait saisir. Mais ça ne représentait pas des masses d'informations.

Rex finit par amorcer un autre virage à gauche puis ralentit le véhicule. Elle contacta immédiatement Mack pour lui en rendre compte. Rex s'arrêta, descendit vivement par le côté conducteur avant d'ouvrir l'autre portière et d'ordonner :

— Sortez d'ici ! Allez ! Dehors !

Elle ignorait qui sortait, mais il semblait que ce n'étaient ni Mugs ni Goliath puisqu'elle pouvait les entendre se courir après à l'intérieur de la voiture, tandis que Rex leur criait dessus.

Mais pour une raison quelconque – peut-être parce que les animaux savaient exactement où elle se trouvait –, ils ne descendaient pas. Elle n'avait aucune idée du chaos qui régnait, mais elle pouvait clairement le distinguer, et elle les encourageait en silence.

Rex finit par grogner et demander :

— C'est quoi, votre problème ? La voilà, votre liberté ! C'est votre unique chance ! Vous ne pouvez pas savoir qu'elle est dans le coffre… ajouta-t-il ensuite.

Elle secoua la tête et leva les yeux face à son ignorance, car bien évidemment que les animaux étaient au courant !

— Continuez comme ça, et vous allez mourir avec elle. Si c'est ce que vous voulez, c'est très bien. Je serai content de m'en charger.

Elle entendit quelqu'un s'exclamer au loin, et Rex lui cria en retour :

— Non, ça va ! J'essaie simplement de passer la laisse au chien !

Il y eut un rire, et un véhicule s'éloigna.

— Sale fouineur curieux, commenta Rex. Pourquoi elle ne vous met pas la laisse, je l'ignore. Au moins, j'aurais pu vous traîner et vous laisser sur le côté de la route.

Le cœur de Doreen se serra de douleur à la pensée de ses animaux abandonnés de la sorte. Quelle brute, ce Rex ! On devrait le laisser dans un endroit bizarre puis voir s'il aimerait ça ! Elle plaça toute sa tension dans son dos, attendant simplement l'occasion de bouger et d'avoir le dessus dans ce scénario. Rex finit par grommeler :

— Très bien, mais dans ce cas, quand je me débarrasserai d'elle, vous y passerez aussi. J'en ai assez de vos aboiements et de vos miaulements ; soyez sages, ou je fais demi-tour pour vous buter !

C'était presque comme si les animaux le comprenaient, car immédiatement, ils étaient de nouveau calmes. Elle n'était pas certaine de ce qui se déroulait vraiment, mais pendant tout ce temps, elle était parvenue à détacher le nœud du coin gauche de la banquette. Elle ignorait si ce serait utile, si elle ne réussissait pas à dénouer celui de droite, mais elle l'espérait. Son kidnappeur revint, et Doreen sentit le véhicule s'abaisser légèrement. Puis la portière claqua, et il marmonna dans sa barbe :

— Quelle nuisance vous êtes ! Je ne sais même pas pourquoi je me prends la tête avec vous.

Et il reprit la route.

Elle avait envie de hurler : « Oui, alors, pourquoi vous le faites ?! »

Mais elle n'était pas certaine du genre de réponse qu'elle recevrait, et Rex finirait par trouver son téléphone et le lui retirer. Non, la meilleure chose à entreprendre était d'espérer retarder l'inévitable le plus possible, accordant ainsi à Mack une chance de la trouver. Elle lui envoya un autre message. **Vite, je vous en prie.**

Il répondit : **Restez calme et tranquille. Nous sommes à votre recherche.**

Elle poussa un grognement et lui adressa un autre SMS : **Quelqu'un a interpellé Rex et lui a demandé s'il allait bien. Il a simplement expliqué qu'il tentait de mettre le chien en laisse. Il y a donc des gens dans le coin. J'ignore seulement où.**

Rex hurla quelque chose, et elle imagina que Goliath venait de l'attaquer. Puis elle entendit aboyer, et, dans tout ce brouhaha, Thaddeus ne put rester calme. Il commença à caqueter et à pousser des cris derrière elle. Rex brailla et, après avoir conduit de façon imprévisible pendant quelques minutes, il quitta la route de nouveau pendant un certain temps. Il sortit vivement du véhicule et beugla sur ses occupants.

— Vous êtes des cinglés ! Vous êtes tous cinglés ! marmonna-t-il. Bon sang, sortez de la voiture !

Mais personne ne paraissait bouger.

— Je ne veux plus vous entendre !

Doreen distingua le son d'un autre véhicule, tandis qu'elle essayait désespérément de faire basculer la banquette sous ses coups. Quelqu'un s'approcha en marchant, et elle s'immobilisa, discernant des bruits de pas.

— Hé, est-ce que ça va ?

— Non, rugit Rex. Les stupides animaux de ma copine, je ne peux pas les supporter.

— Oui, ils ont l'air plutôt en colère, remarqua l'inconnu.

Elle ne reconnut pas sa voix.

— Évidemment qu'ils le sont ! Bref, je dois simplement les lui ramener.

— Qu'est-ce que vous faites avec eux si vous ne les aimez pas ? demanda l'étranger, suspicieux.

Et les deux hommes entamèrent une légère altercation, mais il y avait tant d'irritation dans leurs voix qu'elle luttait pour saisir les mots. Elle commença à hurler dans le coffre.

— À l'aide ! À l'aide ! À l'aide !

L'étranger interpella Rex :

— C'était quoi, ça ?

— Rien, rétorqua Rex. Fermez-la et occupez-vous de vos affaires.

Elle donna un coup dans l'arrière de la voiture, elle frappait, frappait et frappait encore.

— Houlà ! J'ignore ce que vous fichez ici, lança l'étranger, mais si une femme est dans ce coffre, hors de question que je vous laisse partir.

— Vous n'avez pas votre mot à dire dans cette histoire, répliqua Rex d'un ton mauvais. Maintenant, vous allez vous barrer d'ici et me foutre la paix.

— Oh, pas besoin d'arme, monsieur ! Je ne sais pas bien ce que vous trafiquez là, mon gars, mais c'est mal !

— Peu importe si c'est mal ou pas. Vous me laissez partir maintenant ou vous disparaîtrez, vous aussi.

Doreen se mit à hurler et à taper contre le siège encore plus fort.

— Vous devez la libérer, intima le gars. Vous en êtes conscient, hein ?

— Hors de question, répondit Rex. Elle m'a fait chier toute la journée.

— Vous ne pouvez pas la laisser là… Vous allez finir par vraiment la blesser.

— Oui, eh bien, c'est mon intention, déclara brutalement Rex. Ou alors, vous êtes trop stupide pour l'avoir compris ? Partez maintenant et laissez-moi tranquille, ou je vous en mets une, ici et maintenant !

— Je pars, je pars ! s'exclama immédiatement le nouvel arrivant.

— Allez, on se dépêche et on fout le camp ! Et la prochaine fois, mêlez-vous de vos affaires !

Puis elle entendit le mec se replier et ajouter :

— Vous savez que vous devez la délivrer… Genre, laissez-les tous sur le bord de la route pour qu'elle puisse s'enfuir.

— Je ne peux pas faire ça. Quelqu'un la cherche.

— Et alors ? Vous n'avez pas à vous en mêler. Permettez-lui simplement de partir.

— Non, impossible. Il faut que ce soit permanent. C'est la seule qui sera au courant.

— Au courant de quoi ?

— Eh bien, si je vous le dis, vous le serez aussi. Maintenant, tirez-vous.

Alors, son bon samaritain retourna à son véhicule et s'éloigna sur-le-champ. Elle continuait de frapper et de hurler. Rex lui cria dessus :

— Il ne peut plus vous entendre, et il est conscient que, s'il me poursuit, il va se prendre une balle, alors fermez-la !

Puis il remonta dans la voiture et démarra.

Elle s'affala, des larmes au coin de ses yeux. Tout ce qu'elle pouvait espérer, c'était que ce gars ait appelé la police et leur ait indiqué exactement où ils étaient. Elle envoya immédiatement un message à Mack concernant l'altercation, même si elle ne pouvait lui fournir aucune précision.

Il la contacta un moment plus tard et lui confirma qu'un appel avait été reçu. **Tenez bon. On a le lieu où ça s'est produit.**

Elle se laissa retomber sous le coup du soulagement et prit Thaddeus pour le blottir contre elle. Il caqueta et croassa dans la foulée. Le relâchant, elle lui dit :

— Aide-moi à sortir d'ici.

Elle recommença à frapper dans la banquette arrière, essayant de la déloger afin qu'elle puisse se glisser dans l'habitacle. La rangée de sièges était détachée, mais ne basculait pas totalement. Mugs aboyait et mâchonnait le tissu. Elle voulait désespéramment sortir du coffre, mais elle n'y parvenait pas. Elle finit par s'écrouler, mais au loin, elle crut entendre des sirènes.

Au lieu de ralentir, Rex prit de la vitesse et dévala la route de plus en plus vite. Maintenant, elle était bousculée d'un côté et de l'autre, tandis qu'il se faufilait dans la circulation, jurant lourdement. Elle pouvait entendre les autres conducteurs klaxonner face à son comportement.

Elle voulait le prévenir en criant qu'il ne pourrait jamais échapper aux flics avec sa vieille voiture, mais, en pensant aux ennuis qu'il encourait, c'était peut-être inutile. Ce qu'elle ne comprenait pas, c'était si son ex avait sa part de responsabilité là-dedans également ou si cela ne concernait que l'avocate. Elle n'en avait aucune idée, mais quelque chose de bizarre était en train de se passer.

Elle savait que Mack l'en blâmerait. Pourtant, elle s'était contentée de rentrer chez elle, exactement comme il le lui avait demandé. Le moins qu'il pouvait faire, c'était de comprendre ça. Fulminant toujours, elle patienta, mais les sirènes devinrent de plus en plus fortes. Ce n'était donc plus qu'une question de minutes jusqu'à ce que cauchemar prenne fin.

Rex conduisant toujours de plus en plus vite, elle prit soudain conscience qu'un accident de voiture serait bien le pire des scénarios. Rex continuait de zigzaguer parmi la circulation, l'envoyant rouler d'un côté et de l'autre du coffre. Les animaux, effrayés, poursuivaient leur cacophonie, ce qui la rendait folle à son tour. Plaquer ses mains sur ses oreilles était sa seule option pour rester saine d'esprit tandis qu'elle était ballottée de part et d'autre.

Rex finit par prendre un virage très serré, et elle heurta violemment l'autre bout du coffre. Elle demeurait étendue et complètement hébétée quand, soudain, le véhicule stoppa dans un crissement de pneus et qu'une portière s'ouvrit. Puis la voiture fut abandonnée, et elle ne distingua plus aucun son de Rex.

Mugs aboyait sans cesse. Les sirènes se rapprochèrent, de plus en plus fortes, et Doreen finit par les entendre au-dessus d'elle sur la droite. Elle attendit à l'intérieur, espérant qu'ils étaient là pour la sauver.

Et alors, Mack demanda :

— Doreen, vous êtes là-dedans ?

Elle frappa contre le capot du coffre.

Mack marcha jusqu'à l'avant de la voiture et dit :

— Tenez bon une minute. On va vous libérer en un rien de temps.

Elle patienta. Puis le moteur s'arrêta, suivi par le bruit du déverrouillage du coffre. Et d'un coup, il s'ouvrit. Elle posa ses yeux en larmes sur lui, puis elle écarta les bras. Il se pencha, la porta et la tint fermement contre lui. Elle enfouit son visage contre son torse et chuchota :

— Ce n'est pas ma faute.

Elle entendit son rire gronder dans son large thorax, tandis qu'il la serrait davantage contre lui.

— Vous êtes blessée ? s'enquit-il en murmurant.

Elle branla du chef.

— Non. (Elle inclina la tête en arrière.) Il allait abandonner les animaux sur la route ! lâcha-t-elle, outrée.

Mack la regarda.

— Et c'est ça qui vous inquiétait ?

— Ils ne sont pas habitués à ce genre de traitement, vous savez ? Et je ne veux jamais voir un animal subir ça.

— Oh, oh ! dit Mack avant de se tourner et de remarquer qu'une ambulance était là.

Elle considéra Mack et dit :

— Oh non…

Il opina du chef.

— Si, il faut qu'on vérifie votre état. Vu sa façon de conduire, vous deviez être secouée là-dedans.

— Je vais bien. Il faut que vous attrapiez Rex.

— Croyez-le ou non, il y a d'autres personnes de la police que moi sur cette affaire, et on dispose de toute une réserve d'hommes qui sont à sa recherche.

— Il n'a pas dû aller bien loin à pied et il est assez en colère aussi. Il était vraiment très énervé contre les animaux. (Elle secoua la tête.) Je ne comprends tellement pas les gens comme ça…

Mack se mit à rire.

— Je suis certain qu'il ne vous comprend pas non plus.

— Rex bosse pour Mathew, mais j'ignore si ceci le concerne. Je suspecte Rex d'avoir entretenu une relation avec Robin.

— Vous l'avez déjà dit, mais elle n'était pas le genre à avoir ce type de liaison manipulatrice, si ?

— Elle se servait de son corps comme d'une arme. Et honnêtement, elle avait un sacré physique ! Les mecs tombaient constamment comme des mouches.

— Oui, il n'y a pas que la manipulation dans la vie. Dans ce cas, elle n'avait de toute évidence pas appris la leçon.

— Non, je ne pense pas, marmonna Doreen. Et je suis navrée pour elle, car elle aurait pu accomplir tellement d'autres choses dans sa vie.

— Bon, ne nous attristons pas davantage sur le sujet, car il reste un tas d'éléments que nous ignorons encore.

— Je sais. Je ne comprends toujours pas de quoi il retourne, mais je crois qu'on se rapproche vraiment du dénouement.

— Eh bien, nous en serons vraiment près quand nous ferons parler Rex, grommela Mack. Il faut seulement qu'on mette la main dessus.

Un cri parvint au loin, et Doreen regarda, toujours entourée des bras de Mack, mais sur ses pieds désormais, pour voir Rex se diriger vers eux.

— C'est lui ! s'écria Doreen.

Rex la fixa d'un œil noir.

— J'aurais dû me douter que ce serait chiant de m'occuper de vous ! marmonna-t-il en opérant un demi-tour.

— Hé ! Je n'avais rien à voir dans ce marché, protesta-t-elle à l'intention de Mack et en désignant la voiture. Tout est de son fait ! (Elle considéra le véhicule et fronça les sourcils.) Je pensais vraiment que j'étais dans ma voiture.

— Non, c'est celle de location, indiqua Mack.

Elle secoua la tête.

— Ouah ! j'en avais aucune idée…

— Non, mais ça n'a pas d'importance, même si la compagnie de location ne sera pas très contente.

— C'est certain ! Mugs l'a pas mal mâchouillée.

Mack se pencha en avant, grimaça et dit :

— Oui, je vois clairement pas mal de dégâts. J'espère que vous avez une assurance pour ça.

— Pas moi, lui, corrigea-t-elle en faisant un signe de tête vers Rex.

Il la dévisagea méchamment et lâcha :

— Votre mari paiera pour ça.

— Ex-mari, rectifia-t-elle, et Mathew ne remboursera rien, vous le savez. Pour chaque dégât causé pendant le boulot, vous payez.

En entendant cela, il grimaça simplement.

— Sérieusement ? s'étonna Mack.

— Oui, il ne dépense rien s'il n'y est pas obligé. L'argent est roi pour lui, expliqua Doreen avant de regarder Rex. Je ne saisis toujours pas cette histoire, Rex.

— C'est à propos de Robin, dit Mack, n'est-ce pas ?

Rex haussa les épaules.

— Je l'aimais.

— Ah, réagit Doreen, et vous n'aviez pas compris qu'elle se servait de vous également ?

— Elle ne se servait pas de moi, contesta-t-il avec véhémence. Absolument pas ! Elle m'aimait.

Doreen fixa cet autre homme qui avait succombé aux charmes de cette femme.

— Robin aurait pu faire tellement de bien dans le monde, grâce à ses techniques de persuasion, indiqua Doreen, mais tout ce qui l'intéressait, c'était l'argent.

— Elle a eu une vie complexe, admit Rex. Une enfance vraiment difficile qui l'a réellement effrayée, et elle le reconnaissait. Je la comprenais… Je veux dire, moi aussi, j'ai vécu des moments pénibles. Je suis avec votre ex uniquement parce que je ne peux pas me tenir éloigné du fric et qu'il me paie grassement.

— Oui, mais est-ce que ça vaut la peine de vendre votre âme ? demanda-t-elle.

— Ma chère, j'ai abandonné mon âme il y a longtemps de cela.

— Et Robin ? rebondit-elle calmement. Elle fut mon amie pendant un certain temps. Enfin, je pensais qu'elle l'était…

— Elle m'aimait, répéta-t-il avec sincérité. Nous vivions ensemble.

— Qu'est-il arrivé alors ?

— Je ne sais pas. Je ne sais vraiment pas…

— Mais vous devez être au courant de quelque chose, parce que vous ne m'avez pas kidnappée sans raison.

— Eh bien, c'était votre ex, expliqua-t-il.

Elle secoua la tête.

— Non, je ne crois pas.

— Si, c'était lui. Je ne suis même pas sûr de savoir pourquoi. J'étais simplement censé vous menacer et m'assurer que vous aviez peur, puis vous kidnapper et vous laisser quelque part.

— Et l'inconnu rencontré en route ?

— Si j'avais vraiment eu l'intention de vous tuer, je l'aurais éliminé lui aussi.

— Je suis quasi certaine qu'il a cru que c'était votre intention. Je ne sais pas, Rex… Vous sembliez vraiment intéressé par l'idée de m'assassiner…

— Je lui ai cloué le bec, non ?

Elle y réfléchit un moment et répondit :

— Il y avait quelque chose dans le ton de sa voix… Vous a-t-il paru familier ?

— Je ne l'avais jamais rencontré avant, rétorqua Rex en haussant les épaules. Ni vu.

Mack considéra Doreen.

— De quoi parlez-vous ?

— Je n'en suis pas sûre… Il y avait quelque chose dans son timbre, mais je n'en suis pas certaine.

Mack la fixa des yeux et lui demanda :

— Vous pensez à quoi ?

— Je pense qu'il connaissait Rex, mais ne comprenait pas bien ce qu'il se passait.

— Il ne pouvait pas me connaître, protesta Rex. Je ne

suis jamais venu dans cette ville avant.

— N'étiez-vous pas ici quand Robin a été assassinée ?

— Non, je suis arrivé après avec le patron, et il ne l'a pas tuée. J'ignore qui l'a fait. Je croyais pouvoir mettre en place un piège et inciter le tueur à sortir de son trou. Mais personne n'a mordu à l'hameçon.

— Quel genre de piège ? questionna Mack d'un ton dur.

— Elle, annonça Rex. Le patron voulait seulement s'assurer que vous ne possédiez pas les objets qui l'intéressaient. Mais j'imaginais que la personne qui a abattu Robin aurait pu être attirée par ce que, moi, j'ai trouvé.

— Et qu'auriez-vous fait ?

— Je vous aurais échangée. Je m'étais dit qu'il aurait pu s'occuper de vous lui-même.

— Mais ?

— Il ne s'est pas montré. J'étais censé le retrouver sur la route, là-bas. Vous étiez encore inconsciente à ce moment-là, et je me suis arrêté à l'endroit convenu, mais il n'est pas venu.

— Sauf s'il s'est présenté puis vous a suivi, suggéra-t-elle avec calme.

Il la regarda, surpris.

— De quoi parlez-vous ?

Mais Mack comprenait parfaitement, lui.

— Vous croyez que c'est celui à qui vous songiez ?

Elle hocha lentement la tête.

— Qui étiez-vous censé rejoindre, Rex ?

— James, le premier mari de Robin.

— Et vous ne l'avez jamais vu avant, ni même en photo ?

— Non. Pourquoi ?

— Je pense que c'est le mec qui vous a interpellé sur la route. Il vérifiait simplement qui vous étiez et ce que vous faisiez.

Rex la fixa des yeux.

— Pourquoi ne m'a-t-il pas parlé alors ? Pourquoi n'a-t-il rien dit ?

— Peut-être qu'il vous examinait seulement, qu'il a estimé que vous aviez suffisamment d'ennuis à vous seul et qu'il a décidé d'appeler les flics à la place. Pour juger quel délire il pourrait exploiter de tout ça. Pourquoi le vouliez-vous ?

— Je pense que James l'a tuée, répondit-il dans un souffle. Robin m'a raconté qu'elle avait travaillé avec son ex-mari pendant plusieurs années et qu'ils géraient cette escroquerie depuis longtemps.

— Pourquoi croyez-vous que le partenaire de Robin l'ait assassinée ? l'interrogea Mack.

— Car elle a expliqué à James qu'elle souhaitait arrêter ça, qu'elle en avait terminé. Qu'elle avait changé d'avis, qu'elle avait envie de se marier avec moi et qu'on s'en aille, qu'on cesse tout ça.

— Ouah… peut-être qu'elle avait vraiment changé d'avis, souffla Doreen.

Elle se tourna vers Mack pour le regarder, mais lui ne la considéra pas ; ses bras étaient croisés sur sa poitrine.

— Je ne comprends toujours pas… Pourquoi kidnapper Doreen ? questionna Mack.

— Car j'ai raconté à James que je connaissais quelqu'un qui avait discuté avec Robin. Qui l'avait vue lors de son dernier jour, et que mon patron pensait que Robin avait refilé un truc à cette femme. James ne me croyait pas et m'a demandé de vous kidnapper afin de vous parler en personne.

— Peut-être qu'il s'est dit que c'était trop compliqué, déclara Mack. Confier une personne inconsciente est une chose, mais c'est complètement différent d'être impliqué dans un événement devenu un spectacle public.

Rex hocha la tête à ces paroles.

— C'est ce à quoi j'ai songé aussi. Mais je n'aurais jamais imaginé que ce serait ce gars-là. Il aurait dû me parler.

— Décrivez-le, intima Mack.

— Milieu de la trentaine, peut-être 40 ans. Grand comme moi. Les cheveux blonds.

— Bon, l'ex de Robin est en ville, précisa Mack. Nous avons parcouru les enregistrements de vol pour nous assurer que Mathew était parti, et le nom de James est ressorti.

Là, le regard de Rex s'agrandit.

— Alors, il est ici. Putain… Je me demande bien si ce n'était pas lui sur la route après tout.

Chapitre 27

Mardi, fin d'après-midi...

— QU'EST-CE QUE vous cherchiez ? demanda Doreen à Rex. Et si James est là ? Et s'il était ce gars à qui vous avez parlé ?

Rex haussa les épaules.

— Je voulais le rencontrer. Honnêtement, je souhaitais l'embarquer, car j'ai découvert que c'est lui l'assassin de Robin.

— Alors, tout ça n'est que vengeance ? le questionna Doreen.

— Peut-être, répondit-il.

Elle pouvait lire la tristesse sur son visage.

— Vous l'aimiez vraiment, n'est-ce pas ?

— Oui, acquiesça-t-il calmement. Je ne pouvais croire que j'avais trouvé quelqu'un comme elle après toutes ces années de solitude, et maintenant, elle est partie avant que nous ne tentions réellement notre chance.

— Peut-être, oui, mais se servir de moi comme appât pour approcher James, ça n'a pas vraiment de sens...

— Si, ça en a, la contredit Mack. Peut-être que l'ex de Robin était au courant et désirait se charger lui-même des détails à régler. Et pour être sûr que vous ne possédiez rien que Robin ait pu vous donner.

— Pourquoi est-ce que tout le monde est persuadé qu'elle m'a donné quelque chose ? vociféra Doreen en levant les mains. Cette femme m'a trompée !

— Et elle était navrée pour ça aussi, affirma Rex d'un ton calme. Vraiment, elle avait changé d'avis pour de vrai.

Doreen ne savait pas quoi penser et regardait fixement l'homme qui l'avait kidnappée.

— N'avez-vous pas menacé cet homme de lui tirer dessus ?

Rex haussa les épaules.

— Oui, mais je n'ai même pas d'arme. J'ai seulement feint que c'était le cas.

— Ouah ! s'exclama Doreen. Eh bien, je ne serais pas du tout surprise qu'il se trouve dans le coin, à observer ce cirque en riant.

— Il pourrait, enchérit Mack, mais on a aussi des gars qui le recherchent.

— Bien. Il y a d'autres meurtres dont nous aimerions discuter avec lui.

— Ils les ont tués, vous savez ? Tous les deux.

— De quoi parlez-vous ? demanda Mack.

— Ses parents. James et Robin ont tout planifié à deux et ont fait passer ça pour un cambriolage. Ensemble, ils ont assassiné ses parents, car James et Robin n'avaient pas d'argent et qu'eux ne voulaient pas partager le leur.

— Ouah ! lâcha Doreen en jetant un coup d'œil à Mack. J'avais raison à propos de ça en fait !

Rex la considéra et poursuivit :

— C'est l'une des raisons pour lesquelles ce James ne vous appréciait pas.

— Il ne sait rien de moi.

— Robin a raconté à James qu'elle se sentait mal et qu'elle voulait vous offrir de l'argent. Car vous pourriez difficilement vivre de vos propres moyens sans ça. Elle a expliqué qu'elle avait vérifié comment vous vous en sortiez. C'était mal, c'était sa faute, alors elle avait envie de réparer ça. James est devenu fou, et c'est là qu'elle lui a dit qu'elle souhaitait partir, mais en emportant son dû, pour pouvoir ensuite vous en attribuer une partie.

— Ça, c'est vraiment incroyable, commenta Doreen.

Rex haussa les épaules.

— Comme j'ai indiqué, elle avait changé d'avis.

Doreen regarda Mack.

— Peut-être qu'elle l'avait vraiment fait ?

— Je crois que oui, mais on doit encore retrouver son ex.

— J'ai un numéro de téléphone, annonça Rex.

Après un signe de tête de Mack pour l'y autoriser, il sortit son portable et le tendit à Mack pour qu'il puisse le voir.

— OK, approuva Mack, mais vous n'êtes toujours pas sorti d'affaire. Vous avez kidnappé Doreen, l'avez assommée et fourrée dans le coffre, en conduisant comme un fou. Vous avez de la chance qu'elle ne soit pas plus blessée que ça. Vous avez mis en péril la vie d'autrui, vous l'avez terrifiée, et tous les animaux ont été traumatisés également.

— Vous n'avez pas idée, contesta-t-il. Ces animaux ne sont pas traumatisés. C'est moi qui le suis ! s'exclama-t-il. Je veux retourner au boulot et tout oublier de ce mauvais rêve.

— Et par quel miracle croyez-vous que ça va arriver ? railla Doreen. Vous m'avez fait du mal !

— À peine, vous êtes la seule qui s'en tire bien dans l'histoire. Et ces bêtes sont un vrai cauchemar. Vous allez payer pour ça.

— J'en ai assez entendu, râla-t-elle, ces animaux sont

loyaux et courageux. Plus fiables que la plupart des gens que je connais.

— C'est James qui a tué Robin, maintint farouchement Rex. Je veux être sûr qu'il sera amené devant la justice.

— Et vous vous fichiez de me considérer comme un appât. (Doreen secoua la tête.) Et s'il m'avait tuée ?

— Ça aurait été votre problème, rétorqua Rex en reniflant. Il y a eu un tas de fois où j'ai moi-même eu envie de vous éliminer.

— Et pourtant, vous auriez facilement pu m'aider. Avec un petit effort, vous auriez pu rendre ma vie avec Mathew bien plus simple.

— C'est un homme effrayant. Je n'aurai probablement plus de travail après toute cette pagaille, mais vous pouvez parier qu'il va s'assurer d'obtenir ce qu'il souhaite.

— Et qu'est-ce qu'il veut ?

— L'argent et le pouvoir, et il veut s'assurer que Robin n'ait rien pris qu'elle n'était pas censée avoir.

— Je pense qu'elle a dû pas mal batailler pour le renverser, indiqua calmement Doreen.

— Vous êtes pour ou contre ? demanda Rex en la fixant du regard et en commençant à rire. Robin disait qu'elle pourrait lui faire du mal si elle en avait envie. Elle voulait aussi s'éloigner de son ex, mais James ne le permettait pas.

— Et comment comptez-vous procéder dans ce cas ? s'enquit Mack. Est-ce que vous allez faire en sorte que le sacrifice de Robin soit utile, ou allez-vous maintenir le statu quo ?

— Eh bien, vous allez vous assurer que je sois inculpé, et je m'évertuerai à ce que James tombe.

— Embarquez-le, intima Mack aux officiers qui escortaient Rex.

À cet instant, le téléphone de Mack sonna, et, en regardant les officiers mettre Rex dans la voiture de patrouille la plus proche, il s'éloigna pour répondre et mit fin à l'appel quelques instants plus tard.

— Bon, dit-il en retournant auprès de Doreen, ils ont récupéré le véhicule de James et suivent sa trace en ce moment. Il sera au poste dans peu de temps. Vous, vous irez à l'hôpital pour être auscultée. Je vais accompagner ces gars au commissariat et avoir une sérieuse discussion avec James et Rex.

— Oui, faites donc ça, mais les animaux m'accompagnent dans l'ambulance, lança-t-elle sur un ton de défi, sinon je n'y vais pas.

Il l'observa calmement puis les ambulanciers, et demanda :

— On peut faire une exception cette fois ?

Les deux hommes se considérèrent puis haussèrent les épaules.

— Bien, acquiesça l'un d'eux. Allons-y.

Alors, elle se dirigea vers le véhicule pour y trouver son perroquet déjà installé à l'arrière, qui la dévisageait et s'exclamait : « Thaddeus est là ! Thaddeus est là ! »

— Je suis contente que tu sois là, mon pote. Et Mugs ? Et Goliath ?

Ils étaient déjà dans l'ambulance également, assis bien au fond derrière les brancards. Goliath paraissait plus qu'effrayé, et même Mugs semblait stressé. Elle monta puis envoya un signe à Mack et annonça :

— OK, mais je vais simplement me faire examiner et ensuite, je rentrerai à la maison.

— D'accord. Vous saurez où me trouver. (Il consulta son téléphone en train de sonner et déclara :) Je dois répondre.

— Ne vous inquiétez pas, allez-y, dit-elle en faisant un geste de la main.

Il grommela :

— Faites-vous ausculter et assurez-vous d'être saine et sauve. Ne cachez pas de symptômes aux médecins non plus.

Elle hocha la tête et s'installa sur le siège, pendant que le secouriste faisait le tour jusqu'à l'avant pour s'asseoir sur le siège conducteur. Puis ils partirent.

Elle posa les yeux sur Mugs.

— Je suis tellement contente qu'on soit ensemble, murmura-t-elle.

Il aboya à son intention et se blottit contre elle. Elle était tellement fatiguée et stressée, et tout ce qu'elle voulait, c'était rentrer chez elle. Mais ça n'arriverait clairement pas. Au lieu de ça, elle devait se rendre à ce stupide hôpital.

Elle regardait tout le monde disparaître au loin pendant que l'ambulance s'éloignait. Elle s'enfonça dans son siège et ferma les yeux, reconnaissante que son supplice soit terminé. Comme Mugs commençait à gémir à ses pieds, elle se baissa et souffla :

— Tout va bien, mon pote. Nous allons bien. (Mais il ne cessait de geindre, alors elle l'observa, surprise, et s'enquit :) Quel est le problème ?

Elle jeta un coup d'œil par la fenêtre, mais ne reconnut pas l'endroit. Elle se demanda où ils étaient, mais elle ne savait pas exactement où ils avaient atterri au départ, une fois que Rex eut terminé sa fuite. Elle vérifia son portable uniquement pour se rendre compte qu'elle ne l'avait pas. Elle fixa Mugs avec horreur.

— Où est mon téléphone ?! s'exclama-t-elle.

Elle se pencha en avant pour regarder à travers la petite fenêtre qui la séparait du conducteur de l'ambulance, et il était tout seul. Elle pensait qu'ils étaient deux, mais peut-être n'y en avait-il qu'un… Elle n'en avait aucune idée. Mais quelqu'un était attaché au lit en face d'elle. Elle grimaça.

— Seigneur, il est probablement mort, dit-elle.

Elle s'en approcha en s'inclinant pour y jeter un œil et vit que c'était l'autre ambulancier. Elle le toisa avec horreur, mais il était attaché et avait les yeux fermés. Elle chercha immédiatement quelque chose pour couper ses liens. Une fois qu'il fut libéré, elle gifla plusieurs fois son visage, et il se mit à grogner légèrement.

Elle murmura en le secouant :

— Est-ce que ça va ? Hé, est-ce que ça va ?

Il ouvrit les yeux et les posa sur elle, choqué.

— Qu'est-ce qui s'est passé ?

— Chuuut. À vous de me le dire. Je suis montée dans l'ambulance et vous ai trouvé ligoté.

Il fronça les sourcils.

— J'ignore ce qu'il s'est passé, répondit-il en se mettant assis, avant de grogner, car sa tête était douloureuse.

— On dirait que quelqu'un a pris le contrôle du véhicule…

— Pourquoi est-ce que quelqu'un ferait ça ? s'étonna-t-il en la dévisageant.

Elle grimaça.

— Probablement à cause de moi…

Il continua de la fixer, confus, tandis qu'elle lui résumait rapidement ce qui venait de se produire.

— Bon, il faut qu'on sorte d'ici, dit-il.

— Ce serait bien, mais il a pris mon téléphone.

Il se palpa immédiatement les cuisses, à la recherche du sien, et le tira rapidement de sa poche.

— Je vous en prie, appelez la police, chuchota-t-elle. J'en

ai déjà trop bavé.

Il envoya plusieurs alertes, et elle espérait que, cette fois, peut-être, ça se déroulerait bien. Il regarda les animaux et lâcha :

— Bon sang de bonsoir… Les animaux ne sont pas permis ici.

— Eh bien, ça aurait dû être mon premier indice, car il a affirmé que c'était OK.

— Ce n'est pas OK. C'est un nouveau, je l'ai rencontré ici, et il m'a raconté qu'il était censé faire partie de mon équipe. Je l'ai laissé monter, mais je n'avais pas le temps de discuter avec lui, car on devait s'en aller immédiatement.

— Je ne sais pas trop comment tout ça a pu se produire, regretta Doreen, mais je crois qu'il s'est emparé de votre véhicule afin de m'emmener, et que ses intentions sont plutôt mauvaises…

— Génial, grogna-t-il. Normalement, je ne suis pas seul, mais on est en sous-effectif en ce moment.

— Je suis désolée… et voilà que je vous embarque loin d'une personne qui pourrait avoir besoin de votre aide. (Elle regarda Mugs.) Il faut qu'on fasse quelque chose.

— On peut passer par la porte communicante ici et parvenir au siège avant, mais il n'a pas l'air du genre à abandonner sans lutter, et nous ignorons s'il est armé. En plus, il serait susceptible d'emboutir le véhicule, et ça pourrait nous tuer.

— J'imagine qu'il est probablement armé. Nous le suspectons déjà d'avoir assassiné une femme, mais c'était avec un couteau.

À ces mots, l'ambulancier soupira et s'enfonça dans le matelas.

— Bon, ça change un peu nos perspectives, je sais, admit-elle. On n'a pas vraiment besoin d'essayer de passer pour des héros s'il a l'intention d'abattre des gens.

— Non, absolument pas. C'est la dernière chose qu'on souhaite.

Pendant que les animaux les observaient – et appréciaient presque désormais la virée –, le conducteur traversa le pont.

— Oh ! on est à l'ouest de Kelowna maintenant, déclara Doreen.

— Je sais. Mais j'ignore où il nous emmène. J'ai transmis le message.

— Espérons qu'ils arrivent rapidement…

— Je ne crois pas qu'ils m'aient cru au début, mais après leur avoir envoyé plusieurs SOS, ils ont répondu qu'ils étaient en chemin.

— Super, marmonna-t-elle. Ce n'est jamais simple, hein ? Il aurait dû vous laisser derrière lui, continua-t-elle entre ses dents. Désormais, vous lui posez un problème vous aussi.

Il la dévisagea, choqué.

— Mais je n'ai rien à voir avec ça !

— Eh bien, croyez-le ou non, souffla-t-elle, exaspérée, moi non plus.

Il l'observa plus attentivement.

— Ah oui ? Vous n'avez rien fait de mal ?

— Non. J'étais simplement au mauvais endroit, au mauvais moment.

Il hocha la tête.

— C'est ce qui arrive parfois, hein ?

— Trop souvent, grommela-t-elle à elle-même.

Et rapidement, ils arrivèrent au sommet d'une grande colline de l'autre côté du pont, dans ce qui ressemblait au parking d'un grand cinéma. Le conducteur fit le tour et recula l'ambulance contre un autre véhicule.

— Je parie qu'il prévoit de changer de voiture, chuchota Doreen.

— Il ne peut pas. Pas avec nous deux. On peut l'avoir.

Elle le fixa, surprise.

— Eh bien, c'est l'idée…

— Non, mais je n'ai vraiment pas envie de monter dans un autre véhicule avec ce gars.

— Moi non plus, approuva-t-elle, un grand sourire aux lèvres. Donc on compte jusqu'à trois, et je suggère qu'on fonce ensuite sur lui.

Il se raidit, se redressa un peu et déclara :

— Je peux faire ça.

Mais ils n'en eurent même pas l'occasion ; au lieu de ça, James sortit du véhicule, se tourna et disparut. Doreen s'extirpa immédiatement de l'ambulance. Elle s'arrêta et scruta autour d'elle.

— Aucun signe de lui.

— C'est ce que je constate, répondit le secouriste, manifestement confus.

— J'en étais tellement sûre ! s'écria-t-elle, inspectant autour d'elle, confuse. J'étais persuadée qu'il nous embarquerait dans une autre voiture.

Là, un homme derrière elle lui dit :

— Ça aurait été stupide puisque vous êtes deux. Et comme vous avez libéré le conducteur de l'ambulance, j'ai dû changer mes plans. Encore. (James la regardait froidement et sortit une arme qu'il pointa dans leur direction.) Vous devenez une épine dans le pied.

— Je n'ai rien fait ! s'exclama-t-elle. Si vous n'aviez pas tué Robin, rien de tout ça ne serait arrivé !

— Mais elle m'a raconté qu'elle avait modifié son testament en votre faveur et qu'elle vous avait laissé une longue explication. Si vous vouliez me la donner, je vous laisserais vivre.

— Oh ! je ne crois pas, répondit-elle calmement, car ensuite, vous me tueriez pour de bon.

— Eh bien, regardez ça ! railla-t-il en souriant. Vous êtes assez futée pour l'avoir compris !

— Ça n'a toujours aucun sens que vous l'ayez assassinée.

— Elle me rapportait un demi-million de dollars par an. Hors de question que je laisse filer cette manne.

— Ouah… (Elle ne savait même pas quoi répondre.) Peut-être qu'elle voulait vraiment changer sa vie et devenir quelqu'un d'autre, suggéra-t-elle en conservant son calme. Selon Rex, elle était tombée amoureuse de lui.

— Elle tombait amoureuse de tout le monde. Et ça n'aurait duré que quelques mois, peut-être un an ou deux. Puis elle aurait trouvé un autre escroc ou pigeon dont elle se serait amourachée, encore et encore. Elle ne serait jamais restée avec Rex.

— Et si ça avait été différent cette fois ?

— Eh bien, on ne le saura jamais désormais, hein ? Elle a bien tenté de sortir de notre entreprise, et pour ça, je dois blâmer Rex. Je devrais lui mettre une balle à lui aussi, car maintenant, je suis endetté, vraiment beaucoup.

— Comment avez-vous pu éliminer vos propres parents ? hurla-t-elle.

— Facile ! dit-il en montrant les dents. Et elle m'a aidé. C'est ce qui nous a mis sur cette voie.

— Pourquoi devenir avocats dans ce cas ?

— C'était une bonne couverture, pour commencer, indiqua-t-il, un grand sourire aux lèvres. Tout le monde n'est pas un bon samaritain… On était conscients que ça nous permettrait de rester loin de la prison et du bon côté de la loi, pendant qu'on trouverait comment la jouer sur le plan criminel. C'était l'une des décisions les plus intelligentes que nous avions prises.

— Donc vous n'avez pas intégré la fac de droit pour le besoin de justice ? demanda-t-elle. Vous y êtes allés seulement pour comprendre comment fonctionnait le système ?

— Exactement, acquiesça-t-il. Et ça a fonctionné à merveille.

— Mon Dieu… Et ensuite, qu'est-il arrivé ?

— On voulait avancer tous les deux. Avec d'autres gens, je veux dire. Mais il est difficilement envisageable de se séparer de quelqu'un avec qui on a commis un crime. Il faut toujours garder cette personne près de soi. Elle a simplement continué à jouer le jeu, m'apportant encore et encore des types à faire chanter. C'était parfait, mais ensuite, elle a décidé qu'elle n'avait plus envie de continuer. Je ne pouvais quand même pas la laisser faire, si ? Et maintenant que je sais que vous êtes au courant pour le reste, je ne suis pas en mesure de vous laisser partir non plus. J'espérais pouvoir vous laisser filer, vous et le conducteur puisqu'il n'a rien fait, pensant que vous n'aviez aucune information. Uniquement une histoire de mauvais endroit au mauvais moment…

Elle jeta un œil vers l'ambulancier terrifié puis haussa les épaules et lança :

— Je vous l'avais dit.

— Je n'y suis pour rien ! s'écria-t-il, horrifié. Je ne connais même pas cette femme !

— C'est la vérité, confirma Doreen d'un air désolé au tireur.

James montra qu'il s'en fichait.

— Franchement, je m'en moque. Je dois nettoyer le bazar que Robin a laissé derrière elle, et si c'est ce qu'il faut faire, alors qu'il en soit ainsi.

— Mais vous n'y êtes pas obligé, indiqua Doreen. Vous n'avez pas à salir sa mémoire avec ça.

Il se mit à rire.

— Bon Dieu, vous êtes si romantique ! Je la gardais près de moi, car c'est habituel quand on commet des crimes avec d'autres gens, puisqu'on ne peut pas avoir vraiment confiance en eux au cas où ils se retourneraient contre vous, expliqua-t-il en souriant.

— Ah… Alors, vous vous fichiez d'elle.

— Oui, autant qu'elle se moquait de moi. Nous avions un but commun, c'était tout.

— C'est tellement triste… Je l'appréciais vraiment.

— Jusqu'à ce qu'elle vous entube.

Doreen grimaça.

— Oui, jusqu'à ce jour-là.

— C'était son truc ; tout le monde l'aimait bien, puis elle trouvait le moyen de prendre l'avantage. Elle était vraiment douée pour ça.

— Oui, elle l'était, mais je sais que Mathew, mon ex, la cherchait également.

— Oui, quel idiot celui-là. Cet homme n'est qu'un imbécile, et j'ai une tonne d'infos pour le faire chanter maintenant. Et rien que pour moi, je n'aurai pas à partager, désormais.

— Je crois que vous commettez une énorme erreur…

— Peu importe, éluda-t-il en levant son arme. Vous ne serez pas là pour en mesurer les conséquences.

Là, Mugs commença à aboyer sans s'arrêter. James abaissa immédiatement le pistolet.

— Faites donc taire ce truc ou je vais prendre un malin plaisir à tirer une balle dans chacun d'eux pendant que vous regarderez.

— Oh ! je ne crois pas, dit-elle en le fixant droit dans les yeux.

Car derrière lui approchait sans bruit Mack, qui pointait le revolver devant lui. Dès qu'elle l'eut remarqué, Mack s'écria :

— Police ! Mains en l'air !

Le tireur se raidit et dévisagea froidement Doreen.

— Bon, et maintenant, qu'est-ce que vous manigancez ?

Doreen haussa les épaules.

— Je commence à en avoir assez d'avoir des flingues pointés sur moi, répondit-elle avec le sourire en marchant lentement vers lui.

Immédiatement, il leva sa main armée.

— Ne bougez pas.

— Dans un cas comme dans l'autre, vous allez vous faire tirer dessus. Alors, quels sont vos projets ?

— Qu'est-ce que vous voulez dire ? demanda James.

Mack s'écria de nouveau :

— Je suis sérieux, laissez tomber votre arme et mettez les mains en l'air !

James lança un regard noir à Doreen, et elle le railla :

— Hé, il y a toujours un lendemain ! Il y aura toujours un gardien que vous pourrez appeler ou un autre juge que vous pourrez escroquer. Vous êtes l'avocat, n'oubliez pas.

Il grogna et leva lentement les mains.

— Posez l'arme à terre ! ordonna Mack.

Elle patienta nerveusement pour voir ce que James ferait et, sans surprise, il se pencha lentement, lâcha son pistolet sur le sol puis se redressa, les mains en l'air.

James fixa Doreen.

— Robin a toujours expliqué qu'il y avait quelque chose chez vous qu'elle ne comprenait pas bien.

— Oui, il y a toujours ce truc chez moi, et je l'accepte : personne ne me comprend.

— Ce qu'elle ne pigeait pas, c'était comment vous parveniez à toujours réussir. J'ignore même comment vous vous débrouilliez.

— Personne ne le sait, mais j'aime croire que ça a un rapport avec les bonnes prises de décision.

Il fronça les sourcils.

— Vous saisissez ? Faire le bien, être gentil avec les autres…

Il secoua la tête.

— Tout ça, ce sont des conneries.

Mack arriva par derrière et menotta immédiatement l'homme en colère. Puis, posant les yeux sur elle, Mack sourit.

— Vous allez bien ?

Doreen opina du chef.

— Oui, mais vous allez devoir prendre du temps pour rassurer Mugs.

À cet instant, Mugs courait autour d'eux en aboyant, confus, sa queue se balançant comme une furie. Deux autres flics se saisirent de James, et, après s'être excusé de devoir s'éloigner et avoir effectué une vérification auprès du chauffeur de l'ambulance qui tremblait, Mack avança de quelques pas afin que Mugs puisse recevoir le salut qu'il méritait. Puis il passa quelques moments à le câliner. Goliath s'approcha et vint se frotter sur la jambe de Mack, et même Thaddeus bondit sur son épaule pour roucouler contre son cou. Mack finit par se redresser et considéra Doreen.

— Cette ménagerie est folle.

Elle sourit et marcha pour s'approcher un peu plus. Il la regarda, ses yeux se rétrécirent, et il s'enquit de nouveau :

— Vous allez bien ?

Elle soupira.

— Oui, mais j'ai une requête.

— Laquelle ?

Elle s'approcha encore, ouvrit les bras et demanda :

— Je peux avoir un câlin, s'il vous plaît ? Ça a été une très longue journée.

Avec un doux rictus aux lèvres, il tendit la main, l'amena dans ses bras et les referma solidement autour d'elle.

— Absolument.

— Bien. J'ai simplement envie de rentrer chez moi et de me reposer. (Levant un regard noir vers lui, elle ajouta :) Et non, je n'irai pas à l'hôpital. Après ça, je ne remonterai sûrement plus dans une ambulance.

Épilogue

Quelques jours plus tard...

DOREEN CONTINUAIT DE prendre soin d'elle, plusieurs jours plus tard, simplement assise chez elle à faire un puzzle que Ritchie lui avait prêté en se servant dans leur stock abondant de Rosemoor. Elle avait tout étalé sur la table de la cuisine, et cela lui procura un amusement abrutissant agréable qui ne demandait pas de réflexion abstraite. Elle voulait s'ennuyer, pour changer, et simplement se détendre. Elle avait un peu jardiné, s'était préparé un sandwich, avait avancé sur le puzzle puis s'était remise à jardiner. Et c'étaient là les occupations majeures de ses journées.

Quand elle entendit la portière d'une voiture claquer et des bruits de pas, elle sourit en voyant Mugs courir jusqu'à la porte d'entrée en balançant la queue. Quand la porte s'ouvrit, elle passa la tête au coin et héla :

— Hé, Mack !

Il entra avec des courses.

— Prête pour le dîner ?

— Si je n'ai pas à m'occuper de quoi que ce soit, absolument !

Il progressa à l'intérieur puis fronça les sourcils en regardant Doreen.

— Vous vous sentez encore mal ?

— Ce n'est pas que je me sente mal, je suis simplement fatiguée.

— Bon, quelques jours de détente supplémentaires vous seront bénéfiques.

— Si vous le dites, concéda-t-elle en souriant. Je pensais qu'il était temps de faire autre chose d'intéressant, mais jusqu'à présent, rien n'est très attirant.

— Une fois encore, tant mieux. Peut-être que vous resterez loin des ennuis pour changer.

Elle rit.

— Il n'y a rien pour me provoquer des ennuis. Vous avez déjà tout mis sous les verrous.

— Oui, c'est plutôt vrai.

— Je pensais jeter un œil aux affaires de Bob Small, mais rien ne m'a sauté aux yeux pour le moment. Je n'ai rien trouvé qui déclenche mon intérêt. Je dois aussi consulter les dossiers de Solomon, mais pas pour le moment.

Mack la fixa, surpris.

— C'est un cas de tueur en série plutôt costaud qui implique Bob Small. Ce ne sera pas l'affaire d'un seul crime.

— Non, mais il n'a jamais été attrapé, si ? Il n'était qu'un suspect.

— Et nous ignorons s'il est à blâmer pour chacun d'entre eux.

— L'un de ces meurtres a eu lieu à Vernon. Une jeune femme, mannequin, qui a été découverte dans un verger. On a d'abord cru qu'il était coupable, mais ils ont attrapé le tueur. Donc ils ont résolu cette enquête-là, n'est-ce pas ?

Mack confirma d'un signe de tête.

— Oui, ils l'ont élucidée. Donc ce n'est pas une affaire

pour vous.

Elle s'étira, fit tourner son cou de droite à gauche et prononça :

— Il y a assurément quelque chose d'intéressant qui se passe en ville, n'est-ce pas ?

— Il me semblait que vous aviez dit vouloir prendre quelques jours de repos ?

— Oui, et je vais le faire. Mais comme vous le savez, nous venons de résoudre l'affaire du « Meurtre dans les soucis ». (Mack cessa tout mouvement et la considéra fixement, ce qui la poussa à rire.) Eh bien, ce nom sied à merveille.

— Alors, quel est le suivant ? questionna-t-il, exaspéré.

— Je l'ignore. Ça pourrait être un tas de choses.

À cet instant, le téléphone de Mack vibra. Il baissa les yeux et fronça les sourcils.

— Je vais devoir reporter le dîner.

— Pourquoi cela ?

— On a un kidnapping, annonça-t-il en courant immédiatement jusqu'à la porte d'entrée.

— Quoi ? Qui a été enlevé ?

— Un jardinier, précisa-t-il en l'observant. Pendant qu'il travaillait dans son jardin.

— Attendez ! Vous savez quelles fleurs il avait ?

Il plissa les yeux et secoua la tête.

— Mais quelle différence ça fait ?

Elle haussa les épaules.

— Aucune, sans doute.

Il baissa le regard sur le message reçu sur son portable.

— Des capucines. Il était en train de cueillir des capucines pour une salade.

— Oh, ce genre de jardins… dit-elle en tapant dans les

mains, ravie. Les fleurs de capucines sont bonnes à manger.

Il lui lança un œil noir.

— J'y vais.

Et là, elle sentit toute sa fatigue s'envoler. Elle rejoignit son terrain de devant et s'écria :

— Appelez-moi quand vous en saurez plus !

— Comme si j'allais vous obéir ! Retournez à votre puzzle !

— Non ! Je préférerais travailler sur le vôtre.

Et alors, elle lui adressa un énorme et large sourire tout en lui faisant signe. Elle espérait que le rictus sur son visage allait illuminer son humeur puisqu'il s'inquiétait pour elle, mais de toute évidence, elle était bien plus heureuse maintenant.

Se tournant vers les animaux, elle leur dit :

— Regardez donc ça, une nouvelle affaire pour nous ! Ce n'est pas un dossier classé, mais c'est une enquête quand même ! *Fauché dans les capucines.*

C'est la fin du tome 13 de
Jolis Jardins Maudits, Un meurtre dans les soucis.
Découvrez *Fauché dans les capucines* :
Jolis Jardins Maudits, tome 14

Jolis Jardins Maudits :
Fauché dans les capucines,
tome 14

Une nouvelle saga cosy mystery de l'auteure best-seller d'USA Today, Dale Mayer. Suivez la jardinière et détective amatrice Doreen Montgomery et ses amusants (et vraiment adorables) chat, chien et perroquet, tandis qu'ils attrapent les meurtriers et résolvent des crimes dans la merveilleuse ville de Kelowna, en Colombie-Britannique.

Du luxe à la misère… Le chaos ralentit peut-être… Seul un nouveau meurtre survient… L'orientant de nouveau vers la mauvaise piste…

Quelques semaines difficiles ont passé depuis que Robin et Mathew, l'ex-avocate et l'ex-mari de Doreen, sont revenus dans sa vie.

OK, bon, peut-être que Robin n'est plus là pour causer du tort, mais Mathew, oui. Et il ne prévoit pas de laisser tranquille Doreen de sitôt, même si, heureusement, il est retourné chez lui pour un moment. Le fait qu'il essaie de la récupérer paraît louche à Doreen, alors qu'un jardinier du coin est kidnappé pendant qu'il cueillait des capucines pour son dîner.

L'affaire s'envenime quand la nièce de l'homme disparu apparaît sur le seuil de Doreen, pour solliciter son aide et lui demander de l'accompagner au poste de police.

Pas du tout certaine de ce qui arrive, mais souhaitant épauler quelqu'un dans le besoin – particulièrement après avoir été elle-même suspectée –, Doreen la suit, désireuse de faire sa bonne action du jour.

Mais aucune bonne action ne reste impunie, et, quand Mathew appelle, Doreen reçoit plus que ce qu'elle avait prévu, y compris tous les suspects habituels : l'amour, la jalousie et… la cupidité. Cela implique toute son équipe de créatures à plumes et à poils pour la maintenir en vie, tandis qu'elle creuse une nouvelle folle affaire jusqu'au bout…

Le tome 14 est disponible !

Pour en savoir plus, visitez le site web de Dale Mayer.

https://geni.us/DMFRNabbedUni

Note de l'auteure

Merci d'avoir lu *Un meurtre dans les soucis : Jolis Jardins Maudits, tome 13* ! Si vous avez apprécié le livre, merci de prendre un moment pour laisser votre avis.

Chers lecteurs,

J'aime avoir de vos nouvelles, alors n'hésitez pas à me contacter sur mon site web : www.dalemayer.com ou sur ma page d'auteure Facebook. Pour être informés des nouvelles parutions et des offres spéciales, inscrivez-vous à ma newsletter ou suivez-moi sur BookBub. Si vous souhaitez rejoindre mon groupe de lecteurs, voici la page d'inscription sur Facebook.

À bientôt,

Dale Mayer

À propos de l'auteure

Dale Mayer est une auteure de best-sellers au classement de *USA Today*, connue pour ses romances militaires sur les forces spéciales, sa série *Psychic Visions* et sa série *Jolis Jardins Maudits*, dans le genre cozy mystery. Ses romances contemporaines sont vibrantes d'émotion et de passion (série *Broken But… Mending, Hathaway House*). Ses thrillers vous laisseront à bout de souffle (séries *By Death* et *Kate Morgan*) et ses comédies romantiques vous feront rire aux éclats (*It's a Dog's Life*, une novella hors-série, et la série *Broken Protocols* avec Charming Marvin, le chat).

Elle laisse libre cours aux séries qui lui viennent… dont certaines sont carrément folles, enfreignant toutes les règles et croisant différents genres !

En plus de ses romans de fiction, elle écrit également des textes documentaires dans de nombreux domaines, dont la rédaction de CV, le jardinage de loisir et le système de crédit immobilier américain. Elle a récemment publié la série professionnelle *Career Essentials*. Tous ses livres sont disponibles aux formats papier et ebook.

Contactez Dale Mayer en ligne

Site web de Dale – www.dalemayer.com
Twitter – @DaleMayer
Facebook Page – geni.us/DaleMayerFBFanPage
Facebook Group – geni.us/DaleMayerFBGroup
BookBub – geni.us/DaleMayerBookbub
Instagram – geni.us/DaleMayerInstagram
Goodreads – geni.us/DaleMayerGoodreads
Newsletter – geni.us/DaleNews